탑

황석영
중단편전집 1

탑

문학동네

차례

입석 부근 立石附近 _007

탑 _069

돌아온 사람 _127

가화假花 _167

줄자 _213

아우를 위하여 _241

배운 사람 _269

낙타누깔 _291

밀살密殺 _331

입석 부근 立石附近

─돌은 모두의 출발점. 꽃들도 눈물도 투쟁도 모두 내일을 위하여…… 그날, 아마 우리들은 함께 출발할 것이다─

　머리 위로는 구름이 몇 점 보이기는 했지만, 두 절벽 사이로 드러난 좁은 하늘이 협곡을 흐르고 있는 강물처럼 길게 늘어나 있었다.
　두 부분의 맞선 절벽은 위로 오르면서 차츰 넓어지고, 왼쪽 옆으로 들어갈수록 좁아지고 있다. T자형 굴뚝 절벽이 시작되고 있는 것이다.
　오른쪽으로 넓게 펼쳐진 들과 높고 낮은 산들의 머리가 보였다. 하늘이, 아니면 땅이 움직이는지, 먼 산과 들이 아른거리고 있었다. 곡선을 그리며 뻗어나간 길과 마을의 점점이 흩어진 지붕들이 핀트를 잘못 맞춰 찍은 사진처럼 희미하게 눈앞에서 흔들렸다. 하늘과 부드럽게 굽어진 능선이 맞닿은 경계선은 말갛고 투명하게 보였다. 건물의 유리창에서 햇빛에 반사된 빛발이 가끔 번쩍! 하고 큰 빛을 내는 것이 보였다. 나무숲들은 온통 한데 어울려 어린 잔디들처럼 포근해 보였다. 지금은 내가 바람 부는 숲속에 서 있는 것이 아니라, 바람이 숲 위를 스치고 지나가는 모양을 내려다보고 있는 것이다.

머리에서 훨씬 위쪽에 성냥갑만한 바위의 돌출부, 홀드가 한 개 보인다. 그것만 잡으면 우선 끝나게 된다. 햇볕의 직사로 미지근해진 바위 표면에 볼을 대고 있으려니까 마음이 차분히 가라앉았다. 바위 위에는 매끄럽고 축축한 이끼가 드문드문 돋아나 있었다. 바위와 구두와의 밀착을 방해하는 무서운 적이다. 바위 갈라진 틈, 물 내려오는 길에는 고운 모래흙이 쌓여 있고, 보라색의 이름 모를 꽃이나 고사리 종류의 고산식물이 자라고 있었다. 손가락으로 모래흙을 살짝 눌러보면 시원한 물기가 촉촉이 배어나왔다. 우리들은 꽃잎을 따서 콧등에 붙이기도 하는데, 그렇게 하는 것은 재수좋은 일로 알려져 있었다. 나는 손을 뻗쳐 꽃을 따서, 꽃잎을 떼어 한 장 한 장 날려버렸다. 꽃잎들은 날벌레처럼 파르릉 날리면서 밑으로 깊숙이 떨어져갔다.

바위들은 이런 꽃들 외에도 귀여운 짐승들을 기르고 있었다. 그것들은 모두 우리의 친구가 되었다. 그들도 우리가 자기네 적이 아니라는 것을 알고 있었다. 우리와의 이러한 관계로 해서 바위는 우리 앞에 살아 있는 것이다. 우리가 배낭을 지고 산길 어귀에 들어서면, 벌써 바위는 우리만의 것이 되어 정다운 자세로 내려다보고 있었다. 우리가 산을 등지고 떠날 때면, 그동안 우리와 싸웠던 모든 일들을 모르는 척, 간직한 채 작별인사를 해주는 것이었다. 돌아올 때의 우리들은 뭔가 뒤에 두고 오는 것 같은 간지러운 안달을 느꼈다. 우리는 거기, 비밀을 두고 돌아오는 것이니까……

그런데 사람들은 산을 그저 올려다보는 것만으로 만족해했다. 그것은 피와 살을 가지고 있지 않은 산이며, 그림엽서나 사진 같은 창조가 없는 산이었다. 모든 사랑은 밖에서 바라보는 것이 아니고, 그 속으로 파고들어가서 직접 그것과 갈등을 불러일으키는 행동에서부터 출발한다는 것을 차츰 알게 되었다. 그러면 사람들은 간혹 자기와 의지로써 싸우던 어떤 대상물에게 깊은 애착을 느끼고 있는 것은 웬일일까. 그것은 사람들이 무의식적으로 자기들의 집념을 몹시 사랑하고 있었던 때문은 아닌가.

지금은 내가 나만의 세계를 만들기 위하여 싸우고 있는 시간이다. 눈에 보이는 세계가 아닌, 가슴 깊숙한 곳 어디선가 들려오는 내 목소리에 귀를 기울이는 시간인 것이다. 그런데 가끔 친구들의 시끄러운 소리가 밑에서 들려오면, 내 이런 탐색은 산산이 깨어져버렸다. 그 소리는 이런 외로운 시간 위에 던져진 나를 깨우쳐주고, 내가 자유로운 것과 나밖에는 믿을 곳이 없다는 불안감을 느끼게 했다. 다음엔, 자꾸 초조해지는 것이었다. 외계에서 들려온 소리들은 자신을 깨닫게 하고, 그러면 움직여야 한다던 마음이 약해질까 두려웠다. 내게는 자신을 잊을 정도의 강렬한 몸짓만이 평온한 마음을 가져다주는 것이었다. 자, 열등감이여 물러가라. 다시 움직이자.

바위에 붙어 선 자세로 오른손 끝을 어깨보다 좀더 위쪽에 있는 크랙 사이에 넣고, 그 한쪽을 잡았다. 오른발로 뒷벽을 버티고 있을 뿐 몸을 완전히 확보할 위치는 없다. 손끝은 바위틈을 힘주어 잡은 채 몸을 왼쪽으로 내몰았다. 왼발이 재빨리 암벽 위를 더듬어갔다. 허리에 맨 자일이 몸의 이동에 따라 흔들거렸다. 한참 동안 왼발이 허공을 지나고 있는 것 같았다. 왼발이 멈췄다. 바위벽에 불쑥 나온 홀드를 짚은 것이다. 손끝은 아직 크랙을 꼭 잡은 채 간간이 떨고 있다. 바위의 돌출부는 비스듬해서 그 위에 간신히 얹힌 왼발 끝에 힘이 빠지기 시작한다. 자세가 어지러워지기 전에 다음 자세를 확보해야 한다. 왼발을 뒷벽으로 밀면서 오른발로 홀드를 바꿔 짚는다. 오른손으로 크랙을 잡은 채 왼손을 위로 올린다. 뛰어올라 공을 잡으려는 동작으로 몸을 솟구친다. 왼손 끝이 뱀처럼 꾸물거리며 바위벽 위를 더듬어 올라간다. 손가락 끝에 홀드의 끝이 스친다. 간신히 얹혔던 왼발이 힘을 잃고 밑으로 미끄러진다.

몇 초 허공이다.

두 손끝이 바위를 긁는다.

훑으며 내려온다.

손가락에 무엇이 걸린다.

두 팔이 무거워진다. 몸은 천천히 흔들거리며 멈춰 있다. 얼굴 정면에 발을 짚었던 홀드가 보인다. 그 위에 손끝이 나란히 걸려 있는 것을 알았다. 목 언저리가 따끔따끔하고 아랫배가 새큰한 이상한 쾌감이 지나갔다. 바람이 절벽 사이를 거슬러올라간다. 주위는 머릿속의 맥박이 뛰는 소리를 크게 들을 수 있을 정도로 고요하다. 뒷벽에 왼쪽 다리를 버티고 오른발로 앞벽을 차면서 턱걸이를 한다. 겨우 처음의 자리로 다시 돌아왔다.

"괜찮니?"

밑에서 묻는 소리. 바위 사이가 울려서 여운이 길게 흘렀다. 나는 그 소리가 이상하다고 생각했다. 이 목소리는 어째서 내 것인 듯 느껴질까. 나는 대답 대신 자일을 퉁겨 보냈다. 자일은 물결처럼 둥글게 말리면서 밑으로 전해 내려간다. 나는 아직도 내 숨소리가 바람에 묻혀 끊겼다 이어졌다 하는 것을 듣고 있었다. 내 귓가에는 괜찮니? 하던 소리가 오래 남아 있는 것 같았다. 아침에 잠에서 깨어나 첫번 말하는 자기의 목소리가 남의 것인 듯 느껴지는 때가 있다. 그런데 지금 그 소리는 반대로 나의 것인 듯, 깊은 가슴 한복판에서 울려왔었다. 내 두려움 속을 파고들어와 그 순간, 내 움직임과 함께한 소리였기 때문일 것이다.

그럼, 괜찮지. 이번에는 자세를 바꾸고 오른발을 먼저 뒷벽에 높이 밀어올린다. 재빨리 왼손을 뻗는다. 잡았다! 오른손 끝으로 잡고 있는 크랙 사이에 발끝이 닿을 만한 높이까지 몸을 끌어올린다. 크랙 사이에 발끝을 비틀어 넣는다. 왼손으로는 홀드를 긁어쥐고 오른손을 뻗쳐 위로 더듬거리며 몸을 편다. 몸을 바위벽에 찰싹 붙인 채 반듯이 선다. 점점 좁아져 들어간 왼편으로 절벽 사이에는 바이스에 아물린 철편처럼 바위가 끼어 있다. 두 손바닥을 바위에 얹고 힘을 주어 몸을 끌어올린다. 배가 닿는다. 무릎으로 바위를 짚고 일어섰다. 사람 두어 명 간신히 서 있을 수 있는 좁은 테라스였다.

밖으로 향한 시야가 훨씬 좁아졌다. 좁은 절벽 사이로 보라색 상수리봉의 머리가 보였다. 골짜기 아래로 한 떼의 새들이 날아내려가고 있었다. 손끝에 아픔을 느꼈다. 손톱 끝이 벗겨져 있었다. 홀드 위에서 미끄러지던 손이 잡을 물건을 찾느라고 암벽을 훑어내려왔기 때문이다. 작업복 윗주머니를 더듬어 담배를 한 개비 꺼내 물었다. 성냥을 찾다가 밑에 있는 친구들 생각이 났다. 그제서야 나는 고립되었던 자기에서 황급히 돌아왔다. 나는 자일로 그들과 연결되어 있었다.

"아하—이."

구호를 지르며 자일을 퉁겨 보냈다. 내 작업이 끝났다는 신호였다. 밑에서 대답이 오면서 자일이 퉁겨져왔다. 오를 준비가 되었다는 뜻이다. 흔들거리던 자일이 곧 팽팽해졌다. 자일을 등뒤로부터 돌려 감았다. 한 손으로는 끌어올리고 한 손으로 줄을 옆으로 풀어놓으면서 세컨드 영훈의 작업을 도와주었다. 자일은 또다른 매듭으로 자꾸 다가왔다. 앵커를 할 때마다 그날 밤이 생각났다. 지독하게 길었던 자일과의 씨름.

함지보다 조금 작은 달이 신비스럽게까지 보이는 바위들을 하얗게 비춰주고 있었다. 나는 정봉 전면의 중턱, 바위틈에 앉아 있었다. 자일은 손안에서 식은땀과 함께 꼭 쥐어져 있었다. 록 해머가 바위에 부딪치는 둔한 소리가 암벽을 통해서 하얀 허공으로 울려퍼지고 있었다. 자일은 땀 때문에 미끄러웠다.

택이 밋밋한 절벽에 몸을 비스듬히 굽히고 피톤을 박고 있었다. 해머로 바위 구멍을 뚫는 소리와 골짜기에서 밤새의 가라앉은 울음소리가 엇갈려 들려왔다. 나는 등에다 힘을 주고 자일을 당겨 쥔 채 곰처럼 바위에 붙어 있는 택의 꾸부정한 등을 내려다보고 있었다. 그의 허리에는 내가 잡고 있는 자일이 팽팽히 매어져 있었다. 나에겐 그것이 둘의 혈관이라고 느껴졌다. 그것은 엄마와 아가의 탯줄처럼 매우 신성하고 생명적인 것으로 여겨졌다. 나는 옆의 바위틈에 박힌 하켄에 보조 자일을 묶은 것으로 몸을 지탱하고 있었다. 싸늘한 바위에는 찬 밤안개로 습기가 배어 있었다. 택의 등반 작업이 잠깐 그치면 귓전에서 정적 특유의 지잉 하는 소리가 희미한 허공에서 온 바위 위로 뒤덮여 내렸다. 밤의 땅은 무섭도록 요염했다. 투박한 바위들과는 정반대로 희미한 은띠 같은 강줄기와 화려한 색등의 깜박거림, 도시의 줄 이은 등불의 행렬, 가끔 천천히 별이 흐르듯이 비행기가 그 위로 지나가는 것이 보였다. 먼 동네에서 개 짖는 소리가 들려왔다. 그것은 바람에 묻혀 마치 땅 자체의 지껄임 같은 이상하게 침잠된 소리로 들려오는 것이었다. 하늘은 그에 비하면 몹시 초라해 보였다. 외로운 촌락처럼 별들이 까무룩하게 졸고 있었다. 우리는 이 고독한 바위들과 화려한 땅, 황폐한 하늘의 기묘한 분기점 위에 섰는 두 개의 유기

물질이었다.

갑자기 택의 몸이 중심을 잃었다. 그의 구두 바닥이 습기 찬 바위 표면에서 미끄러지고 있었다. 자일을 잡은 채, 몸을 뒤로 젖히면서 당겼다. 자일은 그래도 자꾸 손안에서 풀려나갔다. 손바닥이 뜨거워지고 다음엔 몹시 쓰린 것을 느꼈다. 택의 구두 끝이 암벽을 허우적거리며 긁어 차는 소리가 들려왔다. 내 몸도 중심을 잃으며 좌우로 비틀거리기 시작했다. 자일이 걷잡을 수 없이 몇 초 더 풀려나갔다. 자일을 어깨에 걸어 버티면서 몸을 뒤로 완전히 뉘었다. 택의 식식거리는 숨소리가 내 귓가에 큰 소리로 부딪쳐오고 있었다. 자일은 간신히 풀려나가기를 멈췄다. 택은 한참 버둥대다가 자일을 붙들고 간신히 올라와서 조금 전의 자리를 다시 확보했다. 그러곤 아무 일도 없었던 듯 작업을 계속하는 것이었다. 그는 그뒤에도 여덟 번이나 밑으로 굴러떨어졌는데, 찌를 듯한 정봉 절벽의 가운데에서 자일에 매달린 채 그네 타듯 대롱거리다가 다시 기어 붙곤 했다. 싸늘한 바위를 긁어쥐고 끝없이 싸우던 밤이었다. 우리들은 동이 틀 때까지 바위 위에서 어둠과 피로에 대항했었다. 그 보수로 조난 직전의 우리들은 바윗길을 만든 것이었다. 택이 일을 끝내고 내 옆으로 기어올라왔는데, 몹시 지쳐서 눈두덩과 얼굴이 부어 있었다. 더 날카로워진 눈초리와 바람결에 날리는 택의 곱슬머리털은 내게 이상한 감격을 줄 정도로 낯설었다. 그는 허리에 맨 자일을 끄르면서 얼굴을 찡그렸다. 돌아선 채 내게로 셔츠를 들치며 허리를 내보였다. 어둠 속으로 더듬더듬 만져보았다. 물집과 상처투성이였다. 내 손을 그가 만지게 했다. 내 손바닥은 껍질이 벗겨져 피가 말라붙어 있었고, 손가락 마디마디 커다란 물집들이 밀려나 있었던 것이다. 택은 이빨을 내밀고 씽긋 웃었다. 나도 어이없이 픽 웃고 말았다. 어떠한 말로써도 그때의 두 사람을 표현할 수는 없을 것이다. 우리는 서로 알고 있었으므로 가볍게 웃어버렸을 뿐이었다. 우리는 졸리는 눈을 비비며 바위틈에 꼭 끼어 앉아서 하늘과 땅의 중간을 보고 있었다. 달은 이미 없어져버리고 검은 하늘 거죽으로 널려 있는 창백한 별이 보였다. 새벽바람이 차갑게 바위틈의 테라스로 몰려들어왔다. 옆에서 택의 체온이 기분좋게 느껴져왔다. 나는 우리들의 끝도 없을 것 같았던 작업이 끝났다는 것을 알았다. 그런데 끝난 뒤의 휴식은 너무 공허했다. 서글픔마저 갖게 했다. 어느 곳인가, 즐거운 곳을 생각해내려고 애를 썼지만, 그곳이 어디인가는 도무지 생각해내지 못했다. 그냥 바위 위에 진이 빠져서 앉아 있는 두 사람을 발견했을 뿐이었다. 새벽은 점점 다가오고 밤새마저 깃으로 스며든 땅은 보다 더 적막했다.

"앵커 바짝!"

밑에서 신호가 올라왔다. 주위를 둘러보았다. 자일이 밑으로 축 늘어져 있었다. 양쪽 어깨에 걸쳐 감고 있던 자일이 어느 틈에 허리 뒤까지 흘러내려 있었다. 택은 옆에 있지 않았다. 밑에서 세컨드 영훈이가 홀드를 긁어쥐고 애를 쓰는 소리가 들렸다. 자일이 팽팽해질 때까지 부지런히 당겨 올렸다. 어깨에서 자일을 내리고 두 손으로 끌어올렸다. 세컨드의 손가락이 서투르게 위로 뻗쳐졌다. 나는 이 가냘픈 살덩어리들을 내려다보았다. 손가락들은 몹시 예민했다. 밑에서 보이지 않는 부분의 오목한 바위 조각을 쉽게 더듬어 잡는 것이었다. 힘을 주어서 바짝 끌어올렸다. 영훈은 끄응 하는 낮은 신음소리를 내며 바위 위에 간신히 한쪽 무릎을 올려놓았다. 그는 하얗게 질린 얼굴을 들어 나를 수줍은 듯이 올려다보았다. 나는 고개를 끄떡했다. 그리고 웃었다. 그리고 자일을 밑으로 퉁겨 보냈다.

"세컨, 앵커 완료."

그에게 넉넉히 설 자리를 비켜주었다. 담배를 입에 물었다. 영훈이 성냥을 꺼냈다. 성냥불이 손에 둘러싸여 턱밑으로 다가왔다. 나는 침을 크게 삼키고 나서 연기를 깊숙이 들이마셨다. 영훈은 꺼진 성냥개비를 손가락으로 튀겨버리면서 말했다.

"얼굴색이 좋지 않군. 어때, 톱을 바꾸는 게?"

"괜찮아."

"시간이 없다. 해 전에 도착해야 할 텐데. 모두 무사한지 모르겠군."

나는 담뱃재가 좁은 절벽 사이를 지나가는 가벼운 바람에 흩날리는 모양을 내려다보았다. 그러고는 다른 생각을 하고 있었다. 땅을 향해서 우쭐우쭐 춤추며 빨려들어가듯 떨어지던 모자. 허공에서 좌우로 흔들거리던 허전한 자일의 끝. 나는 그때의, 목탄으로 그린 황량한 그림 같던 순간을 좀처럼 잊을 수가 없었다. 담배가 짧아져서 손끝이 뜨거워졌다. 나는 마지막 한 모금을 깊이 빨았다가 훅 내뿜으며 꽁초를 멀리 던져버렸다. 또, 내가 떠날 차례가 왔다. 영훈이 가지고 올라온 선두의 장비들을 한 가지씩 점검했다. 하켄, 록 해머, 카라비너, 피톤, 보조 자일. 보조 자일을 허리에 감고 카라비너를 끼웠다. 세컨드를 돌아보았다. 그가 태연히 내게서 등을 돌리고 있는 게 몹시 우스웠다. 나는 언제부터인가 이런 위태로운 절벽의 끝에 서 있는 친구의 무방비한 등을 보면, 왈칵 밀어보고 싶은 충동을 느끼는 버릇이 생겼다. 그래서 자유로운 몸짓으로 떨어져나가는 모습을 보고 싶었다. 모든 것에서 놓여나 새처럼 훨훨.

앞으로 붙어야 할 바위의 모양을 살펴보았다. 굴뚝처럼 비좁은 침니 절벽이 계속되어 있고, 그것이 끝난 뒤 오른쪽으로 새로운 코스가 시작되고 있었다. 처음의 자세를 바꿔서 궁둥이를 뒷벽에 대고 앞벽에 다리를 버티었다. 두 손으로 뒷벽을 밀면서 두 발을 차례로 바꿔 디뎌 몸을 끌어올렸다. 한 발 두 발 옮겨가면서 속으로 천천히 수를 세었다. 이런 끊임없는 집념이 위로, 또 위로 오르고 있는 것이지, 내 몸이 올라가고 있는 게 아닌 듯싶었다. 사람이 방 속에 앉아서 자신과 얘기한다거나, 사교장에서 지껄이고 있다거나, 저자에서 떠들 때라거나 대부분은 거짓말투성이다. 사람들은 때때로 자기네 관념과 말이 가지는 그 무의미한 허구에서 빠져나와, 분명하진 않지만 꼭 우리 속에 용해될 수 있는 자연의 품안이나 오랜 시간에 걸친 노동이나, 살아가기 위한 세상의 온갖 장해와의 순수한 투쟁 안에서 무언으로 해방될 것을 갈망하고 있는 것이다.

스물둘을 헤아렸을 때, 오른쪽으로 절벽이 휘어진 모퉁이에 심한 경사를 이룬 바위가 있고, 그곳을 돌아간 뒤로 징검다리 디딤돌만한 발판이 보였다. 오른발을 내밀어 비스듬히 비탈진 바위를 간신히 딛는다. 왼손으로 앞벽을 받치고 몸을 가누면서 왼발을 마저 짚는다. 몸을 완전히 돌린다. 내 몸은 지금 비탈진 바위 위에 균형을 잃고 엉거주춤 섰다. 바위의 경사에 따라 등산화를 비스듬히 밀착시킨다. 궁둥이를 위로 곧게 올리고 무릎이 굽어지지 않도록 다리에 힘을 준다. 이마가 바위에 거의 닿도록 허리를 굽힌다. 두 손끝으로 바위 표면을 긁듯이 더듬으며 발을 조금씩 옆으로 내딛는다. 내 몸이 옆으로 옮겨가는 것은 전혀 느껴지지 않는다. 바위 위에 생긴 낙숫물 자국과 이끼가 떨어져 희게 되어 있는 곳이 자세히 보일 뿐이다. 손끝은 그동안에도 재빨리 볼록한 부분을 찾아 사방으로 헤맨다. 왼발 뒤축이 이상하다. 왼손 끝으로 먼저 확보할 부분을 찾아놓고 나서 발바닥을 살펴본다. 발뒤축, 한쪽으로 싱싱한 이끼가 밟혀 있다. 발뒤축을 약간 들어본다. 뒤로 밀려나가는 힘에 좀처럼 지탱하지 못한다. 오른발이 그에 따라서 조금씩 미끄러지기 시작한다. 추락의 원인이란, 눈에 보이지 않는 작은 실수로부터 시작되는 법이다. 두 손끝으로 바위 부스러기가 튀어나온 부분을 긁는다. 오른쪽 다리 정강이에 온 힘을 기울인다. 발뒤축을 붙잡아 바위 위에 군건히 세워야 한다. 미끄러져나갈 것인가. 제발, 좀, 서라! 발이 주춤, 주춤, 하다가 멈춘다. 내려다본다. 발뒤꿈치가 바위 표면의 유리알만한 볼록한 돌기 위에 걸려 있다. 이젠, 이끼를 완전히 밟고 있는 왼발을 옮겨야 한다. 바위에 왼쪽 구두 바닥을 밀착시키면 더 위험할 것이다. 왼발에 힘을 주지 않고 옆으로 조금씩 옮겨간다. 구두 밑에서 무서운 이끼들이 점점 빠져나간다. 됐다! 완전히 이끼에서 벗어나왔다. 오른발을 옆으로 천천히 이동해간다. 왼발이 그에 따라서 바위 표면을 더듬으며 쫓아간다. 나는 아무 관계 없는 듯이 두 발의 움직임을 내려다보고 있었다. 구두코가 털처럼 하얗게 보풀이 일어나 벗겨진 것이며 밑창이 닳아서 약간 벌어져 있는 것도 보인다. 오른손에 손톱으로 긁어쥔 바위 부스러기가 시원치 않으면, 곧 그 반응이 오른발에 왔다. 오른발 뒤축이 허전해진다. 그러면 왼손, 오른손은 정확하게 바위의 돌출부를 찾아낸다. 이 순간들은 내가 끝내는 게 아니다. 다만, 이 바위 부스러기들이 이젠 "끝났다" 하고 내 손끝에 알려줄 따름일 것이다. 그러면 나는 이 끊임없는 것 같은 작업에서 벗어나 쉬게 될 것이다. 그냥 이 순간을 건너지르면 될 것이다. 앞의 암벽이 점점 내 허리를 내리누를 듯이 아래로 굽어지고 있다. 왼손 끝, 약간 윗부분에 좁은 크랙이 시작되고 있다. 직선으로 갈라져 넓어진 바위와 바위의 사이, 그 한쪽 크랙을 손안에 움켜잡는다. 담 위에 매달린 듯한 자세로 발을 죽 뻗고 바위에 엎드린다. 두 팔로 온몸을 지탱하고 있다. 손가락 마디가 저린다. 구두 끝으로 바위를 밀면서 손을 조금씩 떼어 옆으로 한 뼘쯤 움직여나간다. 아끼는 발에 지금은 두 손에 내 모든 생각, 말, 심지어는 시선마저도 빼앗겨버렸다. 크랙이 끝나고 옆으로 삐죽이 보이는 발판에 거의 다가갔다. 발이 나를 저쪽으로 옮겨줄 것이다. 왼발을 주욱 내밀어본다. 아직 닿지 않는다. 손끝이 힘을 가눌 수 없을 정도로 떨리기 시작한다. 조금만, 조금만 더 기어가자. 발을 내밀어 휘둘러본다. 싱거운 허공만 느낄 뿐이다. 왼손을 뗀다. 오른손 끝에 심한 경련이 온다. 왼손을 깊숙이 크랙 안쪽으로 쑤셔넣는다. 이번엔 허리를 틀며 온몸을 왼발을 위해 끌어야 한다. 발을 뻗어본다. 닿는다. 디딤돌 중간에 왼발이 얹혀져 있다. 이제는 이쪽 바위에서 저쪽 발판으로 몸을 옮기기만 하면 될 것이다. 디딤돌에 왼발을 짚고, 오른발을 굽혀 바위 바닥에 세운다. 두 팔이 다시 저려오기 시작한다. 몸을 안쪽으로 굽혀주면서 오른발을 재빨리 뻗어 저쪽 발판 위에 놓았다. 두 발은 가지런히 발판 위에 놓여 있다. 손바닥으로 뒤편 바위를 밀며 몸을 앞으로 일으킨다. 발판 한쪽 귀퉁이에 나는 완전히 서 있다. 거의 공백 상태가 되어 있던 머릿속에 여러 가닥의 생각들이 밀어닥친다. 나는 헐떡이는 숨을 가라앉히며 잠깐 쉰다. 오른편 바위가 아래로 늘어져 있어서 아까 열려 있던 시야는 완전히 가로막혔다. 대신 사방에는 검은 벽이 서 있고 타원형의 하늘 조각이 보였다. 좁은 우물 속에 갇힌 것처럼 바위의 벽이 나를 겹겹으로 둘러싸고 있었다. 얼음과 눈에 뒤덮인 초겨울, 상수리봉의 어느 폭포 위에서 빙벽에 아이스해머를 두들기며 작업하던 날. 나와 택과의 원시인 같던 동굴 생활. 퇴학당한 학교. 그것은 너무나 외로웠던, 그리고 어리석었던 도피행각이었다. 반석 중간에서 넋을 잃은 듯이 서 있는 내가 이상해졌다. 올려다보면 끝없이 뻗어나간 바위 줄기.

넓은 바위벽은 아래로 내려오면서 기억자로 굽어지고, 그것은 지붕이 되었다. 능선의 마지막 잘린 곳에 바위 몇 개가 겹쳐 있었다. 몇몇 바위는 사방의 벽이 되고 큰 바위벽은 둥글게 안쪽으로 패어 지붕과 방안을 이루는 작은 집이 되어 있었다. 굴 옆으로는 왕모래가 깔린 미끄러운 언덕이고 입구에서 앞으로 나오노라면 그 밑은 절벽이었다. 나무들이 굴 앞을 가려주고 있었다. 우리는 병정놀이하는 어린아이들의 비밀 본부처럼 은밀하고 아늑한 그 굴속에서 살고 있었다. 굴 입구에는 양쪽 나뭇가지에 줄을 매어 늘어뜨린 군용 판초의 문이 있었다. 굴 안의 가장 널찍한 곳에 땅을 파고 편편한 바위들을 깔고 그 위에 돗자리를 덮어서 온돌을 만들었다. 초라하지만 정다운 취사도구, 그리고 선한 냉기와 구수하게 풍겨오는 곰팡이 냄새, 그 안에선 언제든지 새벽이 살고 있었다. 굴 안의 으슥한 곳마다 진짜 방처럼 거미들이 줄을 치고 살았다. 이것이 우리들의 자랑스러운 집이었다. 택이는 궤짝에 기대고 앉아 부지런히 앞머리털을 잡아 비틀고 있었다. 그는 깊은 생각을 할 때면 앞머리털을 잡아 비트는 버릇이 있었다. 그래서 택이의 머리털은 후천적인 곱슬머리가 되어버렸다. 그는 한참 만에 느릿느릿 일어났다. 굴 어귀에 가려놓은 군용 우비 조각을 들치고 밖으로 자지만 내놓고서 오줌을 내깔겼다. 오줌발 떨어지는 소리가 세차게 들려왔다. 택이가 몸서리를 흠칫, 하고는 다시 사과 궤짝 앞에 쭈그리고 앉았다. 여전히 앞머리털을 비틀고 있었다. 나는 벽을 향해 앉아 있었다. 우리는 참선의 흉내를 내고 있었던 것이다. 다리 긴 말모기가 굴의 천장을 스치며 날카로운 소리로 날아다니고 있었다. 모기의 앵 하는 날갯소리는 택이와 나의 분리된 침묵 가운데로 막 파고들었다. 벽에 있는 내 그림자를 보니까 두려워졌다. 그것이 내 것이 아니라 누군가 다른 자의 그림자가 대신 비쳐진 것만 같았다. 몸을 좌우로 흔들어보았다. 길게 늘어난 그림자도 따라서 움직였다. 나는 여기에 없는 것 같았다. 그림자와 거친 벽의 표면만이 있을 뿐이었다.

"숨막히게 조용하군."

택이가 목쉰 소리로 내게 말을 걸어왔다.

"사람들이 보구 싶어졌어. 이상하다. 그 틈에 끼이면 모조리 싫어져서 죽이고 싶을 정도인데, 이런 때엔 같이 얼싸안고 춤이라도 출 거 같다. 열등감도 없어지구 자신두 생기구 말이지."

"이런 밤에 나뭇잎이 생기고, 줄기가 자라고, 아이가 태어나고, 생명 있는 모든 게 만들어질 거야. 아니 만들어지는 게 아니다. 모범생처럼 만들어지는 게 아냐. 창조라구 하는 거다. 저절로, 생겨난다."

"나는 사람들을 사랑해. 거기서 떠나면 가고 싶어진다. 사람들은 역시 좋은 동물이야. 꼭 서 있게 될 자리가 없을까."

택이는 손가락을 차례차례 꺾으면서 우쭐거리는 촛불을 노려보고 있었다. 한참 동안 서로 아무 말이 없었다. 나는 저녁밥이 다 되었는가 보려고 우비를 들치고 마당으로 나갔다. 우리는 동굴 앞의 좁다란 빈터를 마당이라고 불렀다. 모닥불 위에 올려놓은 반합을 내려놓았다. 나는 반합 뚜껑을 열면서 그를 불렀다. 택이는 아직도 촛불을 노려보고 있었다. 잠시 후 놈의 중얼거리는 소리가 들려왔다.

"오늘만 지나면 내일부턴 굶겠구나."

나는 밥을 씹다가 그의 말에 소스라쳤다. 자루 바닥에 조금 남았던 쌀을 긁어 저녁을 지었던 일을 잊었었기 때문이었다. 나는 대답 없이 깡통에 남은 두 덩이의 꽁치 토막을 한쪽으로 밀어놓았다. 아래편 캄캄한 계곡 속에서 부엉이 울음소리가 들려왔다. 누가 꼭 찾아올 것 같은 밤이었다. 안개가 차츰 짙게 내려 덮이고 있었다. 감자 서너 알을 희미한 불더미 속에 던져 넣었다. 택이 기우뚱거리며 굴 안에서 기어나왔다. 나는 녀석에게 숟가락을 넘겨주었다. 감자가 타지 않도록 불 속을 헤쳐 놓았다. 한쪽으로 물러나 앉아서 세 개비밖에 남지 않은 나비 담뱃갑을 집었다. 택이 밥 먹는 것을 옆에서 지켜보는 건 흐뭇한 일이었다. 평안한 조화가 이곳에 내려앉아 있었다. 내가 그곳에 무엇을 남기지 않고 오길 잘한 것 같았다. 우리는 지금 이런 시간의 연장만으로 만족하고 있었다. 내가 가출해서 찾아헤매던 것은 이런 시간이었다. 하늘엔 별 한 개 없이 캄캄했다.

"비가 오려나봐."

"비가 오면 큰일인데. 버너두 없구, 내일 밥을 지을 나무가 없는데!"

"자식, 쌀두 없는데 무슨 밥이냐?"

택이는 씨익 웃으며 하늘을 올려다보았다. 모닥불의 벌건 빛이 그의 얼굴에 어른거렸다. 놈이 갑자기 숟가락을 놓고 일어났다.

"내려가야겠다."

나는 얼떨떨해서 놈의 부릅뜬 눈알과 불쑥 내민 아랫입술을 멍하니 올려다보았다.

"어딜 내려가?"

"서울에 간단 말야."

"자동차두 없을 텐데."

"걸어서 가지. 밤새껏."

나는 곤란한 시늉을 하며 택이와 좁다란 굴 안을 번갈아 둘러보았다.

"방황하기 싫어서 여길 찾아왔는데, 그 지긋지긋한 곳으로 또 가겠다는 거냐?"

"사람들이 보구 싶어졌어."

택이는 주머니에 양손을 처박고 어둠 속을 노려보고 있었다. 그의 볼에는 밥알이 붙어 있었다. 택이의 모습은 귀여운 새끼 돼지 같았다.

"체, 밥 처먹다 말고 환장했구나."

나는 그의 말이 농담이라 생각하곤 감자를 꺼내어 껍질을 벗기기 시작했다. 내가 감자를 던지고 일어섰을 때엔 놈은 산비탈 위를 달리고 있었다. 얼른 녀석의 뒤를 따라 모래에 미끄러지며 언덕 위로 뛰어올라갔다. 캄캄한데다 안개까지 끼어서 아무것도 보이지 않았다.

"택이야!"

밑에서 조그맣게 그의 대답하는 소리가 들려왔다. 나는 산길 아래로 그의 뒤를 따라 내려가다가 도중에 멈추고 말았다. 굴을 비우고 싶지 않은 것이다. 소나무에 기대어 섰다. 녀석은 아버지처럼 돌아올 것이다. 굳센 남자인 아버지로서 나 혼자 지키는 우리들의 굴에 돌아올 것이다. 그때까지는 나는 어머니같이 가슴을 두근거리며 기다려야 한다. 웬일인지 눈물이 나왔다. 내가 학교와 여자뿐인 집안의 폐쇄적인 훈련소에서 그리워했던 것은 야성이었다. 들짐승 같은 놓여난 활기였다. 사내의 긍지였다. 나는 울고 있었다. 멀리 까물거리는 동네의 불빛들을 내려다보았다. 혼자 절연되어 있다는 느낌으로 몹시 쓸쓸했다. 매일 밤 울어대던 귀에 익은 새소리가 들려왔다. 밤에 우는 새소리는 어떤 것이든지 몹시 다정하고 은근했다. 그것은 같이 듣는 새소리였으니까. 주위가 더 고즈넉해졌다. 나는 산의, 모든 것을 빼앗아선 자기 안에 스며들게 하는 넓은 품안으로 빠져들어가고 있었다. 먼 도시의 환한 불빛들이 보였다. 별처럼 깜박거리는 희미한 점들이 사방으로 뿌려져 우주를 이루고 있었다. 그 남은 빛이 거의 하늘까지 훤하게 비추었다. 이렇게 사람들은 모여서 사는 편리한 방법을 생각해냈다. 그렇지만, 이 거대한 밤 가운데 모든 사람들이 서로 더욱더 가깝게 살고 있다는 것은 모르고 있으리라. 산 아래에 밝은 점이 서서히 이동하는 것이 보였다. 아마 국도 위의 자동차였을 것이다. 중앙선을 달리고 있는 야행열차의 희미한 고함소리가 들려왔다. 나는 생각을 한곳으로 모을 수가 없었다. 가족들이 밝은 불빛 아래 모여서 라디오를 들으며 웃고 떠드는 모습이 떠올랐다. 기관총

소리. 벚꽃의 흩날림. 검은 교복 위에 흠씬 젖어 흐르던 피. 환
희의 거리. 밀려오고 밀려오는 시민들. 소녀들의 해맑은 이마.
저 모든 것은 벌써 오래전에 다 지나갔다. 나는 길들여지지 않
는 자가 되어 집과 학교를 떠났다. 거리에는 이미 우수마저 남
아 있지 않았다. 어두운 하늘에선 갓난애 솜털처럼 연한 이슬
비가 차분히 내려오고 있었다.

　어지러웠다. 좁은 발판 위에서 몸이 균형을 잃고 비틀거렸
다. 입안에 텁텁하고 끈끈한 침이 가득찼다. 목청을 돋우어 가
래를 뱉었다. 좁은 바위벽의 사방이 울려서 귀가 멍멍했다. 목
이 몹시 말랐다. 나는 잠깐 머리를 들어 위로 곡선을 그리며 뻗
어나간 바위 줄기를 올려다보았다. 오랫동안 바위벽의 물길이
되었던 때문인지 갈라진 바위틈은 날카롭게 곤두서 있었다. 나
의 허리에 느슨히 매여 있던 자일을 끌어당겼다. 천천히 끌어
올렸다. 세컨드인 영훈이 바위에 엎드려 돌아오고 있는지, 절
박한 숨소리가 들려왔다. 가리어진 바위 밑으로 영훈의 구두
끝이 솟아나왔다. 언제든지 바위와 맞붙어 작업하고 있던 순간
에 일어났던 잠재적인 불안은 이러한 현상으로 나타났다. 즉,
이 동료의 몸을 밑으로 떨어지게 하고 싶은 것이다. 내가 바위
크랙을 잡고 옆으로 이동해갈 때, 놓아볼까? 하는 야릇한 유혹

때문에 자기의 추락을 상상하고는 그 이상하고 두려운 상념과 싸우면서, 그것을 떨쳐버리려고 애썼던 것이다. 그랬던 자신의 불안감이 지금은 안전한 장소에서 쉬고 있을 때, 저쪽 동료에게로 적용되고 있는 것 같았다. 그의 발끝이 가볍게 떨면서 발판을 짚었다. 나는 뒤로 바싹 물러서서 그의 자리를 비켜주었다. 그리고, 어서 이 우물 같은 바위틈에서 벗어나고 싶었기 때문에 곧 작업에 들어갔다. 날카롭게 벋어내려온 바위 줄기 밑에 섰다. 두 손안에 힘껏 바위 날을 잡았다. 오른발을 바깥으로 해서 나무 타는 자세로 바위벽에 붙이고, 왼발은 옆으로 틀어 바위 줄기와 안쪽 벽 사이의 좁은 크랙에 박아넣었다. 오른발을 올려 바위벽을 미는 것과 동시에 두 손으로 바위 날을 잡고 몸을 끌어올렸다. 올렸던 왼발을 바위틈에 박아넣고 두 손으로 바위 날을 바꿔 잡았다. 손안에 식은땀이 흘러 바위 날이 몹시 미끄러웠다. 어깨 힘이 갑자기 빠져버렸다. 오른손을 머리 위 높이 뻗어 암벽 가운데 움푹 패어진 그릇 모양의 홀드를 잡았다. 위편 절벽에서 떨어진 물방울들이 괴던 자리였다. 온몸이 오른손에 매달렸다. 바위벽을 힘껏 차며 팔에 힘을 주어 끌어올렸다. 바위 위에 가볍게 올라섰다. 먼저 허리에 맸던 자일을 당겨 어깨 위에 걸쳤다.

"아하―이."

반응이 오지 않는다. 영훈은 지금 서드 인섭을 끌어올리고 있는 것 같다. 나는 좁은 바위 위에 두 다리를 늘어뜨리고 앉았다. 처음에 바라보던 시야는 완전히 차단되고 반대쪽에 훤히 트인 하늘과 들판이 보였다. 그 사이로 선명한 하늘을 배경으로 연회색의 구름이 폭신하게 떠 있었다. 들 위로 솔개도 천천히 맴돌고 있었다. 그런데 친구가 나타났다. 아래 두 절벽이 맞선 좁은 통로 사이에 검은 털과 흰 털의 직선 무늬가 있는 족제비가 오르락내리락하고 있었다. 어떤 때에는 수많은 족제비들이 일렬로 순서 있게 바위틈을 달리는 것을 볼 수도 있었다. 바위틈 사이에는 가끔 그들이 요리한 자리가 남아 있기도 했다. 산새나 다람쥐의 털이 흐트러져 있고, 그들의 깊숙한 둥지가 헤쳐져 있었다. 지금 이 친구는 먹을 것을 부지런히 찾고 있었다. 한 뼘도 못 될 바위 끝으로 훌쩍훌쩍 뛰어다녔다. 휘파람을 불어주니까 고개를 들고 코를 벌름거리더니 재빠르게 바위틈으로 숨어버렸다. 우리들의 친구는 그놈 외에도 너구리나 독수리들이 있었다. 어떤 때 정상에 이르면, 한창 먹이를 쪼던 독수리가 날개를 착, 펴고 골짜기 아래로 천천히 내려가는 것도 보았다.

"아하―이."

자일이 퉁겨 올라왔다. 자일을 어깨에 걸고 일어섰다. 자일은 팽팽하게 당겨지고 무거워졌다. 영훈의 몸무게를 어깨에 느꼈다. 힘껏 당겨 올렸다. 영훈의 머리가 보인다. 위에서 보면 머리는 어깨 가운데 납작하게 붙어 있고, 두 다리는 개구리의 다리처럼 옆으로 벌어져 꿈지럭거리고 있는데, 커다란 두 손만이 위를 향해 뻗쳐져 있다. 머리를 위로 들지 못하고, 앞의 바위 표면을 향한 채 손으로는 위편을 한없이 더듬고만 있다. 줄을 당길 때마다 그의 안간힘하는 소리가 간혹 들려왔다. 영훈의 손가락이 내 발 앞 그릇 모양의 홀드를 잡았다. 한참 힘을 쓰다가 배 있는 곳까지 끌어올리더니 무릎을 짚고 일어섰다. 그는 내 옆에 몸을 꼭 붙이고 섰다.

"인섭이하구 라스트 기욱이가 밑에 대기하구 있지."

"그럼 내가 다음 테라스에 건너가기가 끝나면 장비들을 올려줘."

"그런데, 녀석들이 정상 부근에 갇혀 있는 모양이야. 부상자 때문에 꼼짝 못하고 있을걸. 개미 자식들. 그러고 보면, 우리한테 개망신이지 뭐야."

"그애들도 창피하진 않을걸. 조난은 당했지만 개미클럽의 실력은 보였으니까. 연락자 말에 의하면 후면 코스를 개척했대."

"우린 구조대가 아니냐. 거긴 조난대구 말이지."

나는 생각했다. 우리의 작업은 모험이 아니며, 산과 나를 합쳐지게 하려는 사랑에서 비롯되어야 한다. 우리는 매일 땅 위에 검은 그림자를 끌고 다니듯, 불만과 열등감과 자의식을 어두운 생활 속에 끌고 다니고 있었다. 그렇기 때문에 우리는 그물리적인 암벽 작업에 정신을 불어넣고, 우리의 싱싱하고 자유스러움을 확인하기 위해서 사랑의 대상을 바위라고 가정해 봤을 뿐이었다. 사실, 어두운 그림자는 바위와 맞붙는 순간부터 없어져버렸던 것이다. 사람들은 내려다보기 위해서 위로 오르는 법이다. 우리들의 목적은 오르는 과정뿐이며, 도달했을 때엔 출발점으로 되돌아가고 싶어지는 것이었다. 정상에 섰을 때, 우리들의 발밑을 튼튼히 받쳐줄 오직 하나의 근거지인 땅이 귀하고 고마운 곳임을 깨달았다. 하산해서 내려오면 우리 몸과 걷는 길이 새롭게 변해 있었다. 나무와 시냇물은 반갑게 그대로 있었다. 전에는 으레 있었던 사물이다. 눈에 띄지도 않던 것들이, 모두들 제자리를 지키며 신선하게 주장들을 하고 있었던 것이다. 그러므로 우리는 작업이 끝난 뒤 피곤한 몸을 끌고 산에서 내려올 때에, 위대한 사상이 적힌 책을 모조리 읽어치우고 도서관을 나올 때의 소박한 자부심과, 여행이 끝나고 인파가 밀리는 도회지의 정거장을 나서면서—나는 이 많은 사람들과는 다른 사람이다라고 느끼듯이 자기가 새사람이나 된 것 같은 기분을 느끼곤 했다.

"갈증이 좀 가실 거야."

영훈이 등산 껌을 내게 내밀었다. 그 껌을 씹으면, 입안에서 귤 냄새가 나고 새큼해져서 갈증이 없어졌다. 위를 올려다보았다. 내 앞에 직각으로 뻗어올라간 바위는 머리가 M형으로 되어 있었다. 바위 가운데에는 세로로 틈이 갈라졌다. 그 갈라진 틈은 거의 바위 꼭대기에 이르고, 그것이 그친 곳에서부터는 한 뼘 넓이의 바위틈이 가로로 벌어지면서 점점 넓어가고 있었다. 그 좁은 통로는 이 바위의 뒤편으로 돌아갔다. 바위 뒤편에서부터 새로운 절벽이 시작되어 있었다. 이 바위 꼭대기까지의 높이는 약 삼십 미터, 세로로 갈라진 바위틈의 길이는 이십 미터쯤, 가로로 돌아간 좁은 통로의 길이는 십 미터쯤이었다. 나는 허리의 보조 자일에 매달린 록 해머를 들었다. 허리에 매달린 하켄 중에서 제일 굵직한 하켄을 한 개 뽑는다. 머리보다 조금 위쯤의 높이에서 그친 바위 갈라진 틈에다 하켄을 박기 시작한다. 바위 부스러기가 떨어져나가고 찍찍거리는 마찰음을 내면서 하켄이 틈 속으로 파고들어간다. 바위틈에서 쥐며느리가 기어나온다. 나는 줄기차게 해머로 내리친다. 해머가 빗나가 바위에 맞으면, 쨍 하는 소리가 나고 돌가루가 따갑게 얼굴에 튄다. 하켄이 머리끝까지 박혀 들어간다. 하켄의 머리 엽전만한 구멍 안에 한쪽을 여닫을 수 있는 쇠고리인 카라비너를 끼운다. 허리에 맨 자일을 카라비너의 스프링을 열어서 걸고 나서 스프링에 달린 안전 나사를 잠근다. 영훈은 뒤에서 자일을 잡고 준비를 하고 있다. 끝이 넓적한 하켄을 뽑아 입에 문다. 왼손에 해머를 쥐고 오른손을 뻗쳐 첫번 박힌 하켄의 끝을 잡는다.

"앵커어 바짝."

"앵커 바짝."

영훈은 처음 생기에 찬 내 목소리를 들었을 것이다. 그가 되풀이 복창하며 자일을 바짝 끌어당긴다. 내 몸은 도르래 우물의 두레박처럼 하켄을 향해 끌려 올라간다. 겨드랑이가 죄어서 숨이 막힌다. 허리를 맨 자일의 끝이 바로 카라비너 앞에까지 끌려 올라와 있다. 입에 물었던 하켄을 손끝에 쥔다. 녹물이 혀끝에 닿아서 입안이 떫다. 눈앞쯤의 높이에 하켄의 끝을 겨눈다. 해머를 들고 가볍게 두드린다. 바위벽이 빈 것처럼 쿵쿵 울린다. 귀가 멍멍해진다. 하켄이 틈 안으로 한 치 한 치 파들어가고 있다. 바지직, 바지직, 하며 바위 부스러기가 떨어진다. 나는 이 녹슨 쇠에 생명이 생겨서 내 피가 하켄 속의 혈관으로 흘러들어가는 것 같았다. 하켄은 전체의 절반 이상이 박혔다. 그것으로 일단 그친다. 해머를 놓는다. 해머는 궁둥이 뒤에 대룽거리며 매달려 있다. 오른손으로 두번째 하켄의 끝을 잡고, 왼손은 오른손목을 쥐고 몸을 끌어올리면서, 첫째 번 하켄 위에 왼발을 올려놓는다. 둘째 번 하켄이 가슴 부근에 닿는다. 가장 실패하기 좋은 자세다. 사이를 두지 않고 오른손으로 둘째 하켄을 잡고 왼손으로 보조 카라비너를 집어 하켄 구멍에 끼운다. 몸에 감긴 보조 자일은 카라비너에 걸려 있고, 그것은 하켄에 끼워져 있으니까, 나는 지탱할 힘을 마련한 셈이다. 두 손을 다 놓아도 절벽 위에 매달려 있을 수가 있게 된 것이다. 암벽 위로 하루살이가 기어올라가고 이놈이 어떻게 여기까지 날아왔을까, 생각될 만큼 마음이 평온하다. 굵직한 하켄을 빼어든다. 머리 위 높직하게 하켄을 대어본다. 손을 뒤로 해서 궁둥이에 늘어져 있는 해머를 잡는다. 하켄의 머리를 후려갈긴다. 바위틈 사이가 좁아져 하켄은 중간쯤 박히고는 더 들어가지 않는다. 갑자기 진땀이 바짝 나며 초조해지기 시작한다. 내리치는 해머가 바위벽에 헛맞기만 한다. 제발, 조금만 더 들어가라! 세차게 몇 번 두드린다. 하켄이 아직도 아래위로 흔들거린다. 끝부분만 조금 박힌 것이다. 해머를 크게 뒤로 휘두르며 힘껏 내리친다. 해머가 손에서 힘없이 떨어져나간다. 오른손이 부르르 떨리며 밑으로 늘어진다. 입이 딱 벌어져서 닫히질 않는다. 성한 왼손은 옷깃을 부여잡고 있다. 해머로 오른손 가운뎃손가락

을 내려친 것이다. 고통이 심해질수록 왼손으로 옷깃을 쥐어
비튼다. 입을 가까스로 다물어 턱에 힘을 준다. 껌이 어금니 사
이에서 납작하게 아물리고 있다. 나는 그때서야 작업이 중단된
것을 안다. 영훈이 걱정스럽게 물었기 때문이다.

"교대할까?"

"아직! 괜찮아."

하면서도 나는 내려가 쉬고 싶은 강한 유혹을 느낀다. 그럴수
록 마음이 조급해진다. 부질없이 생명 없는 무기물인 절벽 앞
에 꿇어 두려움으로 움츠러들어도 안 될 것 같았다. 성급해서
는 절대로 안 된다. 깊은 감정과 따뜻한 숨을 내뿜어서 이 차디
찬 돌덩이를 내 분신으로 만들어야 한다. 깊숙한 감정이라니!
나는 얼마나 더럽고 욕심 많은 살덩이인가? 돌덩이 앞에 겸허
하지 않으면 나는 두 손을 놓고 날아가려다가 추락해서 즉사할
것이다. 외계는 무관심하게, 내가 일직선으로 떨어져내려가는
사방에서 내 살덩이를 전송해줄 것이리라. 자, 다시 시작이다.

손에 힘이 빠져 자유롭게 움직일 자신이 없다. 오른손을 억
지로 위로 쳐든다. 가운뎃손가락의 손톱이 부러지고 살이 터져
서 피가 줄지어 흘러내린다. 셋째 번 하켄을 잡는다. 해머를 가
까스로 치켜든다. 아까보다는 느리고 침착하게 힘을 주어서 하
켄의 머리를 때린다. 바람 속에 빨려들어갔던 내 숨소리가 다

시 들려오기 시작한다. 하켄이 조금씩 들어가고 있다. 거의 머리끝까지 들어갈 때까지 두드린다. 하켄 잡은 손을 놓는다. 몸은 좌우로 흔들리지만, 바위에 여전히 매달려 있다. 두 손으로 해머를 쥐고 머리 뒤로 해서 힘껏 내리친다. 마지막 결판이다. 한 번, 두 번, 이제는 완전히 박혀 있다. 해머를 놓는다. 숨을 가라앉히느라고 두 손을 밑으로 늘어뜨린 채 목을 뒤로 젖힌다. 하늘이 보인다. 내가 거꾸로 매달려 있는 듯한 착각이 들었다. 하늘은 언제인가 어느 바닷가 언덕 위에서 머리를 땅에 처박고 가랑이 사이로 내다보던 파도와 똑같았다. 바위에 붙들어맨 줄을 끊으면 하늘을 향해서 곤두박질쳐서 떨어져갈 것 같았다. 그래서 구름 사이로 누비고 들어갈 것만 같았다. 몸을 바위에 찰싹 붙인다. 짧고 가느다란 하켄을 뽑아 입에 문다. 보조 카라비너를 비틀어 둘째 번 하켄에서 빼낸다. 오른손목 전체가 쑤신다. 오른손을 위로 올려본다. 손목과 손가락들이 얼얼하게 저린다. 셋째 하켄의 끝을 잡는다. 왼손으로 둘째 하켄을 잡고 몸을 끌어올린다. 오른발을 올려 왼손을 떼는 것과 동시에 둘째 번 하켄을 짚어야 하는 것이다. 오른발 끝이 하켄 위에 거의 이르렀다. 왼손을 떼는 순간의 전 몸무게를 오른손에 지탱해야 된다. 오른손 끝에 힘을 주면 줄수록 고통이 심해진다. 오른손과 어깻죽지에 힘이 빠진다. 오른발이 둘째 하켄의 머리를 더듬다가 떨어진다. 오른손마저 거의 자연스럽게 셋째 하켄에서 풀려나온다. 왼손으로 바위벽을 쓸면서 아래로 떨어진다. 눈앞의 바위벽이 위로 재빨리 솟아 흘러간다. 겨드랑이 밑이 화끈한다. 첫번째 끼인 카라비너에 몸이 매달려 있었다. 세컨드가 자일을 팽팽히 당겨주어서 나는 무사하게 정지되어 있는 것이다. 손과 다리를 얼마 동안 허우적거리다가 나는 축 늘어지고 말았다. 몸이 천천히 밑으로 내려갔다. 영훈이 자일을 어깨에 돌려 감고, 한 발, 두 발 풀어주고 있었다. 나는 바위 위에 내려섰다. 혼이 나간 꼬락서니가 되어서 바위에 털썩 주저앉았다. 내가 실패한 원인은 왼손과 오른손을 바꿔서 쓰지 않았기 때문이란 것을 알았다. 영훈이 내 오른손을 자기 앞으로 가져갔다. 등에 맨 세미륙에서 가루약을 꺼내 뿌리고 반창고를 감았다. 그가 고개를 흔들어 보이며 말했다.

"교대하는 게 좋을 텐데. 그런 손으론 무리야."

"아직! 시간은 있다."

"너 개인 취미에 시간을 빼앗겨서는 곤란해. 네 사람 모두가 빨리 정상에 도착해야 하고, 기다리는 사람들도 있단 말이다."

영훈이가 내 어깨에 손을 얹고 부드럽게 얘기했다. 나는 어쩐지 부끄러워졌다. 그렇다. 선두에 사고가 생기면 뒷사람이 이어야 하고 선두는 가장 안전한 서드쯤으로 교대해야 한다.

그것이 안전수칙이고 효과적인 등반 작업의 기술이다. 잘 알고 있으면서도 나는 선두를 포기할 수가 없었다.

얼굴들이 내 눈앞에 여럿 나타났다. 새로운 바윗길을 만들다 죽어간 친구들의 얼굴이었다. 제삼 피치를 개척하다 거꾸로 박힌 친구. 트래버스 횡단중에 떨어져 암벽 위에 안면을 벗기우며 떨어져 죽은 친구. 눈이 뒤덮인 계곡 속에서 길을 찾다가 구조 직전에 얼어죽은 친구. 야영에 눈사태를 만나 깔려죽은 친구들.

우리들은 곧 친구들이 운반되어간 병원으로 달려가곤 했었다. 우리는 상처 입은 팔뚝을 내밀고 부상당한 친구께 주기 위한 피를 아낌없이 뽑았다. 다친 친구와 나란히 누워 있으면, 피가 전해가는 고무줄은 우리가 바위 위에서 함께 작업할 때 서로 이어져 있던 자일로 바뀌어 보였다. 그러나 어떤 때에는 이미 시체실로 옮겨진 뒤에 달려가기도 했다. 그 안은 콘크리트 벽과 흰 광목을 씌운 시체들 때문에 몹시 차가운 기분이 들었다. 작은 어린이의 주검 옆에 나란히 누워 있는 하얀 친구의 몸뚱이. 우리는 안내하는 사람들이 말리기도 전에 광목을 들치고 친구의 피 묻은 얼굴을 내려다보기도 했다. 창살 틈으로 몰려들어온 햇빛 때문에 그의 얼굴은 더욱 희게 보였다. 그의 조촘하게 다문 보라색 입술. 바람이 불어들어와 그의 머리카락이 한들거리면, 혹시 살지나 않았나 하고 조바심이 생겨났다. 좀 갑갑하고 가슴이 무둑한 느낌이 들었다. 옆에 따라왔던 간호부가 빼앗듯이 광목을 덮어버렸다. 우리는 친구가 바위 위의 테라스가 아닌 그곳으로, 비약해서 영원히 쉬고 있는 것을 보았었다. 그는 이젠 아무런 작업에도 집념에도 시달리지 않을 것이었다. 지하실엔 습기 찬 바람이 드나들고 있었다. 흰 광목 위로 삐죽이 솟은 헐벗은 발가락을 내려다보았다. 얼마나 고요한 휴식인가? 뭔지 어쩔 수 없는 커다란 힘에 짓눌리는 듯했다. 죽음에 관한 생각도 아니고 공포도 아니었다. 흰 광목 위에 살아 있는 파리가 오르내리는 것을 보고 있었다.

"인제 가보자."

한 친구가 뒤에서 중얼거리면, 우리는 그 소리에 구원을 얻는 것처럼 재빨리 밖으로 빠져나왔다. 우리가 무엇을 해줄 수 있었을까. 그 쉬고 있는 친구에게…… 우리는 잠시 말없이 걷다가, 우리들이 헤어져야 할 길목에 서면 서로 외쳤다.

"다음 토요일이다. 그날은 매봉 북벽을 해치워야 돼. 아홉시까지 약속 잊지 말어."

그러곤 뿔뿔이 헤어졌다. 그때 각자의 마음속에는 아름다운 매봉의 날카로운 계곡이 새겨졌다. 그뒤에 우리는 언제나 약속을 지켰고 추도 등반을 통해서 친구들에 대한 기억은 산과 더불어 뒤섞여버렸다. 절벽 위에서 밑바닥까지 직선으로 떨어진 친구도 있었다. 슬로프 코스인 '비탈 바위'를 붙었던 친구가 떨어진 적이 있었다. 그는 허리에 십여 개의 하켄과 카라비너를 차고 있었는데 바위에 부딪는 쇳조각들의 짤랑, 짤그랑 하는 소리가 투명하게 들려왔다. 친구들은 절벽 밑에서 몇 무더기의 살점들과 등산화 한 켤레와 찢겨진 옷 뭉치를 발견했다. 우리는 그의 몸을 우비로 만든 담가에 조심스럽게 주워 담아 가지고 내려왔었다. 그 고깃덩이 속에서 우리는 인간적인 아무런 친밀감도 찾아볼 수가 없었다. 그러나 허공을 울리던 짤랑, 짤그랑 하던 쇳소리는 결코 잊을 수가 없었던 것이다.

이런 생각들은 내가 작업을 중지하고 테라스에서 쉴 때, 또는 실수해서 위험을 만났을 때라든가, 마음이 조급해지면 언제나 생생하게 되살아났다. 그래서는 점점 영역을 넓혀 피곤해진 마음속에 번져나가고, 기억이 아주 단순한 그림으로 바뀌면서 장면을 설명하는 자기의 음성이 들려오는 것이었다. 음성은 메아리처럼 뇌수 속으로 우렁우렁 울려나갔다. 우리도 언제인가는 그러한 친구들의 '이야기' 속으로 돌아가야 하지 않겠는가.

오른손이 거북하긴 했지만, 고통은 점점 멎어가고 있었다.

나는 붕대 감긴 손가락을 몇 번 움직여보고 나서 바위 위에 나란히 박혀 있는 하켄들을 바라보았다. 내 작업의 흔적이다. 영훈이가 나를 빤히 쳐다보았다. 그의 눈은 그래도 고집을 부릴 테냐? 하고 묻는 중이었다. 나는 거기에 대답하듯이 오른손을 뻗쳐 첫번 하켄을 잡으면서 말했다.

"앵커 잘 부탁한다."

"또 떨어지면 사정없이 줄을 놓는다."

영훈이는 웃으면서 자기 어깨 위로 자일을 걸쳐 준다. 하켄을 잡고 잠깐 망설였다가, 구두 끝으로 암벽을 차면서 위로 몸을 끌어올린다. 왼손을 동시에 올려서 둘째 하켄을 잡는다. 오른손의 감각이 무뎌져서 몹시 불편하다. 오른손을 놓자 사이를 두지 않고 왼손의 손목을 잡으면서 오른발 끝을 첫째 하켄에 올려놓는다. 어깨가 뻐근하고 손목에 힘이 빠진다. 팔꿈치 관절이 시큰거린다. 숫자 4자형의 머리만 나와 있는 셋째 하켄을 노려본다. 오른손이 불편했지만 왼손에 힘이 빠져버렸기 때문에 손의 위치를 바꿔야 한다. 왼손은 둘째 하켄을 잡은 채 오른손을 뻗쳐 넷째 하켄을 잡는다. 잠깐 두 손가락이 전신을 바위에 매달리도록 지탱해야 한다. 왼손으로 둘째 하켄을 짚고 몸을 일으킨다. 왼손의 두 손가락으로 하켄의 구멍을 끼워 잡고 동시에 몸을 끌어올린다. 발이 거의 둘째 하켄 위에 가까워졌을 때에 왼손을 올려 오른손목을 잡고 두 팔의 힘으로 셋째 하켄 위에 매달린다. 발이 몇 번 허둥대다가 간신히 둘째 하켄 위를 짚는다. 길이 오 센티 정도의 짧은 면적 위에 구두 끝이 걸려 있다. 그제야 오른손 끝에 심한 고통이 시작되고 있는 걸 안다. 왼손으로 하켄을 바꿔 잡는다. 보조 자일에 걸린 카라비너를 잡는다. 안전 나사를 열고 스프링을 누른다. 카라비너를 곧두세워서 셋째 하켄에 끼운다. 내 몸이 균형을 되찾는다. 해머를 집어든다. 하켄을 골라가지고 머리 위에 박을 장소를 겨눈다. 바위틈이 S자로 굽이치며 내려온 중간쯤에 하켄을 꽂는다. 해머를 들어 약하게 두드리기 시작한다. 사이가 넓어서 쉽게 박힌다. 넷째 하켄이니까 이것은 보조 하켄이 된다. 첫째, 셋째, 다섯째 하켄들이 영구 하켄이 되는 것이고, 가운데의 것들은 라스트가 올라오면서 뽑아가지고 올 것이다. 넷째 하켄 박기를 그쳤다. 하켄의 머리를 잡고 당겨본다. 이만하면 확보할 수 있겠다. 셋째 하켄에 끼워진 카라비너를 빼낸다. 새로 박은 하켄을 한 손으로 잡고 몸을 끌어올리면서, 오른발 끝을 셋째 하켄 위에 간신히 올려놓는다. 몸을 서서히 일으킨다. 왼손에 쥔 카라비너를 얼른 넷째 하켄 구멍에 끼웠다. 뒤로 쏠리던 몸이 보조 자일에 걸린 카라비너가 하켄에 끼워지므로 완전히 확보된다. 다시 해머를 쳐든다. 굵은 하켄을 손안에 꼭 쥐어본다.

나는 지금 모든 동물적인 깨끗한 감각과 생명력을 이 녹슨 쇠의 표면에서 추구하고 있다. 어깨 근육이 욱신거리며 그에 따라 보조 자일에 달린 몸이 좌우로 흔들거린다. 자꾸 때린다. 손가락의 고통이 완전히 나은 것 같다. 그렇지 않으면 감각을 잃었는지도 모른다. 다섯째 하켄이 거의 박혀가는데, 몸을 고정시켜준 카라비너에 끼인 하켄이 아래위로 조금씩 건들거리기 시작한다. 몸을 바위에 바싹 붙여서 하켄에 힘이 가지 않도록 신경을 쓴다. 다섯째 하켄은 굳게 박혀 들어간다. 여기서부터 바위틈이 S자형으로 굽어지는 마지막쯤이 된다. 하켄을 세 개나 더 박았다. 윗몸은 왼쪽으로 아랫몸은 오른쪽으로 기울어진다. 일곱째 하켄의 머리를 왼손으로 잡는다. 아무래도 한 손으로 확보하는 데엔 자신이 없다. 먼저 보조 자일에 끼워진 카라비너를 빼고, 다음에 하켄의 머리 구멍에서 돌려 빼낸다. 카라비너의 스프링을 누르고 여덟째 하켄의 머리 구멍에 돌려 끼운다. 두 손으로 카라비너를 잡고 턱걸이를 한다. 바위를 두 발끝으로 차며 오른다. 딛고 있는 하켄이 밑으로 처진다. 발끝이 미끄러질 기세다. 더 힘껏 눌러보니까 그 이상은 움직이지 않는다. 가슴에 닿은 여덟째 하켄의 카라비너에다 보조 자일을 끼운다. 다음은 마지막 하켄. S자형의 바위틈에 하켄을 꽂는다. 해머로 두드린다. 이제는 최후의 가속도까지 붙는다. 쨍, 쨍 하는 날카로운 쇳소리가 절벽을 타고 퍼져서 골짜기에 가득찬다. 마지막 하켄 위에 매달려 여태 궁둥이 뒤로 꼬리처럼 길게 늘어져 있던 본 자일을 당겨서 카라비너에 걸고 보조 자일은 회수해서 밑으로 던진다. 이제부터 새로 시작되는 크랙을 비집고 올라가는 동안 밑에서의 확보를 부탁하는 것이다. 만일 내가 중간에서 떨어지더라도 세컨드가 자일을 당기면, 나는 마지막 하켄의 카라비너에 매달려질 것이다. 손가락에 힘을 주어 바위 틈을 잡고 몸을 뒤로 버티었다. 몸을 날려 오른발을 굽히면서 크랙 안에 구두 끝을 비틀어 박는다.

"앵커 풀어."

"앵커어 풀어."

줄이 팽팽하게 카라비너를 통해서 아래로 당겨졌다가 느슨해진다. 두 손으로 크랙을 잡고 왼발 오른발 바꿔 올라갈 때마다 천천히 자일이 풀려 올라왔다. 틈이 좁아진 곳을 피하기 위해 줄곧 구두 끝을 살피면서 발을 바꾼다. 손 닿은 곳의 크랙이 좁아져서 손가락 첫마디만을 걸친 채 발을 바꿔 올린다. 오른발이 바뀌는 순간, 왼발이 미끄러지면서 크랙 속에 빠져서 경계하던 비좁은 틈에 꽉 박히고 말았다. 왼발을 움직여본다. 꼼짝도 않는다. 다시 한번, 크랙 바깥으로 힘껏 솟구쳐본다. 역시 마찬가지다. 다시 밑으로 내려가 왼발을 충분히 움직일 여유를 마련해야 한다. 손으로 크랙을 잡고, 아래쪽으로 그 위치를 바꾸면서 올렸던 오른발을 서서히 내린다. 오른발을 왼발의 바로 밑에 박아넣는다. 왼발목에 힘을 완전히 빼고 가만히 돌려본다. 왼발은 슬그머니 빠져나왔다. 얼마나 간단한 일이냐? 울화통이 터져나올 정도로 초조한 매 순간마다 바위는 이런 함정으로 자꾸만 나를 시험하고 있었다. 얼마쯤 마음을 진정하느라고 내가 초조해지면 하는 버릇인 숫자 헤아리기를 해본다. 하나아, 두울, 세엣, 네엣…… 그러고는 내가 지금 한없이 평온하다고 자기에게 주장을 한다.

다시 서두르지 않고 한 발, 두 발, 바꿔 올라간다. 크랙은 곧 끝나고 오른쪽으로 또다른 크랙이 시작되고 있다. 옆으로 돌아가기만 하면 된다. 두 발로 바위벽을 버티고 두 손으로만 크랙을 잡은 채 옆으로 옮겨가기 시작한다. 바위벽을 버티고 있는 왼발을 옆으로 이동하고 왼손이 바위틈을 따라 이동한 뒤에 오른발 오른손을 번갈아 이동시킨다. 바위 표면이 몹시 매끄럽다. 발로 버티는 힘이 점점 약해진다. 발과 손을 또 옆으로 이동시킨다. 몸이 조금씩 바위 뒤쪽으로 가까워진다. 틈이 넓어지고 바위벽 위에는 경사가 생겼다. 우묵한 부분의 바위에 왼발을 밀착시키고 팔굽을 펴서, 어깨를 넓어진 바위틈 위쪽 벽에 찰싹 붙인다. 어깨를 뱀처럼 뒤틀면서, 몸을 각이 진 바위의 끝까지 완전히 이끌어간다. 뒤쪽은 비교적 편편한 통로가 되어 있다. 바위에 배를 붙이고 엎드려서 기어나간다. 짧은 통로가 끝난 곳에 세모진 널따란 바위가 걸려 있다. 앞으로 굽혀 두 손바닥을 바위에 대고 건너뛴다. 바위 위에 섰다. 목욕탕에 들어선 사람처럼 엉거주춤한 자세로 쑥스럽게 서 있었다. 여태 전신으로 부딪쳐 작업했던 밋밋한 절벽을 내려다보았다. 가벼운 바람결에 바위틈의 고사리들이 몸을 떨었다. 동그랗게 말린 줄기가 펴질 것도 같았다. 맨 처음 절벽 사이에서 내려다보던 곳은 훤히 틔어 있었다. 둥근 바위 언덕들이 숲 가운데 우뚝 솟아올라 모자를 쓴 여자의 어깨처럼 보였다. 산새들이 골짜기 사이로 이리저리 재빠르게 날아다니는 것이 보였다. 구름의 떼는 하늘 위, 가던 길을 천천히 항해하고 있었다. 자일을 튕겨 보냈다. 신호가 마주 올라온 다음, 자일을 등에 걸고 당겨 올리기 시작했다. 상냥한 바람과 비단결 같은 햇빛이 바위 위에 가득 찼다. 나는 자꾸 자일을 당겼다. 한 자 두 자 영훈이가 내게 가까워오고 있다. 아마 그는 지금 하켄을 노려보며 손을 뻗쳐 다음을, 또 그다음을 잡으려고 애쓰고 있을 것이다. 자일이 느슨해졌다가 밑으로 바짝 늘어졌다. 몇 발쯤 풀려나갔다. 어림없다! 나는 줄을 쥐고 어깨로 버티었다. 몸이 앞으로 이끌렸다. 이를 악물고 뒤로 버텼다. 잠시 후 자일이 늘어졌다. 조금 더 느슨해졌다. 나는 다시 당기기 시작했다. 한참 줄을 감았는데, 바위틈을 기어나오는 영훈의 어깻죽지가 보였다. 나는 손을 내밀어 그의 어깨를 잡아주었다. 영훈이는 테라스 쪽으로 건너뛰어왔다. 그의 볼에 허물이 벗겨져 피가 맺혀 있었다.

"하켄 머리에 긁혔어. 넷째 번에서 손을 놓쳤지 뭐야."

"난 또 어떤 물귀신인가 했지. 앵커 교대하자."

자일을 그에게 넘겨주었다. 테라스 한쪽에 두 다리를 질펀히 뻗고 앉아 오랜만에 휴식을 취했다. 영훈은 서드를 확보하기 시작했다. 얼마 뒤에 서드인 인섭이가 바위틈을 돌아나왔다. 그의 등뒤에는 색이 매달려 있었다. 우리는 마지막 테라스에서 모두 모이기로 했던 것이다. 내가 인섭이에게 말했다.

"오랜만인데."

"그래, 안녕하시다."

영훈이가 자일을 인섭이에게 넘겨주었다. 인섭이는 색을 벗어던지고 자일을 잡았다. 인섭이가 자일을 등에 걸고 자세를 바로잡은 뒤에 크게 외쳤다.

"어이, 라스트 뒤처리 잘해."

"간다아."

밑에서 기욱이의 목소리가 들려왔다. 인섭이가 자일을 천천히 당겨 올렸다. 영훈과 나는 새로 시작되고 있는 절벽을 올려다보았다. 약 칠십 도쯤의 비탈진 슬로프 코스였다. 절벽이 길게 길게 뻗어올라가고 있었다. 연속등반으로밖에 올라갈 도리가 없었다. 내 뒤의 자일을 영훈이가 매고, 그 줄을 인섭이, 그다음 기욱이가 마지막 줄을 매고, 일렬로 함께 올라가야 한다. 연속등반은 팀의 네 사람이 위험을 함께 매달고 가는 일이다. 이런 코스에서 우리는 네 사람에 지워진 위험 부담을 똑같이 받아들여야 한다. 기욱이가 올라왔다. 우리는 모두 한자리에 모였다. 연속등반에 대해서 어떤 요령을 채택할 것인가를 의논했다. 지금 이 바위에는 길이 없다. 도중에 바위를 가로지르는 이끼의 떼가 있기 때문이다. 항상 바윗길은 물이 흘러내려오는 곳에서 시작된다는 사실을 모두 알고 있었다. 그런데 길은 지금, 이끼로 막혀 있는 것이다. 그러면 우회하는 측면 작업은 어떤가. 옆으로 돌아서 다른 길을 만들어보자, 그러나 불가능한 일이다. 바위의 돌아간 편은 직벽이기 때문이다. 하켄 공격은? 바위를 뚫으려면 사흘쯤 걸릴 것이다. 현재 눈에 보이는 것은 밋밋한 슬로프 절벽과 이끼의 떼, 그리고 물때가 있다. 물때란 습기 찬 바위에 사는 극히 작은 이끼의 떼가 모인 것이다. 물때는 이끼보다 더 무서운 적이었다. 그것은 감촉으로도 짐작하기 어렵고 바나나의 껍질 속처럼 부드럽게 매끄러워서 밟으면 미끄러질 게 확실했다. 물때를 돌아가는 길을 눈으로 만들어보았다. 아무래도 중간에 하켄이 필요했다. 그런데, 하켄을 박을 틈은 하나도 보이지 않았다. 그렇다면 남는 것은 오직 하나, 직상 작업인 것이다. 이끼와 물때의 가운데를 뚫고 직선으로 오르는 작업이다. 우리는 테라스에서 늦은 점심을 먹었다.

허리에 자일을 매고 일어섰다. 나는 구두를 바위에 대고 여러 번 비볐다. 구두에 습기가 있으면 그것을 지우기 위해서였다. 모두들 따라 일어섰다. 나는 팀의 전부를 돌아보았다. 영훈이의 큰 코와 가느다란 눈, 인섭이의 긴 턱과 날씬한 키, 기욱이의 붉은 여드름과 튼튼한 어깨, 이것들은 모두 공동체가 되어버릴 것이다. 나는 맞은편 절벽 중간에 편편히 경사진 좁다란 디딤판으로 건너갔다. 여기서부터 긴 슬로프 코스가 시작되고 있었다. 밑으로는 직각으로 굽어져 날카로운 절벽에 이어졌다.

"오 미터 간격으로 따라붙어라."

나는 발을 올릴 장소를 골랐다. 내가 서 있는 층계 모양의 디딤판 바로 위에 바위 부스러진 곳이 보인다. 그곳은 동전만한 크기로 오목하게 패어 있다. 이번에는 손을 확보할 부분들을 조사한다. 역시 왼쪽에 머리 부스럼처럼 오톨도톨하게 튀어나온 부분이 있다. 왼손의 손톱 끝으로 그것을 긁어 당긴다. 당긴다기보다는 차라리 더듬어서, 두 발이 디딘 바위 비탈의 부담을 덜어보려는 것이다. 그것은 만질 수밖에 없는 조그만 부분이었는데도 손톱들이 긁어쥐고 있다. 오른손을 거꾸로 해서 손바닥으로 바위를 단단히 짚는다. 발을 끌어다 동전만한 오목한 부분에 올려놓는다. 구두 끝으로 그곳을 밀면서 궁둥이를 뒤로 든다. 비탈진 바위 위에 허리를 구부리고 선다. 다시 다음번에 잡아야 할 곳을 찾아본다. 손가락들이 바위 표면을 더듬어나 가다가, 어느 부분에 걸린다. 거기 마음이 놓이지 않으면, 또다른 부분을 찾아 기어다닌다. 그런 부분은 눈에는 보이지 않는다. 위에서 내려다보는 바위 표면은 어느 곳이나 똑같아 보인다. 그런데 손가락은 쉽게 그곳을 찾아낸다. 손가락으로 그런 부분을 찾고 나면, 다시 발이 올라온다. 머리 위에 눈에 보이는 홀드라도 찾아내면, 길이 약간 비뚤어져 나갈지라도 그곳을 향해 올라간다. 가랑이 사이로 영훈이가 올라오는 것이 보인다. 그의 가랑이 사이에 꽁지처럼 자일이 길게 늘어져 있고, 그 뒤에 인섭이, 다음에 기욱이가 있다. 지금 그가 찾고 있는 부분이 곧 나의 확보물이며, 내가 딛는 한 발이 그의 전진이다. 절벽 측면으로 바람이 몰아쳐온다. 또 방해물이 등장한 것이다. 몸이 균형을 잃기 쉽다. 단추를 위까지 잠그지 않았던 상의가 등 뒤로 부풀어올라 펄럭인다. 우묵한 바위에 두 발을 짚고, 허리를 굽혀 손끝으로 바위의 표출된 부분들을 긁으며 위로 조금씩 이동해간다. 나는 지금 평지를 개처럼 네발로 걸어가고 있다는 생각이 든다. 하늘은 벽처럼 내 뒤에 펼쳐져 있다. 바위가 뒤로 조금씩 늘어나고 있다. 뭔가, 바위 위에서 반짝이고 있다. 자세히 들여다보니, 못 구멍만한 틈에 앉은 모래알이다. 그것도 뒤로 밀려나간다. 발은 지금도 앞서거니 뒤서거니 하면서 움직이고 있다. 두 손은 벌어졌다, 모아졌다 하면서 바위벽 위를 헤매고 있다. 밑을 보니까, 우리 넷은 완전히 한몸이 되어 있다. 전부 엎드려서 무엇인지를 집중해서 찾고 있는 모습이다. 허기진 네 마리의 짐승이 먹을 것을 줍는 광경 같기도 하다. 가끔 짤막한 말이 오고간다.

"잠깐 서."

"뒷발에 확보할 물건이 보이냐?"

"조금 왼쪽 위에."

"자일 좀 늦춰."

"홀드 바로 위에 물때 있다."

"발뒤꿈치에도, 이끼 조심해."

"빨리 홀드 확보해."

"천천히."

이것이 말일까? 이것은 동작이다. 무의미하던 언어가 작업을 통해서 동작화한 것이다. 만약, 이런 말에 생각할 틈이라도 생긴다면, 그것은 떨어진 다음일 것이다.

이끼의 숲이 내 손끝에 다가오기 시작한다. 발을 살핀다. 배가 암초를 피해 항구로 들어오듯, 두 발이 이끼들을 피하며 오른쪽, 왼쪽으로 짚어 올라온다. 드디어 무성한 이끼의 숲이다. 나는 이제 완전히 길을 잃었다. 발밑을 더듬는다. 확보할 물건이 없다. 다만, 한 손에 부스럼 같은 바위 돌기를 손톱으로 긁어쥐고 있을 뿐이다. 여기서 물러설 도리는 없다. 다리의 바짓자락 주머니에 끼워진 등산 나이프를 뽑는다. 그사이 최소한의 안전을 위해서 한 손 손톱으로 바위 부스럼을 꼭 긁어쥔다. 나이프로 이끼를 긁어내기 시작한다. 이끼가 떨어져나가면 연둣빛 부분이 나타난다. 다시 그것을 긁어내면 흰빛 도는 축축한 바위가 나타난다. 그곳을 입바람으로 말끔히 불어낸다. 이끼가 자랐던 곳은 오목해서 확보하기가 쉽다. 그곳에 한쪽 발을 올려놓고, 다시 다음 곳을 긁어낸다. 드디어 길을 발견했다! 이끼가 벗겨진 한끝에 바위의 갈라진 틈이 나타났기 때문이다. 이것을 찾아가면 하켄이 들어가거나 혹은 손가락을 넣을 만큼의 넓은 틈이 있을지도 모른다. 바위틈을 따라서 긁어나간다. 뒤자일이 팽팽하다. 가랑이 사이로 아래를 내려다보았다. 영훈이가 움직이지 못하고 있다. 인섭이까지도 꼼짝 않고 기욱이 쪽만 살피고 있다. 기욱이는 두 손을 분주하게 움직이면서 뭔가 잡히는 게 없는가 해서 찾는 중이었다. 영훈이가 하얗게 질린 얼굴을 들고 내게 속삭인다.

"기욱이가 물때에 걸렸어."

나는 그때, 수없이 두 손으로 바위를 긁었다. 내 확보할 곳이라곤 바위 부스럼밖에 없는 줄을 알면서도. 그러나 결정적인 때는 언젠가 지나갈 것이다. 나는 기욱이가 듣도록 크게 말했다.

"발을 옮겨봐."

물때를 디딘 발을 움직인다는 것은 어리석은 짓인 줄 모두 알고 있었다. 이런 때에는 선두도 라스트도 포기하고 확보할 하켄을 박는 것이다. 그러나 연속등반의 경우에 한 사람의 몸무게는 다섯도 감당을 못한다. 기욱이의 느린 말소리가 들려왔다.

"백 코스를 하겠다."

나와 영훈이는 잠깐 얼굴을 마주보았다. 지금 이곳은 전면이다. 여기서 백 코스 하는 길은 몸을 굴리는 도리밖에 없다. 여기서 몸을 굴리면 틀림없이 직선 추락할 것이다. 그런데 기욱이는 측면의 테라스 쪽으로 떨어질 것을 믿는 모양이다. 우리들 마음속에서는 이미 그를 말릴 강렬한 힘이 사라져 있었다. 왜! 그것은 '사분의 일'이었기 때문이다. 기욱이가 엎드린 채 한 손으로 배 옆에 매어진 자일의 매듭을 풀고 있는 것이 보였다.

"좀더 애써봐."

"백 코스."

그는 자일을 풀고, 우리에게서 완전히 혼자가 되었다. 잠시 꼼짝 않고 망설이더니 자유로운 한쪽 발을 옆으로 벌려 디뎠다. 그는 머리를 돌려 왼쪽 테라스 편을 내려다보았다. 거기 넓은 바위가 믿음직하게 절벽 사이에 얹혀 있다. 기욱이가 어깨를 아래위로 조금씩 흔들었다.

"간다."

"……"

우리는 그 말 속에 테라스와 절벽 밑이 둘 다 포함되어 있음을 알았다. 우리의 불규칙한 숨소리가 들려올 뿐이다. 그는 친구들의 '이야기' 속으로 돌아가버릴지도 모른다.

갑자기, 기욱이의 몸이 펄떡 솟는다.

미끄러지며 몇 걸음 뛴다.

그의 몸이 옆으로 넘어진다.

몸의 방향이 바뀐다.

바위를 벗어난다.

허공. 허공.

왼쪽이다! 그의 몸이 고무공 튀듯 테라스 위에 뒹굴었다. 그가 뒤틀며 옆으로 돌아누웠다.

"어떠냐?"

"괜찮아. 몸을 움직일 수가 없군."

바위 위에서 우리는 아무도 말이 없었다. 모두들 그를 떨어져가게 했던 무엇인가가 제 마음속에 숨어 있었던 것 같았고, 그 때문에 부끄러웠던 것이다.

"내일까지 기다리겠다."

기욱이가 말했다. 날씨도 괜찮으니까 노숙하기에 그리 어려움은 없을 것 같았다. 그를 다시 구조해서 데려가려면 시간이 늦었다. 자, 낙오자를 위해서 팀의 전원이 등반을 중지할 수는 없다. 내일 아침에 다른 팀과 길안내 등반을 할 예정이니까, 기욱이는 그때까지만 기다리면 된다. 영훈이가 외친다.

"밤을 견딜 수 있겠니, 아니면 야간 구조대를 보내지."

"아, 필요 없다. 색이나 던져줘."

인섭이가 색을 풀어서 왼쪽 측면으로 던졌고 떨어지는 소리가 들렸다. 인섭이가 말했다.

"그 안에 비상식량하구 우의와 윈드재킷이 있다."

"고마워. 낼 아침에 보자. 화이팅 메아리!"

"메아리."

"메아리."

작별의 형식이 끝났다. 나는 다시 나이프로 이끼를 벗겨나가기 시작한다. 발견했던 바위틈을 따라서 자꾸 벗겨나간다. 틀림없이 바위틈이 넓은 곳이 나타난다. 나이프를 바짓자락에다 꽂아넣는다. 허리에서 해머와 하켄을 빼어든다. 바위틈이 넓어서 반쯤은 한 손으로 꽂을 수가 있다. 해머로 가볍게 두드려 완전히 박는다. 카라비너를 끼우고 거기에 본 자일과 보조 자일을 건다. 보조 자일은 내 몸을 확보시켜주고, 본 자일은 앵커에 필요하다. 나는 자일을 당겨 올리기 시작한다. 영훈과 인섭이는 내가 만들어놓은 길을 따라 가까이 기어올라온다. 나는 그들에게 확보할 자리를 넘겨주고 다시 출발한다. 영훈은 자기 몸에 맸던 자일을 풀어 하켄에 걸고 조금씩 풀어주고 있다. 발끝을 세우고 걸어올라간다. 마른 바위였기 때문에 안전하다. 불쑥 튀어나온 바위 등성이가 보인다. 오른쪽으로 돌아간다. 발을 모으고 돌아가니까 가운데에 홀드가 보인다. 발을 내밀어 전진한 뒤 왼손으로 홀드를 잡고 몸을 끈다. 바위틈이 입을 벌리고 내가 뛰어들기를 기다리고 있다. 몸을 바위틈 쪽으로 숙이면서 뛰어든다. 얼굴과 손이 긁혔다. 두 다리는 뒤의 바위 위에서 허우적거리고 있었다. 몸을 안으로 더 들여밀고 천천히 일어난다. 손수건을 꺼내어 상처에서 흐르는 피를 찍어낸다. 급경사로 굽이치며 뻗어내려간 바위 줄기들을 내려다보았다. 절벽 옆을 스치며, 솔개가 날개를 접고 재빠르게 밑으로 떨어져가고 있었다. 나는 외로운 낙오자인 기욱이를 생각했다. 희생하는 것은 어려운 일이다. 더구나 자기의 위험을 혼자만이

해결하기 위해서 동료들에게서 스스로 떨어져나가는 것은 무엇보다도 훌륭했다. 안락한 때에 위험스럽던 날의 기억을 불러일으킨다면 진지하고 충실하게 살아갈 수가 있을 것이다. 남의 피값으로 살고 있다는 것은, 또 우리가 그런 행위들을 자기의 안락을 위해서 은근히 기대하고 있다는 것은 얼마나 참지 못할 일인가. 상수리봉 전면에서 첫눈을 맞이하던 날이 생각났다.

온 하늘 위에 구름이 층을 이루어 쌓이기 시작했다. 부드러운 곡선으로 오르내린 구름의 물결.

바람이 불어오기 시작하자 그것들은 산산이 부서지면서 눈보라가 흩날리기 시작했다. 바람이 정상에 부딪쳐 갈라지면서 우리의 측면으로 불어왔다. 양배추의 잎사귀가 벗겨지듯 한 꺼풀 구름이 밀려가면, 또다른 층의 시꺼먼 구름이 나타났다. 눈송이들이 볼을 때리고, 귓구멍으로 막 파고들었다. 숨을 들이쉴 때마다 헉, 헉, 막혀버렸다. 눈은 바위에 떨어지고 이끼들을 적셔놓기 시작했다. 뒤에서 택이의 숨소리가 보다 가깝게 들려왔다. 나는 홀드를 바꿔 잡았다. 내 숨소리는 상대방의 것에 파묻혀 들리지 않았다. 귀가 아렸다. 지금 내게 소원이 있다면, 콧등과 귀를 만져보고 싶은 것이다. 꼭 한 번만 옷소매로 감싸고 싶었다. 눈송이들이 바위에 앉았다가, 바람에 불려 계곡 사이로 몰려 지나간다. 발을 약간 앞으로 내밀었다. 홀드를 손안에 완전히 확보했다. 갑자기 내 몸이 아래로 바짝 당겨졌다. 홀드를 잡은 손이 빠져나갈 것 같았다. 내 다리 사이로 팽팽히 당겨진 자일이 보이고, 그 끝에 택이가 매달려 있는 게 보였다. 택이는 밑에서 바위를 필사적으로 긁어대고 있었다. 내 몸이 점점 균형을 잃어가는 것을 느꼈다.

"문제없다. 잡고 올라와봐."

나는 숨찬 목소리로 외쳤다. 그러나 이제는 별도리가 없는 짓이라는 걸 두 사람 다 알고 있었다. 눈! 눈은 큰 송이를 이루어 택의 곱슬머리털 위에, 어깨 위에 자꾸 내려앉았다. 택이는 몇 번 더 줄을 잡고 안간힘을 썼다. 그러나 그의 두 발은 같은 자리를 긁어대고 있을 뿐이었다. 내 몸이 밑으로 늘어지면서 발이 주욱 미끄러져나갔다. 홀드를 잡고 있는 양손에 두 사람의 몸이 함께 매달려 있었다. 둘의 몸무게를 지탱하기가 차츰 힘에 겨웠다. 택이는 밑에서 자꾸 허덕였다.

"좀더 힘을!"

내 목소리는 힘을 쓰느라고 꽉 죄어져서 더이상 말을 계속할 수가 없었다. 나는 홀드 뒤편에 물자리가 생긴 바위 구멍을 처음 발견했다. 구멍의 수를 헤아렸다. 몇 개인지 도무지 알 수가 없었다. 자꾸 처음부터 다시 세었다. 아무리 세어보아도 구멍의 수는 알 수 없었다. 택이 지친 목소리로 물어왔다.

"내 위에 확보할 곳이…… 있냐?"

"몰라. 힘을 좀 써봐."

손아귀의 힘이 점점 빠져가고 있었다. 손가락 사이에 눈이 내려앉아서 내 손은 전혀 감각이 없어져버렸다. 근육이 딱딱하게 굳어가는 것 같았다. 기다리는 수밖에 없다. 이 손이 저절로 지쳐서 놓을 때까지 기다리는 것이다. 아직은 선명한 의식으로 맞서보자. 그러나 언제 그 찰나가 올 것이냐. 눈 내리는 거리, 은행나무가 있는 도서관 뜨락, 땅콩을 우물거리며 지나던 고궁 옆 담길, 눈싸움, 눈 내리는 하늘은 모두 똑같아 보인다. 택이의 몸이 축 늘어지면서부터는 힘이 몹시 들었다. 나는 택이의 얼굴을 내려다보았다. 그도 자일에 온몸이 매달린 채 나를 쳐다보고 있었다. 눈보라가 그의 얼굴을 세차게 때렸다. 내 두 손목이 덜덜 떨리기 시작했다. 그의 눈과 내 눈이 오랫동안 그렇게 마주보고 있었던 것 같다. 택이의 입가로 웃음기가 잠깐 어렴풋이 지나가는 듯했다. 택이의 눈빛이 점점 흐릿해졌다. 낯선 시선이었다. 둘의 눈길이 그에 의해서 차츰 분리되고 있음을 느꼈다. 정상을 올려다보았다. 눈송이의 떼가 춤추듯 한없이 날리고 있었다. 마치 바위 주변에서 수천수만 마리의 흰나비가 태어나는 것처럼 보였다. 밑에서 육중한 느낌의 자일이 흔들리는 것을 느꼈다. 내 하반신이 흔들렸다. 옷의 실밥이 뜯어지는 듯한 소리, 투두둑 하는 소리가 몇 번 들려왔다. 툭, 하는 소리가 났다. 바위를 스치는 둔한 소리가 들렸다. 다음엔 내 몸이 날개라도 돋친 듯 가벼워진 것을 느꼈다. 내 숨소리 외에는 모든 것이 조용해졌다. 머릿속에서 들리던 동맥의 뛰는 소리도 그쳤다. 밑으로 고개를 돌렸다. 허공과 끝없이 뻗어나간 절벽이 보일 뿐이었다. 자일은 가볍게 좌우로 흔들거리고 있었다. 짧아진 자일의 끝. 그때, 새빨간 털모자가 허공으로 우쭐우쭐 춤추며 내려가는 것이 보였다. 모자는 절벽 중간의 작은 나뭇가지에 내려앉았다. 바람이 좀더 세차게 불어왔다. 한들거리던 모자는 또 허공으로, 많은 눈송이에 섞여 뱅글뱅글 돌면서 날아내려갔다.

　자일을 굳게 쥐고 일어섰다. 영훈과 인섭이를 한꺼번에 끌어올렸다. 그들은 쉽게 바위를 걸어올라왔다. 바위 등성이를 돌아, 내가 있는 바위틈으로 뛰어들어왔다. 우리는 셋이 모여서 다음 길로 들어섰다. 손을 뻗치면 닿을 만한 곳에 우묵한 부분이 있고, 거기서부터 바위틈이 연이어져 있었다. 손을 뻗어 우묵한 부분을 잡는다. 몸을 날려 발을 올리면서 바위를 짚는다. 몸을 일으킨다. 좁은 틈에 발을 꽉 틀어박고 한 손으로 위를 더듬어 홀드를 골라잡은 뒤, 오른발을 올려 바위틈에 끼우고 위로 일어선다. 그런 자세로 자꾸 올라간다. 바위틈이 끝나는 곳까지 왔다. 마지막 크랙의 길이 시작되고 있다. 절벽이 뻗어올라간 끝이 정상이었다. 우리는 정상 한 모퉁이에 개미클럽의 검정 페넌트가 바람을 한껏 받고 펄럭이고 있는 것을 보았다. 그들은 지금 정상 위에서 무사한 것이다.

"아하―이."

인섭이가 두 손을 입에 모으고 구호를 보냈다. 정상의 절벽 끝으로 낯익은 얼굴들이 나타났다. 그들은 우리를 보자 소리를 지르며 기뻐했다.

"거기 어디?"

"여기 메아리. 어떻게 된 거냐?"

"개척 코스를 끝냈는데, 부상자가 생겼어. 좀 늦었는데."

"우리두 낙오자 한 명이 생겼어."

"운반 준비는?"

영훈이가 세미륙에서 줄사다리와 휴대용 담가를 꺼내 보여주었다.

"시간이 없으니까, 빨리 등반 부탁한다. 우린 꼭 열두 시간 기다렸어."

그들은 절벽 끝에서 자일을 풀어 내려주기 시작했다. 우리를 달아 올리려는 것이다. 그러나 나는 올라가지 않을 작정이었다. 한쪽으로 물러서서 바위틈에 피톤을 박기 시작했다. 줄을 걸고 내려가기 위해서다. 영훈은 절벽 밑에서 자일을 잡고 있다가 내 옆으로 걸어왔다. 그가 내 어깨를 치며 주의를 준다.

"여기서 끝장이야. 피톤은 왜 박어."

"내려가봐야지."

나는 웃으면서 그를 올려다보았다. 그는 어리둥절해서 나를 보다가 아 참, 하고 짧은 소리를 질렀다.

"그렇지…… 기욱이."

하고 나서 인섭이는 나를 옆으로 밀어냈다.

"톱은 네 것이었지만, 기욱이는…… 내가 간다."

"정말이냐?"

"내일 만나자. 늦으면 내려가서 그냥 안 둘 테니깐."

절벽 위에서 자일을 내려주고 있던 개미 한 사람이 외쳤다.

"동벽으로 내려갈 텐데, 숲이 깊다구. 해가 지면 하산하기 힘들어."

"알았어."

나는 영훈의 어깨를 툭 치고 나서 자일을 허리에 감았다. 그러곤 소리쳤다.

"앵커 바짝."

"앵커어 바짝."

높은 산울림과 함께 내 몸이 떴다. 바위 절벽이 눈앞을 천천히 미끄러져 내려갔다. 영훈이가 힘차게 후려갈기기 시작한 해머 소리가 골짜기에 울려퍼졌다. 내 마음속에서는 어둠 가운데 우뚝 서 있는 또하나의 거대한 바위가 생겨나고 있었다.

(1962)

탑

본대로부터 R에 도착했을 때, 겨우 아홉 명의 병사가 맡은 무모한 임무를 나는 이해할 수가 없었다.

본대에서 출발할 때는 그 지역이 몹시 중대한 전략적 가치를 지니고 있을 것이라고 생각했던 것이다. 네 명의 후보자 가운데 내가 선택되었던 것은 우연에 지나지 않았지만, 다른 사람들에 게는 만족스럽고 타당한 우연이었다. 나는 오랫동안 미군 혼성 지원 기지인 아메리칼 사단의 합동 기동순찰병으로서 마치 관광객과 같은 파견 생활을 하였다. 그 미군기지는 해안을 따라서 모래밭 위에 엄청난 대도시를 형성하고 있었다. 내가 처음 LST 로부터 상륙했을 때 모래먼지가 일고 있는 광대한 벌판 위에서 경이의 눈으로 바라보았던 것은 거대한 고철의 산더미였다. 포탄 껍데기와 부서진 중장비들과 레이션의 깡통들이 벌겋게 녹슨 채로 곳곳에 쌓여 있었고, 주위에는 야전 변소의 인분과 식량 찌꺼기를 태우는 기름 연기가 검게 올라가고 있었다.

이 대륙에서의 첫 밤을 함상艦上에서 새웠을 때, 검고 짙은 어둠 저 너머로 아시아의 또다른 불빛들이 명멸하고 있었는데, 집들의 창문에서 새어나오는 빛이 아니라 탐조등과 조명탄과 작렬하는 포탄, 그리고 끊임없이 오르내리는 헬리콥터의 불빛이었다. 그때 나는 상갑판의 쇠줄 난간에 그네를 타듯 걸터앉아서, 약간의 기대와 설레는 가슴을 진정하며 파도를 타고 내게로 전해오는 저 미지의 대륙의 아우성과 고통을 감지하고 있었던 듯하다. 새벽이 되어 낯선 태양이 바닷속으로부터 솟아올랐을 때, 불어오기 시작한 바람 속에 내가 제일 처음 맡은 냄새는 소금 냄새나 대지와 숲의 냄새도 아닌 가솔린 냄새였다.

내가 순찰병의 명을 받고 파견대를 찾아가던 중 길을 잃었던 일은 잊어버릴 수가 없다. 나는 하역작업이 한창인 부둣가에서 방황하고 있었다. 아직 위장 무늬가 선명한 새 정글복을 입고 있었으며, 여기서는 이미 구식인 M1 소총을 느슨히 걸쳐 메고 한쪽 어깨에는 내가 지급받은 보급물로 가득찬 촌스러운 의낭을 땅에 질질 끌듯 짊어지고 있었다. 나는 냉동창고가 있는 A 레이션 창고 앞의 상자들 사이를 두리번거리며 오르내렸다. 철모에 눌린 이마와 관자놀이에서 땀이 철철 흘러내렸고, 어깨에서 자꾸 미끄러지는 의낭의 끈과 소총의 멜빵을 번갈아 치켜올려야만 했다. 나를 지켜보던 밤색 머리털의 앳된 위병 근무자가 다가와서 도와줄 수 있겠느냐 물었다. 내 소속과 찾아가려는 부대 이름을 말했더니 그는 웃으면서 여기가 보급창임을 알려주고 파견대는 아주 멀리 떨어져 있다는 것이었다. 주위에는 벌써 곳곳에 불이 켜지고 캔틴 컵과 프라이팬을 든 병사들이 식당을 찾아가고 있었다. 그는 친절하게도 여러 차례 애를 쓰면서 전화를 걸었고 드디어 나를 위한 차가 보내진다는 연락이 왔다. 그동안 위병은 나를 자기 근무석에서 쉬도록 해주었다. 그는 내게 샌드위치 한 조각을 나눠주며 뭐라고 말했는데 부드러운 햄을 씹어 넘기고 있는 동안 내 귀에는 로온리!라는 말이 들렸다. 나는 그때 아이처럼 눈물이 핑 돌았고, 마실 것을 권하는 그 밤색 머리털의 위병의 얼굴도 약간 시무룩해져 있었다. 그는 한 손으로 먼 곳을 가리키듯 하면서 말했다. ―여긴, 집에서 아주 멀다네.

순찰대의 한국군 책임자는 하사였는데 제일 졸병이었던 나 외에도 서넛의 대원을 거느리고 있었다. 나는 날마다 작전 차량의 TCP 근무와 1번 도로를 기동순찰하는 것으로 일과를 보냈다. 먼지 속에서 코끝에까지 내리덮이는 플라스틱 글라스를 쓰고 쉴새없이 오가는 중장비들의 행렬과 LVT, 탱크, 호송 행렬 들을 안전한 도로로 안내했다. 오후에는 두 명의 미군 순찰병과 함께 나는 뒷자리의 30밀리 기관총좌에 앉아서 1번 도로를 달렸다. 우리는 촌락을 정찰중인 수색대로부터 포로를 인계받기도 하고, 군사정보대를 찾아가는 첩자를 호송하거나, 도로에 매설된 부비트랩을 발견해서 공병대에 연락하기도 했다. 저녁에 귀대할 때쯤에는 내 드러난 팔과 목덜미와 글라스 아래편의 턱 언저리와 뺨에 두터운 붉은 흙의 켜가 덮여 있었다. 한번은 얼마큼 되나 하고 손톱으로 긁어모았더니, 큰 자두알만한 흙덩이가 되었다. 그러나 나는 본대의 대원들과 보병들을 생각했고, 가끔 마음의 갈등이 있었을 때엔 내일은 꼭 작전엘 나가리라, 가리라, 하고 결심했던 것이다.

　가슴에 뭔가 무거운 것이 얹힌 듯한 날에 나를 찾아들었던 불면의 밤이 있었다. 고향에서 좋지 않은 소식을 받았을 때, 또는 포로수용소에서 여자 포로나 소년병들을 봤을 때, 대량 살육의 흔적이 남은 밀림 속의 협로를 순찰했을 때라든가, 순찰차 위에 저격받은 아군 시체를 싣고 올 때, 그리고 가장 나를 괴롭혔던 것은 파견대의 책임 조장인 하사와 나 사이에 있었던 알력이었다. 그는 내가 PX에서 위조 카드로 수없이 냉장고와 텔레비전을 사 내오기를 명했고, 모종의 구멍 뚫기를 재촉했던 것이다. 구멍이란 보급병들과의 접선을 의미했다. 그는 우리에게 본때를 보인다는 식으로 아침마다 모래펄 위를 기어가게 했고, 우리들에게 미군 녀석들의 활기 있는 사기 속에서 깊은 열등감을 느끼도록 만들었다. 나는 장교가 되지 못한 것과 작전에 지원하지 않은 것을 날마다 후회했다. 어쨌든, 기지에서의 나의 파견 생활은 전투를 하고 있던 동료들에 비해서 마음은 불편했지만 관광객과 같은 나날이었다. 깡통 식품이 아닌 요리된 뜨거운 식사를 두 끼나 먹을 수 있었고, 밤마다 샤워를 하고 나서 모기장을 친 에어베드 위에서 잠들었다. 한 달에 두 번인 비번 날은 냉맥주를 마시거나, 해변 노천극장에 위문 쇼를 보러 갈 수도 있었으며 간혹 여자를 살 수도 있었다. 처음엔 어느 정도 거리꼈지만, 낯익은 얼굴이 생기고부터는 당연한 것처럼 생각되었다. 물론 늘씬하게 빠졌다든가 달콤한 웃음을 지어낼 줄 안다거나 하는 것은 바랄 수도 없는 농촌의 피난민 부녀자들이었다. 캄캄한 판잣집의 어둠 속, 대나무로 엮은 침대 위에서 퍼덕이는 갈색의 작은 살덩이는 내 몸처럼 슬펐다. 석 달 동안의 파견 생활 중에 내가 촌락에서 겪었던 위험을 빼놓고는 호화판이었다고 말할 수 있다. 나는 실탄을 장전한 45구경 권총을 한 손에 쥐고 여자의 배 위에서 그 짓을 하며 습격의 밤을 보냈다. 적들은 마을을 샅샅이 뒤지고 지나갔으나 나는 발각되지 않았던 것이다.

내가 원대복귀된 것은 우리 여단이 북으로 이동함으로 해서 늘어난 외곽 경비 때문에, 파견된 인원의 귀대가 절대로 필요했기 때문이었다. 곧 몬순이 닥쳐왔지만, 적의 공세가 시작되고 있어서 우리는 주요 도시의 방어를 위해서 남으로부터 북상하라는 작전명령을 받은 것이다. 사령부가 의도하는 것은 평정된 우리 지역의 치안을 정부군으로 하여금 담당하게 하려는 것이었다. 월초부터 면밀하게 계획된 철수가 조심스럽게 시작되었고, 전 여단은 중대별로 새로운 지역에 투입되어갔다. 정부군에게 여단본부 지역을 인계하기까지의 마지막 일주일 동안은 소속 구분 없는 2개 중대 병력의 최종 후발대가 담당하게 되었는데, 내가 받은 넘버는 재수없이 후발대 속에 끼어 있었다.

내가 본대에 도착하기 전에 R포인트에서는 치열한 전투가 있었다. 적은 곧 물러갔지만 몇 명의 전상자가 생겼으므로 빈자리를 메우기 위해서 누군가 차출되어야만 했다. 파견되었던 인원은 여섯 명이었는데, 본대의 동료들은 모두 외곽 방어에 나갔거나 선발대로 떠났기 때문에 우리들 중 누군가 R에 가야 할 것이 틀림없었다. 나는 제비뽑기를 제의했고, 모두들 찬성했다. 국도로 나가는 도로 정찰차가 출동하기 직전에 우리는 잠깐 카드놀이를 했다. 염병하게 재수없는 날이었다. 내가 쥔

패는 끗발이 제일 약했고, 중대장에게 출발 신고하러 갈 수밖에 없었다. 하지만, 앞에 말했듯이 나는 지난날의 여행자와 같던 파견 생활을 떠올림으로 해서 만족한 결론이라고 자위하지 않을 수가 없었다. 그들은 파견 생활 중에도 여러 번 작전에 참여했거나, 모두들 더럽게 조건이 나쁜 시기를 겪었던 것이다.

─잘해라, 이사갈 때 만나자, 라고 그들은 말하면서 내가 준비하지 못했던 여분의 탄창과 연발 상태가 불량한 내 소총을 자동화기로 바꿔주었다. 내가 R 지역에 관해서 아는 것은 국도가 세 갈래로 갈라지는 교통통제소라는 것과 부근에 모두 철수해버린 보급대대의 빈터가 있다는 것뿐이었다. 중대 선임하사가 순찰 지프 위에 나를 태우고 국도를 달려내려갔다. 운전병은 저격이 두려워서인지 핸들 위로 얼굴을 바짝 낮추고 액셀을 한껏 밟았다. 질주하는 차 옆으로 짙은 밀림의 그늘들이 음산하게 지나갔다.

도착했을 때, 분대원들은 식사중이었다. 마침 월남 정부군의 컨보이 행렬이 지나가고 있었는데 그들은 구름 같은 먼지에도 아랑곳없이 음식을 벌여놓은 채로 맛있게 먹고 있었다. 장갑차와 트럭 위에 올라앉은 정부군들은 국도에 외롭게 남아 있는 몇 명의 외국군 해병대를 보자 엄지를 꼿꼿이 세워 보이면서 지나갔다.

"새끼들 엿이나 먹어라!"

지프차 앞으로 다가오던 하사관이 내뱉듯 중얼거렸다. 그의 머리털은 길게 자라서 목덜미를 덮고 있었고, 찌푸려진 실눈이 번쩍였다. 검게 그을은 그의 얼굴에는 소년과 같은 천진한 표정이 깃들어 있었다. 그는 나를 거들떠보지도 않았다. 선임하사는 내게로 눈을 주며 말했다.

"보충병이다."

"겨우 한 명입니까?"

나이 어린 하사관은 이빨 사이로 멋지게 침을 내쏘면서 투덜댔다.

"아시겠지만 우리는 보충병 한 사람 포함해서 겨우 아홉 명입니다. 그래도 본대는 여기보다 상황이 나을 텐데요. 저따위 쓸데없는 걸 지키는 데 겨우 아홉 명이 목을 걸구 있다 그 말입니다."

하면서 그는 뒤를 돌아보았다. 선임하사가 말했다.

"명령이다. 인원은 모자라겠지만 잘 운영해봐."

"차라리 매복이라면 어떻게 되겠지만 이건 정말 쓸데없는 노릇입니다."

선임하사는 분대장의 불평을 건성으로 흘리면서 운전병에게 고개를 끄덕였다. 달려가는 차 위에서 그는 소리쳤다.

"꾹 참구, 앞으루 사흘만 버티라구!"

하사는 찌푸린 얼굴 그대로 절도 있게 경례를 붙였다. 우스꽝스러워 보였다. 나는 길 가운데 우뚝 서 있는 하사 옆으로 다가가서 말을 걸었다.

"파견대에서 귀대한 오상병입니다."

그는 나를 힐끔 쳐다보고 나서, 지어낸 듯이 나직하게 말했다.

"정식으로 신고해."

"네?"

나는 아니꼬운 느낌이 들었다. 애송이 같은 신병 하사 자식.

"파견대에선 화려했겠군. 신고해!"

나는 그의 정면으로 돌아가서 꼿꼿이 부동자세를 취한 다음 소속 계급 성명을 대고 본대로부터 R에 보충 명령을 받았기 이에 신고함, 어쩌고저쩌고 길게 늘어놓았다. 그사이에 하사는 윗주머니에서 굵다란 시가를 꺼내어 여린 입술 끝에 물었으며 주위에서 분대원들의 킥킥거리는 웃음소리를 들었다. 나는 귀끝이 화끈 달아올랐다. 줄을 지어 달려가던 월남군의 호송 행렬이 모두 지나가자 황혼 무렵의 국도는 병원의 복도처럼 텅 비어버렸고, 드높게 떠올랐던 연막 같은 먼지는 밀림 쪽으로 불려 날아가버렸다. 나는 하사가 어슬렁거리며 내 앞을 떠날 때까지 바보처럼 꼿꼿이 서 있었다. 혀끝에 쌍소리가 얹혀서 맴돌다가 목구멍 속으로 꿀꺽 넘어갔다. 분대원들 틈에서 문상병이 손짓하고 있는 게 보였다. 나는 그의 옆에 가서 앉았다.

"분대장은 어떤 놈이냐, 속이 틔었냐, 아니냐?"

"글쎄…… 애송이의 똘똘이 새끼라구나 말할까."

"유능하니?"

"저 새낀 융통성이라군 눈곱만치두 없지. 하사관 교육대에서 우등한 녀석이야. 우리 생명을 보관하구 있다."

"개새끼, 여긴 교육대가 아니란 걸 잘 알 텐데."

문상병이 웃었다.

"저치는 아마 상황만 좋아지면 제식교련이라두 시킬걸."

문상병은 내 몫의 야전 식량을 건네주고, 내가 식사를 하는 동안 자기의 M16 자동소총을 삼등분으로 분해해서 열심히 닦았다. 그는 재빨리 먹어치우고 있는 나를 물끄러미 바라보다가 말했다.

"너 월남군 차가 지나가면, 그걸 집어타구 기지루 내빼라."

나는 어리둥절해서 농담이라기엔 아주 진지한 그의 얼굴을 쳐다보았다.

"기지에 가면 미군 수송선이 있잖나. 배를 타구 이동 지역으루 꺼지란 말야."

"무슨 소리야."

"나는 R포인트의 대원이었지만, 넌 재수가 없어서 보충된 거 아냐."

"나중에 군재에 올라가서 총살당하면 너 책임질 테냐?"

말하고 나니 어처구니가 없어서 우리는 웃었다. 문이 말했다.

"피 보는 건 마찬가지다. 총살은 괜찮지만, 잡히면 찢겨 나무에 걸린다. 우리가 뭘 하구 있는지 아니?"

그는 한쪽 눈을 감고 총구 속을 들여다보면서 말했다.

"참모들은 미쳤어."

그가 고개를 돌리며 분해된 총대로 도로 건너편을 가리켰다.

"가서 봐라. 그리구 생각해봐. 정신이 온전한 놈들의 짓인가를 말이지."

나는 식사를 하다 말고 깡통을 손에 든 채 일어섰다. 도로 건너편에는 블록으로 지은 세 채의 초소가 있었는데, 보급대대의 경비초소였던 자리였다. 초소가 부대에서 따로 독립되어 지어져 있던 것을 보면 꽤 중요한 무엇이 있는 것 같았으나, 세 갈래로 갈라진 길의 한복판에 약간 널찍한 빈터와 초소 뒤로 울창하게 자란 숲이 보일 뿐이었다.

"아무것두 안 보이는데, 길을 지키려구 초소를 지었을 리는 없구."

역시 문상병은 고개를 흔들었다.

"그러구 보니까, R의 임무는 뭐야? 도대체 모두 철수해버린 보급대대 앞 노상을 지킬 무슨 이점이라두 있니?"

"탑이 있거든."

"탑이라니……"

"그전엔 여기 사원寺院이 있었어. 무너진 사원을 불도저루 밀어낼 때 주민들의 반대루 탑만 남겨놓았거든. 월남인들의 감정에 큰 영향을 준다는 이유로 부대 진주 초기부터 지켜왔던 거야. 우리는 저 탑을 적이 옮겨가지 못하도록 무사히 보존했다가 정부군에게 물려주는 거지. 저따위를 지켜야 된다구 생각해낸 자들은 바보야. 전략적 가치와 정치적 가치가 어떻다느니 하지만, 이놈의 전쟁은 시작부터가 전략적이라 그 말이지."

장난감과 같은 작은 탑을 지켜야 하는 일이란 걸 알았을 때, 나는 지프에 실려 이곳으로 오면서 느꼈던 공포감마저도 억울하다는 생각이 들었다. 실로, 그것은 탑이라는 거창한 말을 붙이기엔 너무나도 초라한 물건이었다. 초소와 숲 사이의 마당에 사람 두 키 정도의 높이로 세워져 있는 보잘것없는 돌덩이에 지나지 않았다.

돌은 조잡한 솜씨로 여섯 모 비슷하게 다듬어졌고, 중간중간에 희미하게 지워진 문자가 새겨져 있었다. 그러나 자세히 윗부분을 관찰하면서 나는 차츰 그렇게까지 초라한 것은 아님을 깨닫게 되었다. 탑의 위층부터 춤추는 듯한 사람들의 옷자락에 둘러싸인 부처의 좌상이 부조浮彫되어 있었는데, 그 꼭대기 부분만은 진짜인 듯했고, 나머지 부분은 나중에 보수한 것 같았다. 부녀들의 옷자락과 긴 띠와 손가락들의 윤곽은 아주 섬세했으며, 부처님의 거의 희미해진 조상은 그래서 더욱 신비로워 보였다. 짐작건대는 이것이 지방민의 사랑과 애착의 대상이리라는 것이었다. 아마도 포연과 총성이 없었을 때, 빛나는 햇빛 아래 나무 그림자의 옷을 입은 사원에서 종이 울려퍼지고, 지나는 농부와 아이들과 가축들은 탑을 향하여 경건하게 무릎을 꿇었으리라.

인민해방전선이 그들의 정치적 선전을 위하여 탑의 탈환을 목적으로 할 것이라는 예상은 오래전부터 있어온 모양이었다. 월남군 수뇌부는 그 점에 착안하였고, 우리 부대가 진주했을 때, 참모들에게 건의했을 것이다. 나는 전에도 순찰중에 여러 촌락들을 지나다니면서 그들의 종교적 열의에 놀랐었다. 곳곳마다 집 앞에는 그들의 서서히 타오르는 듯한 평화에의 염원처럼 연기를 피워올리고 있는 향로와 내실에 불단이 마련되어 있었다. 꺼지지 않고 타오르는 향은 줄기찬 기도였을 것이다. 그들이 집과 토지를 버리고 비교적 안전한 도시로 몰려들 때에도, 가족 중의 누군가는 소중히 향로를 그의 가슴에 운반

하고 있었다. 강과 교량이나 유리한 지형처럼 탑은 누가 보기에도 전략적 가치가 있었으며, 그것을 차지하는 쪽은 주민들의 신뢰와 석가여래의 가호를 받고 있다는 확신이 들었을 것이었다. 그러한 양편의 관심으로 해서 탑은 이 전쟁의 한 상징적인 물건이었다.

우리들이 모여서 식사를 하던 곳은 전에 보급대대의 외곽선이었던 모래 자루로 쌓아올린 방벽 앞이었다. 이제 철수해버리고 폐허가 되어 있는 대대의 건물들은 우리의 경계 대상으로서 최전방이었다. 막사로 쓰던 목조건물과 수많은 전투 벙커들은 그보다 훨씬 뒤에 빽빽이 들어찬 밀림에서 침투해들어올 게릴라들의 확보지나 은폐물로서 이용될 가능성이 많았다. PS판과 철조망으로 차단된 대대의 남쪽을 국도를 따라 내려가면 여러 가지 무늬와 색깔이 칠해진 주민들의 백토집 마을이 있었고, 맞은편으로는 역시 국도 연변으로 낙화생밭이 길게 이어지고 있었다. 마을과 낙화생밭이 평행으로 가다가 끝나고 다리가 있었다. 작전지도에 의하면 그것은 B교량이며 미군들이 LVT 세대를 가지고 강변을 경계한다는 것이다. 우리들의 최후 방어선은 탑을 둘러싼 세 채의 초소를 중심으로 가슴까지 오도록 파인 배수로를 참호로 이용하게 되어 있었다. 거기서 보면 정남

쪽으로 B교량이 있으며 서쪽으로 보급대대의 폐허, 동쪽으로는 세 갈래로 갈라진 국도의 지선 너머로 낙화생밭의 끝이 보이고 밭 뒤로는 울창한 대숲이 보였다.

대나무 숲 후방에 고지가 있는데, 좌표상으로는 부근 평지를 제압하고 있는 지역이었다. 문의 얘기로는 분대장의 간곡한 요청에 의하여 고지에 지원사격조가 배치되어 있다는 것이다. 동쪽의 간선도로를 따라 올라가면, 2개 중대가 지키고 있는 허술한 여단본부가 나오게 되어 있었다. 탑 뒤의 우리 최후 저지선의 후방은 낮은 바나나 숲이 띄엄띄엄 자라고 있어서 한 사람의 경계로 충분했고, 우리들이 식사를 하던 모래 방벽 앞에 두 명의 청음초병이 배치되어야 했다. 나머지 다섯 사람들은 배수로에서 말굽형의 화기 진을 치기로 했다. 나는 탄창의 용수철과 약실을 검사하고, 자동소총의 활동 부분에 기름을 쳤다.

어느 분대원이 겁도 없이 민가에서 토주土酒가 가득 담긴 항아리를 날라왔다. 원래 경기관총 사수인 그는 작전중에도 포복하면서 귀대 후 탄약통에 담아 먹을 김칫거리로 배추와 고추를 가스마스크 집에 따 넣는다는 먹성이 끈질긴 친구였다. 우리는 마시다 남은 술을 수통에 하나 가득씩 나누어 채웠다. 사수 녀석이 말했다.

"마을 사람들이 목조건물을 뜯어가게 해달라구 그러더라."

"거저 뜯어가겠다던?"

"아니, 내일이 설이잖나. 닭을 잡아주겠대."

주민들은 대대의 목조건물들과 벙커의 굵직한 재목이며 철근을 탐내고 있었다. 튼튼한 방공호를 짓는다든가 땔감으로서 재목은 그들에게 귀한 것이었다. 울창한 밀림 가운데 살면서도 주민들은 나무를 가공해볼 엄두를 내지 못해서 음식을 요리할 때에도 부대 주변에서 주워온 레이션 상자라든가 쓰레기 종이들을 곧잘 땔감으로 사용했다. 하사가 우리들에게로 걸어왔다.

"대대 지역은 이미 정부군의 재산이다. 아무도 손댈 수 없어. 접근하는 자가 있으면 발포하게 되어 있어."

"놈들의 재산이 어디 있어요. 우린 여길 뜨는데."

"자, 해가 있을 때 모두들 집을 짓자."

하사는 내게 샌드백 방벽 앞의 청음초 근무를 명했다. 그는 병사들을 곳곳에 배치했다. 도로를 가로질러 원형 철조망을 치고, 샌드백을 운반해다가 배수로 위에 쌓았다.

"그 녀석을 끌구 나와."

하사가 첫번째 초소 안을 손짓했다. 병사 하나가 뛰어들어가서 손을 뒤로 묶인 삼십 세쯤의 사내를 끌고 나왔다. 사내는 검은색 파자마에 타이어 고무로 만든 샌들을 신고 있었다. 그의 팔목과 다리에는 부스럼이 여러 군데 곪아 있었으며, 안질에 걸려서 눈물을 질질 흘리고 있었다. 그는 컴컴한 초소에서 갑자기 바깥으로 끌려나오자 눈을 가늘게 뜨고 재빠르게 주위를 두리번거렸다.

"저건 뭐야, 포로냐?"

나는 함께 청음초로 배치된 소총수인 일등병에게 물었다.

"인질이죠. 어제 전투에서 잡았습니다."

"왜 수용소루 후송 안 했지?"

"수용소 같은 건 없어요. 우리두 잡히면 피차 마찬가집니다. 수용소는 멀리 이동해버렸으니까요. R을 철수할 때 처치해두 좋다구 부대에서 연락이 왔다는군요."

"적의 사격을 막자는 셈인가."

"탑의 방패막이죠."

인질은 탑에 묶였고, 우리가 시킨 대로 얌전히 앉아서 먼 숲속을 바라보는 것 같았다. 부대의 폐허 너머 컴컴해진 밀림 위에 적도의 태양이 잘 익은 망고처럼 떠 있었다. 습지에서는 도마뱀들의 울음소리가 끓어올랐고, 숲속에서 원숭이들의 아우성 소리가 들렸다. 날카롭고 높은 소리와 단조로운 깩깩거림이 계속해서 들려왔다.

하사가 저고리를 벗은 맨살 위에 방탄조끼만 걸치고, 머리에는 철모 대신 MARINE이라 새긴 붉은색 산악병 모자를 쓰고,

껌을 질겅질겅 씹으며 도로를 건너왔다. 그는 한 손에 PRC6 무전기를 들고 와서 우리 옆에 놓았다. 하사가 말했다.

"청음초 근무중에 이상이 있으면, 송수화기의 통화 스위치를 눌러서 두 번 축음을 보내도록."

내가 그에게 물었다.

"언제까지입니까? 우리가 여길 지키는 게……"

"중대가 철수할 때까지."

그의 대답은 막연했다. 언제 철수할 것인가 물으면, 그는 정부군에게 인계할 때까지라고 대답할 것이고, 언제 인계하는가를 물으면 상부의 명령에 따라서라고 대답할 것이다. 꼭두각시 같은 자식.

"분대장님, HQ에서 호출입니다."

"누군데?"

"중대장입니다."

"네가 직접 교신해. 뭐야, 병력이라도 보충시키겠다는 건가. 아니면 작전이 변경됐으니 철수하라는 거냐?"

"좌표를 불러달랍니다."

"네가 지도 보구선 중요 지점을 읽어줘. 포라두 쏴준대?"

"81밀리 2문이 배당됐다는데요."

"있으나마나야."

하사가 전방의 대대 지역 너머로 이미 짙은 어둠이 깔려 있는 숲속을 바라보며 말했다.

"이쪽으루 들어오면 손쓸 방도가 없어."

하사가 돌아간 다음 소총수와 나는 전기 충전식 방향 지뢰인 클레이모어를 샌드백의 방벽 너머 전방에다 묻었다.

"어제 전투는 아주 치열했던 모양이지?"

"전투가 아니라, 테러였어요. 우리는 총 한 방 쏘아보지 못하고 당했어요."

"밤에 그랬어?"

"아니, 대낮에…… 모여 앉아 병기 손질을 하구 있는데……"

차량도 뜨음해졌고 매미가 요란하게 울어대는 한낮에 먼 곳에서 오토바이가 질주해왔다. 그들은 달려오는 오토바이가 일으켜놓은 높다란 먼지를 무심히 바라보면서 앉아 있었다. 뒷좌석에 착 달라붙은 듯 타고 있던 사내가 모자를 벗었는가 했는데, 그의 쳐들어진 손아귀에서 감자 같은 것이 날아왔다. 누가 외쳤다. 수류탄이다! 폭음이 일어나자마자 남쪽 도로변의 비어 있는 민가에서 소총의 사격이 쏟아져왔다. 몇 사람이 더 쓰러졌고, 약삭빠른 사수와 조장이 집의 배후를 우회해서 수색하고 채 달아나지 못한 포로를 잡았는데, 그는 지도와 권총을 소지한 것으로 미루어 지휘자일 거라는 얘기였다.

우리는 담배를 끄고, 탄띠에서 수통을 꺼내어 곰팡내 나는 토주를 조금씩 마셨다. 석양은 밀림의 나무 사이로 갈가리 흩어져 보이다가 금시에 어둑어둑해졌다.

"오상병은 뭐했어요?"

소총수가 물었다.

"순찰병이었어."

"군대 오기 전에 말요."

"글쎄! 돌아다녔지."

"장사했소?"

"아니, 그냥 집에서 나가 있었어."

"뭐할 작정이쇼? 돌아가게 되면……"

"제대하구 봐야지, 모르겠는걸. 전쟁이라두 터지면 야단인데."

"거긴…… 이따위 전쟁은 다신 안 일어나길 바라야죠. 난 잘 모르지만 식구들이 무척 고생했답디다."

"그때 몇 살이었는데?"

"두 살, 줄곧 업혀다녔거든요."

"나는 식구들을 걸어서 따라다녔어. 겨울에 동상이 걸려서 고생 많았지."

"좀 자두쇼. 그동안 나 혼자 근무할 테니까, 나중에 교대합시다."

"잠이 안 오겠는데."

"탈영만 안 했다면 나는 지금 제대해서 고향에 있을 텐데."

"사고자 출신이야?"

"사단 영창에서 나오자마자, 여기루 명령 났소. 가면……
수당 받은 걸루 땅을 사서 염소나 길러야지."

"자, 이젠 그런 얘기 집어치우자."

나는 어느 결에 얘기 속으로 깊이 끌려들어간 것에 짜증이
났다. 그런 말을 지껄일 때의 허망한 느낌이란 누구에게나 마
찬가지일 것이다. 만약에 돈이 많이 생긴다면, 만약에 내가 살
아남는다면, 만약에 늙지 않는다면, 만약에 내가 포로가 된다
면, 그래서 탈출한다면, 하는 식으로.

"오상병은 그런 작은 일두 바라지 않는 모양이오."

"말해봤자, 김만 새지 뭐."

소총수와 나는 한참 동안 잠잠했고, 나는 여러 가지 공상들
을 떠올려 그것을 껌처럼 야금야금 씹으면서 아꼈다.

"들어봐! 저게 무슨 소리야."

먼 곳에서 대통을 연속적으로 두드리는 듯한 소리가 들려왔
다. 그 소리는 차츰 가까워지면서 숲 언저리에 퍼져갔다. 이곳
저곳에서 목탁 때리는 것 같은 소리가 함께 어울렸다.

"적이 왔소."

소총수가 노리쇠를 후퇴시켰다가 철컥 밀어올리면서 실탄을 쟀다. 소리가 길게 연결되다가 일시에 끊기고, 잠깐 사이를 둔 뒤에 호각 소리가 삐익, 하고 날카롭게 들려왔다. 여러 사람들의 고함소리가 한꺼번에 일어났다가 멎고 나서 아주 조용해졌다.

"어젯밤에도 저애들은 우릴 밤새껏 놀렸어요."

다시 여럿의 고함소리와 타악기의 연속음이 계속 들려왔다. 소리는 또 그치고, 일종의 예리하게 긴장된 정적을 사이사이에 준비하고 있었다. 그 정적이 우리를 몹시 초조하게 했다. 내가 말했다.

"어쩔 작정일까, 매일 이 모양으루 밤을 새우기만 하면……"

"적은 마지막으루 한판 겨룰 셈예요. 그때까지는 우릴 환장하게 만들자는 거겠지."

"숲속으로 꾀여들이려는 걸지두 몰라."

"며칠 동안 밤새껏 듣게 되면, 누구라두 새벽쯤엔 아주 돌아버릴 거요."

한 사람의 구령 붙이는 듯한 소리가 들렸고, 뒤따라 여럿의 왁자지껄하는 소리가 들렸다. 그 이상한 잔치 소리는 밀림을 넘고 우리들의 초소 위로 불안하게 덮쳐왔다. 무전기에서 축음이 들렸다. 나는 송수화기를 귀에 갖다댔다. 통신병의 속삭임이 들려왔다.

"청음초, 말없이 듣기만 해라. 명령 내리기 전에는 절대 사격하지 말 것. 아무리 위급해도 사전에 보고하기 바람."

먼 하늘에서 번쩍이는 섬광이 지나갔고, 뇌성이 뒤를 이었다. 후덥지근한 바람이 불기 시작했다.

"또 비가 올 모양인데요."

"우비는 있나?"

"우리가 가진 건 해군용 반우의뿐요. 모기약 바르겠소?"

"싫어, 몸에 바르는 건 질색야."

끈적한 올리브 기름기와 지독한 냄새 때문에 나는 바르는 모기약을 증오했다. 말라리아에 걸린다 해도 그걸 바르기보다는 차라리 마셔버렸을 것이다. 비가 내리기 직전은 밀림의 모기들이 제일 설칠 무렵이었다. 모기들이 악착같이 날아 덤볐다. 나는 그것들이 내 피를 실컷 빨도록 내버려둔다. 얼굴과 드러난 팔뚝이 온통 부풀었다. 가려움 때문에 팽팽히 곤두선 신경이 느슨해지는 느낌이었다. 유리알이 맞부딪치는 듯한 투명한 총소리가 났고, 숲 사이를 흘러가는 여운이 들렸다. B교량 쪽에서 미군들이 경기관총을 볶아대기 시작했다. 쌍방이 쏘아대는 소총 소리와, 자동소총의 탄환 튀는 소리가 파문처럼 그곳에 번져나갔다. 유리창이 깨어져나가는 것 같은 총류탄의 날카로운 파열음이 장단을 맞추었다. 소총수가 말했다.

"적은 교량을 파괴하려는 거예요."

"양키들두 지친 모양이군. 적들은 포를 가지구 있나?"

"그애들이 무반동포루 우릴 쓸어버리는 일은 간단하지. 그렇지만 못 쏠 거요. 우리가 지키는 게 바루 우릴 방어해주고 있거든."

"탑이…… 아니면 인질이냐?"

"둘 다죠. 인심을 얻으려면 탑을 파괴할 수는 없을 테니까. 그러구 쟤들두 전우애가 강하죠."

총성이 계속되었고 다리 부근의 숲은 탄환과 유탄의 불똥들이 휘황하게 반짝였다. 양쪽 모두 치열한 근접사격을 벌이고 있었다. 조명탄이 계속해서 오르더니, 가느다랗게 헬리콥터의 프로펠러 소리가 머리 위로 지나갔다. 두 대의 건십이 번갈아 대지공격을 시작했다.

전투는 계속되고 있었다. 폭음과 흰 연기가 솟아올랐으며 뭔가 한꺼번에 무너져버리는 듯한 굉장한 소리가 들려왔다. 교량 쪽의 하늘에서 불꽃이 높이 솟아올랐고, 주위가 일시에 고요해질 때까지 불빛은 하늘을 벌겋게 물들이며 타오르고 있었다. 오랫동안 상공을 맴돌던 건십은 밀림 위로 날아가서 중기관포의 불꽃놀이를 한 다음 미련이 남은 듯 천천히 선회하면서 돌아갔다. 나는 속삭였다.

"다리가 폭파됐나보다. 적은 그게 목적이었어."

"멍청한 놈들! 이제 월남군의 이동 수송망은 마비된 거나 다름없어요. 작전은 지연될 겁니다."

"우리의 철수도 그만큼 늦어질 거야."

게릴라들은 R 근처엔 접근하지 않는 것 같았다. 타오르던 불꽃이 서서히 사그라져갔고, 밀림에서는 짐승들의 소리가 들려왔다. 파도가 아득한 벼랑 끝을 때리는 듯한 소리가 들렸다. 물결의 굽이굽이가 뒤를 이으면서 자꾸만 밀려오듯 밤바다처럼 깊고 어두운 나무숲 위로 거센 바람이 불어왔다. 굵은 빗방울이 팔뚝과 목 위에 떨어졌다. 철모를 때리는 빗방울 소리로 귓바퀴 속이 가득찼다. 소총수와 나는 반우의를 꺼내 입었지만, 젖어가는 바지에서 느껴지는 한기 때문에 저절로 이빨이 부딪쳤다. 소총수는 주위가 빗소리에 가득차자 비옷 안으로 손을 넣어 상의 호주머니에 들어 있는 트랜지스터를 최저음으로 틀었다. 심야의 음악방송이 아득하게 먼 곳에서 떠올라왔다. 꿈결 같은 여자의 목소리였다. 여자는 부드럽고 졸린 듯한 목소리로 노래를 했다. 철모에서 빗방울이 줄지어 떨어졌다. 전방은 온통 뽀얀 빗줄기 때문에 관측하기가 어려워졌다. 번개가 지나칠 적마다 곧게 내리퍼붓는 빗줄기와 구부러진 나무 그림자들이 나타났다. 소총수와 나는 우리가 고향에서 먹었던 온갖 종류의 음식 얘기를 무의미하게 지껄이기 시작했다. 내일은 설날이다. 고향의, 손님과 같은 함박눈이 눈앞에 흩날렸다.

"동치미 국물은 어때요?"

"지붕 끝에 달린 고드름이 생각나는군. 여기 아침은 언제나 명쾌하지가 않아. 우리네 여름 아침은 정말 아름다워."

"연애해봤소?"

라고 소총수가 말했다.

"기억이 없는데."

"친하던 여자가 없어요?"

"잊어버렸어. 생각이 잘 안 나는걸."

"전혀."

"민간인 시절의 일은 모두 희미해. 제대하면 생각나겠지. 자꾸 생각하다간 총대를 던지구, 여기서 꺼질 거야."

소총수가 하품을 했다. 그는 무슨 생각에 잠겼다가 갑자기 웃음을 작게 터뜨렸다.

"나는 참 바보였지. 그날 먹어버리는 건데."

우리는 잠깐, 알아듣지도 못할 외국 쇼의 사회자가 지껄이는 재담에 귀를 기울였다. 여러 사람들의 미친 듯한 폭소가 트랜지스터 속에서 터졌다. 청중들의 뒤로 제껴진 목 가운데 불뚝 솟아오른 똑같은 크기의 목젖이 아래위로 흔들리고 있을 듯했다. 트랜지스터의 음성은 딱 그쳤다. 계속해서 떨어지는 빗소리가 그쳐진 폭소의 뒤를 이었다. 소총수는 총구를 전방으로 겨누고 자물쇠를 풀었다.

"이상한 소리가 들렸어요."

나는 머리를 내밀고 샌드백의 방벽 너머로 부대의 폐허 쪽을 노려보았다. 호흡을 끊고 땅바닥에 얼굴을 기울여 청각을 집중시켰다. 젖은 땅을 딛는 듯한 찰박거리는 발걸음소리를 들었다. 발걸음소리는 다가오다가 그치고, 쇠가 돌에 부딪는 듯한 소리가 났다. 아주 가까운 거리였다.

"포복하구 있어."

물체가 땅에 끌리는 듯한 소리는 집요하게 다가왔다. 나는 송수화기를 잡고 축음을 넣었다. 저쪽에서도 축음이 왔고, 하사의 목소리가 들렸다.

"무슨 일이야, 적이 왔나?"

"지금 가까이 침투해왔습니다. 사격해버릴까요?"

"아니, 기다려."

"클레이모어는."

"그건 낭비야. 곧 간다."

우리는 샌드백 위로 눈을 바짝 붙이고 지면을 관측하려고 애를 썼다. 도로 건너편에서 하사가 한 사람의 대원을 데리고 몸을 낮게 숙이며 뛰어왔다. 오십 미터쯤 떨어져 있는 허물어진 벙커 뒤에서 뭔가 움직인 것처럼 보였다. 야간 침투에 익숙하지 못한 녀석이었다. 그가 벙커 위로 검은 몸집을 노출시킨 채 꼼짝 않고 엎드려 있었다. 조바심이 나서 사격하려고 총구를 겨누었을 때, 적은 뒤편으로 미끄러져 숨어버렸다.

"생포하는 거다."

하사가 말했고, 나는 반대했다.

"함정인지두 모릅니다. 사격해버리죠."

"분명히 적의 척후병이야. 한 놈이다."

"내가 해치우죠."

소총수가 방벽 위에 철모를 벗고 무장을 끌러놓고 나서 대검을 뽑았다. 그는 대검을 입에 물고 방벽을 타넘어갔다. 소총수는 벙커의 측면을 향해 포복해 나아갔다. 번개가 번쩍이며 스쳐갔을 때, 창백하게 드러난 땅과 벙커 근처에는 아무것도 보이지 않았고 소총수가 잽싸게 벙커의 후면으로 기어 돌아가는 게 보였다. 아무 소리도 들리지 않았다. 다투는 소리라든가 비명이 들리지 않았으므로 나는 우리의 소총수가 적을 놓쳐버린 것으로 생각했다. 그러나 그는 벙커 뒤로부터 나타나지 않았으며 심상치 않은 일이 일어난 것만 같았다. 그때, 부대 안에서 고막을 찌르는 듯한 호각 소리와 시끄러운 타악기 소리가 들려왔다. 게릴라들은 벌써부터 대대의 무너진 참호와 벙커에 자리 잡고 있었다는 걸 알았다. 그들도 한 사람의 인질을 원했던 것이다. 하사는 내 팔을 억세게 잡아 죄면서 말했다.

"속았다! 포를 요청할 테니까 두 사람이 계속 경계해."

그는 본대와 교신하기 위해서 도로를 건너갔다. 잠시 후 그가 쏘아올린 오성五星 신호탄이 하늘 위로 치솟았다. 다섯 개의 푸른 별이 천천히 꼬리를 끌면서 어둠에 먹히었다. 뒤이어 아군의 포탄이 휘파람소리를 내면서 날아오기 시작했다.

본대는 R포인트에 대해서 더이상의 인원 보충을 해줄 수 없다는 것과, 상황의 악화에 따라서 도로 정찰분대와 순찰 차량의 근무를 그만둔다는 것이었다. 또한 R의 무모한 고립 사수에 관해서 중대장은 멀리 이동해버린 작전상황실에 여러 차례 건의했으나, 회답을 받지 못했다고 알려왔다. 우리는 무전에 의해서 간밤에 미군들이 지키고 있던 교량이 완전히 파괴되어버렸다는 것을 알았다.

다리의 교각은 복구하기 힘들 정도로 폭파되어서 미군들이 국도를 완전히 장악해서 부교라도 놓지 않는다면, 정부군의 진주는 언제까지가 될는지 알 수 없는 노릇이었다. 우리는 낙심했다. 뿐만 아니라. 우리는 국도의 한복판에 꽂혀서 펄럭이고 있는 해방전선의 깃발을 보았다. 선명한 진홍 바탕에 별이 그려진 깃발은 장대 끝에 매달려서 도전적으로 펄럭이고 있었다. 한 사람이 달려가서 깃대 주변에 부비트랩이 없는가를 확인한 뒤 뽑아왔다. 아직도 하늘은 검은 구름에 뒤덮여서, 때때로 소나기를 퍼붓기도 했고 오전 내내 가랑비가 내렸다. 도로의 양쪽에 두 명의 경계병을 세워놓고, 우리는 초소 안에 모포를 깔고 누워서 잠을 자거나 잡담을 하면서 뒹굴었다. 캐터필러 소리가 요란하게 들려왔다.

"양키들이 철수한다."

창가에 서 있던 선임조장이 바깥을 가리켰다. 우리는 밖으로 뛰어나갔다. 소대 병력의 미군이 LVT 세 대에 올라앉아 초소 앞을 통과하고 있었다. 그들은 비에 흠뻑 젖어 있었고 철모나 방탄조끼를 벗어던진 자가 많았다. 그들은 우울한 표정으로 우리들을 내려다보며 지나갔다. 교량이 폭파되었으므로 그들이 강변에 남아 있을 필요가 없어진 것이다. 미군들은 새로운 작전명령이 내릴 때까지 기다리기 위해서 기지로 철수하는 중이었다. 누군가 불안하게 말했다.

"이제 R에는 우리뿐이다."

"집중 공격을 받겠는데."

오후에 비가 완전히 그쳤고, 더욱 뜨거워진 태양이 구름을 헤치고 빠져나왔다. 정찰조가 출발했다. 초소에는 분대장이 통신병과 두 사람의 대원과 함께 남았다. 우리는 R에서 천 야드 지점 밖으로 벗어나지 않기를 지시받았고, 전투가 벌어질 경우 가능한 대로의 신속한 동작으로 되돌아오라는 명령을 받았다. 적의 주력은 멀리 퇴각했을지도 모르지만 소규모의 정찰대가 부근에 잠복해서 우리를 노리고 있을 수도 있는 일이었다. 여하튼 좌표에 나타난 R 부근 외곽 지점들의 확인 결과를 보고하라는 중대본부의 명령이었고, 분대장은 고지식하게 그것을 실지로 답사해보기를 원하고 있었다. 중대본부는 우리의 안전을 철저하게 믿고 있었는데, 밀림과 강변의 중간지점에 있는 민병대의 매복 소대가 적의 활로를 끊어주리라는 것과, 적들은 사흘 후에는 철수하려는 아군을 구태여 공격하려 애쓰지 않을 것이란 점, 그리고 인민을 존중한다는 정치적 이유로서 탑 주위에 있는 우리 분대를 포격할 수 없을 것이라는 예상 때문이었다.

정찰조는 보급대대의 빈터 안에 있는 벙커와 목조건물들과 참호 속을 일일이 점검했다. 우리는 교통호 속에서 붉은 명찰이 달린 소총수의 상의를 발견했다. 문상병이 상의를 집으려고 호 속에 뛰어들려 했을 때 선임조장이 그의 옷자락을 잡으며 말렸다.

"기다려. 조사해보자."

선임조장이 호 위에 배를 깔고 엎드려서 참호의 흙바닥을 열심히 들여다보았다. 그는 일어났다. 탄띠에 매여 있던 갈고리가 달린 가는 나일론 줄을 풀면서 그가 말했다.

"짐작하던 대로야. 인계철선을 봐라."

주의해서 보니까, 상의 단춧구멍에는 잘 알아볼 수 없는 코일이 붙들어매어져 한 발짝쯤의 거리에 묻혀 있는 게 보였다. 우리는 멀찍이 엎드려서 선임조장이 부비트랩을 파괴하는 것을 지켜보았다. 그는 우선 갈고리를 철선 밑에 늘어뜨린 다음 줄을 잡고 안전한 거리로 가서 잡아당겼다. 두어 번 되풀이 끝에 폭음이 일어났고 파편에 맞은 나뭇가지와 잎사귀들이 떨어져 날아갔다. 우리는 대대 외곽의 숲으로 조심스럽게 전진했다. 숲으로 들어서는 초입에 물이 얕게 괸 진흙 수렁이 있었다. 진흙 위에 어지럽게 찍힌 맨발과 샌들의 자국들을 보았다. 밀림 안으로 깊숙이 전진할수록 태양은 울창한 잎새에 가려버리고 손바닥만한 빛 조각들이 가끔씩 우리의 눈가를 스치며 지나갔다. 땅이 차츰 낮아지다가 조개껍데기처럼 둥글게 파인 저지低地가 나타났는데, 헤치고 내려갈 수 없을 정도로 관목 덩굴들이 뒤엉켜 있었다. 선임조장이 말했다.

"우리가 확인해야 할 곳은 저 너머 보이는 오두막 부근이다. 너희들 갈 테냐?"

저지대가 끝나고 땅의 비탈이 평평해지면서 비교적 큰 나무들이 띄엄띄엄 자라고 있는 숲 가운데, 포탄에 파괴된 집 한 채가 보였다. 문상병이 말했다.

"여기서두 잘 보입니다."

"그래, 적은 없는 모양이다."

우리는 아래로 내려가지 않고, 저지대를 우회했다. 갈대가 가슴팍에까지 자라 있었고, 더러운 흙탕물이 괸 웅덩이가 있었다. 웅덩이 가운데 고무공처럼 부푼 검은 물체가 떠 있었다. 화염에 그을린 시체가 부풀 대로 부풀어서 다리 하나가 커다란 나뭇둥걸만했다. 부패하는 시체 부근에 물매미가 새카맣게 모여서 와글거리고 있었다. 어젯밤, 건십의 폭격에 맞은 적의 시체가 틀림없었다.

숲을 등지고 국도를 향해서 걸어나갔다. 무릎 높이쯤의 선인장들이 자라고 있는 개활지로 나섰다. 진홍빛의 칸나와 찔레꽃들이 드문드문 피어 있었다. 국도 연변의 마을로 들어가는 샛길이 보였다. 태양이 우리 등뒤를 따갑게 내리쪼았다. 우리는 개활지를 눈앞에 두고 모래땅 위에 엎드려 잠깐 동안 맞은편 샛길과 밀림을 관측했다. 나와 부사수는 서로를 엄호하면서 지

그재그로 개활지를 건너갔다. 야자나무 숲 가운데 마을 외곽의 집 몇 채가 보였다. 나와 부사수는 마을을 가장 똑똑히 관측할 수 있는 지점에 배를 깔고 엎드려서 선임조장과 문상병이 다가오기를 기다렸다.

마을로 들어가기 전에 우리는 두 사람씩 갈라지기로 했다. 선임조장과 문상병이 마을 중심부를 똑바로 가로질러 국도가 내다보이는 우물가에서 기다리기로 했고, 부사수와 나는 마을 외곽의 숲과 서너 채의 외딴집을 수색하기로 했다. 우리는 첫 번째로 마을 맨 끝에 있는 집을 수색했다. 나는 집의 뒤로 돌아가, 넝마 같은 휘장을 들치고 안으로 뛰어들었는데, 덧문이 모조리 닫힌 집안은 어두웠고 멍석 한 장이 깔려 있을 뿐 아무것도 없었다. 불단이 없는 것으로 보아 빈집이었다. 앞문으로 뛰어들었던 부사수와 내가 실내에서 마주쳤다. 부사수가 말했다.

"녀석들은 낮에는 멀리 철수해버리는 모양이죠."

"적의 관측병이 남아 있을지두 몰라."

우리는 집을 나서기 전에 덧문을 약간 열어놓고 숲과 또 한 채의 외딴집 주위를 내다보았다. 부사수가 무엇을 발견했는지 내 옆구리를 쿡 찔렀다.

"저게 뭡니까?"

"뭘까, 마당에 떨어져 있는 게……"

우리는 허리를 굽혀 선인장 사이를 헤치고 뛰다가 집의 마당 앞에 이르러 엎드렸다. 그것은 밀짚으로 만든 삿갓 모양의 농라였다. 집안에 누군가 농라의 임자가 있다. 파리가 뙤약볕 아래를 오르내리는 소리가 똑똑히 들렸다. 나는 집 뒤로 돌아가 뒷문에 걸쳐놓은 대나무 발을 총 끝으로 들췄다. 텅 빈 부엌으로 해서 실내가 보였는데 방의 반쯤은 기다란 커튼으로 가려져 있어서 보이지 않았다. 나무의자 두 개와 대나무로 엮은 침상이 보였다. 판자문이 요란한 소리로 부서지며 부사수가 앞으로 뛰어들었다. 나는 부엌과 실내의 통용문에 몸을 기대고 그의 수색을 엄호했다. 찰그락, 하는 쇳소리를 들었는데…… 들었다고 느끼는 것과 거의 동시에 자동소총의 탄피 튀는 소리를 들었다. 부사수가 방 가운데 버티고 서서 휘장의 뒤쪽에다 긁어대고 있었다. 탄환이 뚫고 지나가는 기다란 헝겊이 거칠게 흔들렸다. 휘장 뒤에서 총대가 굴러떨어졌다. 나는 커튼의 한 끝을 힘껏 잡아당겼다. 찢어진 커튼 뒤에서 피투성이의 지금 막 숨이 넘어가려는 깡마른 사내가 우리를 멍청히 올려다보고 있었다. 그는 벌거숭이에 카키색 팬티만 입고 있었고, 다리를 부상당했기 때문에 대들보에 매어진 해먹에 누워 있었다. 사내는 흔들리는 해먹 위에서 몇 번 몸을 뒤채며 꿈틀거리다가 머리를 떨어뜨렸다. 그물망 사이로 피가 끊임없이 흘러 떨어졌다. 해먹은 차츰 그 간격을 좁혀가면서 천천히 흔들거렸다. 아래에 바나나 잎사귀에 싼 음식과 물이 담긴 야자 껍질이 놓여 있었다.

"먼저 우릴 쏠라구 그랬지."

맥 풀린 듯한 부사수가 말했다. 우리는 잠깐 피가 번져가는 땅바닥을 내려다보며 서 있었다. 부사수가 장총을 주워올렸다. 활대를 후퇴시키니까 장전되었던 기다란 실탄이 튀어나왔다. 내가 말했다.

"어제 폭격에 낙오된 자야."

"마을 사람들이 숨겨놓고 간호해주던 모양이오."

우리는 장총을 갖고 집을 나섰다. 주변을 살피며 마을 외곽을 돌고 나서, 샛길로 들어섰다. 마을 가운데서 우리를 찾아오고 있는 선임조장과 문상병을 만났다. 그들은 총성 때문에 날카롭게 긴장해서 몸을 굽히고 접근해오고 있었다. 우리는 총을 어깨에 걸어 메고 그들에게로 어슬렁거리며 걸어갔다.

"꼭 사냥 나온 꼴이군."

선임조장이 안전장치를 잠그며 말했다.

"원숭이라두 쏘았나?"

"한 마리 잡았지요."

"이건 선물입니다."

라고 부사수와 내가 말했다. 선임조장은 우리가 노획한 장총을
조사했다.

"적이 마을엔 없는 모양이야. 수색했지만 주민들뿐이더군."

우리는 산개해서 마을을 지나갔다. 주민들이 덧문을 활짝 열
어젖히고 우리들이 지나가는 것을 내다보고 있었다. 그들은 우
리들에게 두려움과 적의가 깃들인 시선을 던졌다. 노인들은 음
흉스러워 보였고, 아이들은 교활해 보였으며, 여인네들은 우리
를 비웃고 있는 것 같았고, 남자들은 모두들 밤에는 게릴라로
변하는 적인 것 같았다. 그들의 고요한 마을에 침입한 것은 바
로 우리들이었다. 여긴 우리의 고향이 아니다.

마을을 벗어나 대대 지역의 울타리 근처에 있는 우물가에 이
르렀다. 우리는 비워진 수통을 채우기 위해 잠깐 우물가에 머
물렀다. 철모를 벗어 물을 떠서 머리 위에 뒤집어썼다. 한창 물
을 끼얹고 있을 때 우리의 배후에서 회초리로 마룻장을 두드리
는 듯한 소리가 들려왔다.

"저격이다!"

나는 우물 옆 물구덩이 속으로 상반신을 처박았다. 방향을
짐작할 수가 없었다. 벌떡거리는 가쁜 숨소리가 바로 머리 위
에서 들려왔다. 가슴을 정통으로 얻어맞은 문상병이 구덩이 안
으로 기어들어오려고 헐떡이고 있었다. 나는 손을 뻗쳐서 그

를 내게로 끌어당겼다. 그는 얻어맞은 가슴속에 손가락을 찔러 넣고 바람이 좁은 구멍을 빠져나가는 듯한 호흡을 내쉬고 있었다. 그는 두어 번 연약하게 기침을 했는데 그때마다 피가 입으로 솟아올랐다. 웅덩이에 괸 물이 차츰 붉어졌다. 우리 머리 위로 실탄이 계속해서 지나갔다. 마을에서 남쪽으로 떨어진 선인장 숲에서 경기관총이 짖어대고 있는 것을 알았다. 우리는 얼마 동안 저항했다. 그러나 우리는 기관총 사계 정면에 완전히 노출되어 있어서 대대의 울타리 쪽으로 접근할 수가 없었다. 나는 세 개째의 탄창을 갈아끼웠다. 총구가 열을 내서 울부짖고 있는 동안은, 내가 적의 공격을 제압하는 듯한 착각이 들었다. 우리의 좌측 울타리 너머로 진출한 분대장의 목소리가 들렸다.

"엄호할 테니, 울타리를 넘어와라!"

그들이 숲을 향해서 집중사격을 하는 동안, 나는 축 늘어진 문상병을 둘러업고 울타리 앞에까지 기어갈 수 있었으나, 두 몸이 한꺼번에 넘을 수는 없었다. 몸을 반쯤 일으키며 그를 울타리 너머로 던지는 데 성공했다. 철모가 팩 돌아갔다. 실탄이 철모를 비끼며 지나간 것이다. 나는 철모를 벗어던지고 울타리 옆을 기었다. 아군 쪽에서 M79 유탄발사기의 사격하는 소리가 들렸고 숲에 날아가서 터지는 째지는 듯한 파열음이 일어났다.

유탄이 계속해서 날아갔다. 적의 경기관총 소리가 멀어져가다
가 그쳤다. 분대장이 손을 내밀어 우리를 하나씩 끌어올렸다.

"모두 무사한가?"

"한 사람 얻어맞았습니다."

참호 아래 쓰러진 문상병의 몸을 일으켰을 때, 그는 완전히
절명해 있었다. 우리가 그를 운반했을 적에는 경직이 시작되
어, 그의 뻣뻣해진 다리가 땅에 질질 끌려왔다. 나는 나중에 우
리 소속대인 중대에 돌아가 전사 보고서를 쓰기 위해 그의 소
지품을 간수하기로 했다. 호주머니에 들어 있는 것은 수첩 한
권뿐이었다. 수첩 안에 구겨진 오 달러짜리 GI 군표와 검역 카
드, 품목마다 모두 빈칸인 PX 카드, 겉봉이 찢겨 닳아버린 편
지 몇 장, 두어 장의 가족사진이 있었다.

우리는 그를 블록 초소의 뒤편에 뉘어놓고, 파리가 날아앉지
못하도록 개인 텐트의 반쪽으로 덮어놓았다. 텐트 자락 아래로
아주 커다랗게 보이는 정글화가 솟아올라 있었다. 나는 땅 위
에 떨어진 삐죽한 그림자를 보았고, 얼굴을 쳐들어 눈부신 햇
살이 그 뒤에서 빛나고 있는 검은 석탑을 올려다보았다. 포로
는 더위에 지쳐 탑에 묶인 채 졸고 있었다. 이런 입체감 없는
사진 속을 누비고 보급 헬리콥터가 먼지바람을 일으키며 낮게
떠왔다.

우리는 헬리콥터가 떨군 이틀분의 C레이션과 탄약을 받고, 길게 늘어진 로프에 시체를 달아매어 올렸다. 보충병은 역시 오지 않았다. 하사는 무전으로 한 사람이 전사했다는 것을 알렸으나, 본대의 무전병은 억양 없는 목소리로 말했다. ─알았다. R포인트는 계속 수고하도록. 라쟈 아웃!

분대는 초소 주위의 배수로를 최후 저항선으로 정하고 적의 기습을 기다리고 있었다. 오늘밤 적은 틀림없이 결전을 준비하고 있을 것이다. 황혼녘에 보급대대 부근의 마을 사람들이 간단한 짐을 짊어지고 국도의 남쪽으로 피난 가는 게 보였다. 그들은 적의 어떤 작전계획을 알아차린 것이 분명했다. 중대 병력쯤의 집결은 관내 정규군과 지방 게릴라 몇 사람이면 충분하니까, 아무때나 우리를 공격할 수가 있을 것이다. 일곱 사람이 중대 병력을 상대한다는 것은 이미 승산 없는 싸움이며, 며칠 전부터 같은 장소에 배치되어 있었던 우리의 위치와 화력이 이미 노출되었으므로 몇 시간 못 가서 탑은 점령될 것이다. 우리가 시간을 지연시킬 가능성을 믿고 있는 것은 본대에서 지원될 81밀리 박격포의 포격과, 적이 탑을 파괴하지 않으려고 소화기로써만 우리를 공격할 것이라는 점이었다. 무전 수신을 하고 있던 통신병이 소리를 질렀다.

"작전은 변경된다구 합니다."

"철수 명령이냐?"

"우리를 내버리는 건 아니겠지."

제각기 떠드는 우리들을 묵살하고 통신병이 하사에게 수신 내용을 보고했다.

"정부군은 예정과 달리 훨씬 남쪽으로 공격해 들어가고 있습니다. 미군 교체 병력이 명일 09시까지 여단본부를 접수합니다. 후발 중대는 미군에게 작전권을 인계하고 헬리콥터로 이동 지역에 공수된다는 하달입니다. 그리고 적의 구정 공세가 전 남부 월남에 걸쳐 개시되었습니다."

"좋아, 모두 들었나? 하루 앞당겨졌다. 오늘이 전투의 마지막 밤이다."

"기분 나쁜데."

"높은 놈들은 지도만 들여다보구 있을 거다."

"R 전원에게 무공훈장을 내리도록, 그리고 보상금과 조위금은……"

"재수없는 소리 지껄이지 말아."

북쪽에서 포성이 계속 들려왔고, 하늘 위 사방으로 떠오른 조명탄의 불꽃들이 보였다. 편대를 지어 날아가는 무장 헬리콥터들의 프로펠러 소리가 먼 곳에서 들려왔다.

"작전명령만 없다면 저따위 탑 같은 건 수류탄으루 당장 날려버렸으면 좋겠다."

부사수가 말했고,

"사기당하는 건 우리뿐이다."

하면서 선임조장이 말했다.

"마지막 전투라……"

도로의 남쪽을 향해 원형 철조망을 치고 클레이모어 지뢰 두 대를 매설했고, 도로 건너편을 비스듬히 가로질러 철조망을 친 다음 세 대의 클레이모어를 묻었다. 또 측면의 낙화생밭 앞에도 철조망과 클레이모어로 차단하고 탑 뒤의 바나나밭 쪽으로는 참호를 팠다. 사수와 2조장은 바나나밭 앞의 참호에 배치되었다. 나는 배수로 왼쪽 끝에서 낙화생밭을 경계했다. 낙화생밭 너머로 높다란 담장 같은 대나무 숲이 보였다. 구멍을 기어 나온 도마뱀들이 음산하게 울고 있었다. 도로 남쪽의 마을을 향해서 M79 유탄발사기를 가진 분대장과 통신병이, 도로 건너편 대대 방향은 선임조장과 부사수가 맡았다. 우리는 여덟 개들이 수류탄 띠를 차고 1기수의 탄띠가 다섯 탄띠씩 들어 있는 실탄 통을 각자 가지고 있었다. 만일 우리의 화력이 제대로 발휘된다면 적의 중대 병력쯤은 두 시간 동안 방어할 수 있을지도 모른다. 그다음엔, 여단본부를 향해서 수단껏 탈출하는 게 상수이리라.

22시에 적의 사격이 대대 지역에서 날아왔다. 탄환이 블록 벽을 부수며 튀었다. 그들은 연이어 쏘지 않고 한 발 한 발씩, 우리를 건드려보았다. 우리는 응사하지 않았다. 대대 지역 뒤에서 호각 소리가, 마을 쪽에서는 목탁 때리는 소리가 들려왔다. 본대에 조명탄을 청했다. 아득한 곳에서 박격포가 조명탄을 쏘아올리는 둔중한 소리가 들렸고, 달걀을 깨는 것 같은 경쾌한 소리로 점화된 오만 촉광의 조명탄이 우리 머리 위로 천천히 낙하했다. 조명탄은 간격을 두어 연달아 떠올라왔다. 낙하하는 조명탄의 섬광에 비친 나무 그림자가 길게 늘어나 잠깐 캄캄해졌다가 다시 대낮처럼 드러나곤 했다. 대대의 벙커들과 건물들 사이를 달리는 적들이 보였다. 그들은 엄폐하지는 않고 벙커 위로 가볍게 뛰어다녔다. 먹이를 요리하려는 야수처럼 그들은 자신만만했다. 적이 샌드백 가까이 접근해왔다. 박격포의 뒷날개가 바람을 헤치는 소리가 들렸고, 포탄이 대대 지역 위에 떨어져 작렬했다. 목조건물 위에 떨어진 백린탄이 불길을 올리며 요란하게 타올랐다. 호각 소리가 짧게 두 번 들리자, 적이 일제히 방벽에 바짝 붙어서 쏘았다.

"우측 사격."

하사가 나직하게 말했다. 선임조장과 부사수가 자동소총으로 사격하기 시작했다. 적의 배후에서는 박격포가 계속해서 터지고 있었으나 적의 사격이 점점 치열해졌다. 그들을 수류탄 투척 거리에까지 접근시킨다면 우리는 마지막이다. 적이 양끝에 자동화기를 설치하고 배수로에다 대고 집중사격을 했다. 실탄이 배수로 앞에 쌓아올린 모래주머니를 찢고 드디어 몇 개를 넘어뜨릴 정도였다. 하사가 방벽 너머로 유탄을 날려보냈다. 이곳저곳에서 터진 유탄의 파편이 우박처럼 흩어지는 소리가 들렸다. 통신병은 계속해서 포를 유도했다. 적과 아군이 탄착점에 너무 가까이 있어서 곤란하다고 전해왔다. 하사가 송수화기를 빼앗아 들고 소리쳤다.

"야, HQ 개새끼들아, 포 하나 갖구 깔작거리면서 재는 거냐? 계속해서 쏘지 않으면 우린 전멸한단 말이다."

포탄이 조금 더 가까워졌고, 귀청이 찢어지는 것 같은 소리와 함께 흙덩이가 전신에 쏟아져내렸다. 아슬아슬하게도 포탄은 배수로 댓 발짝 앞에 떨어진 것이다. 통신병이 욕지거리를 퍼붓고 있었다. HQ에서도 매우 절망적인 쌍소리로 회답해왔다. 적은 드디어 방벽을 넘기 시작했다. 검은 파자마를 입은 작은 몸들이 날렵하게 샌드백을 뛰어넘으면서 소리치고 있었다. 따이한 라이라이, 따이한 라이라이. 나는 배수로를 기어 돌아 하사의 옆에 붙어서 사격했고 탑 뒤의 참호 속에서 사수와 2조장이 사격했다. 하사가 외쳤다.

"전원 침착하게, 접근시키지 말구……"

도로 건너편을 차단한 철조망 위에서 수류탄이 터졌다. 동강
난 철조망들이 사방으로 헤쳐졌다. 대대의 샌드백을 기어 넘어
온 적들이 치열한 사격에 쓰러지면서도 옆구리 총을 하고 사격
하면서 우리에게 똑바로 달려왔다. 그들은 소리쳤다. 철조망을
뛰어넘고 있었다.

"A탄 눌러."

급박해진 하사의 갈라진 고함소리. 여러 개의 드럼통이 한꺼
번에 굴러가는 듯한 소리로 클레이모어가 터지고, 돌격하던 게
릴라들의 몸이 위로 펄쩍 솟았다가 떨어졌다. 방벽을 넘으려던
게릴라들도 직선으로 날아간 파편에 맞아 굴러떨어진다. 호각
소리가 길게 한 번 들리면서 적의 사격이 멎었다. 차가운 정적
이 이 소강상태 속으로 스며들었다. 두개골 속이 곧 터져나가
기 직전인 것처럼 각자의 맥박 소리만이 들렸고, 갑작스런 고
요함 때문에 나는 피부의 땀구멍들이 모두 막혀버릴 것 같았
다. 남의 땅, 남의 어둠 속에 있는 우리는 뭐냐. 도대체 우리는
무엇이냐. 도피로가 차단된 일곱 마리의 쥐새끼였다.

"손님을 죽여버립시다."

부사수가 말했다.

"분대장, 총살합시다. 저 새끼는 이용 가치두 없잖소."

"포로를 도로 가운데 묶어놓자."

결국 선임조장의 말대로 포로는 길 가운데 교통표지판에 묶어놓기로 했다. 우측 대대 지역으로 침투했던 적의 분대는 크게 타격을 받은 것 같았다. 적들은 우리의 완강한 저항에 신중해진 모양이었다. 어둠 속에서 부상당한 게릴라의 생존자가 뭐라고 소리를 질러대고 있었다.

"보내줘라."

"수류탄 한 방 날려버려."

선임조장이 방벽 앞으로 수류탄을 까 던졌다. 모래먼지가 일어났고, 곧 조용해졌다. 부사수가 초소 안에서 포로를 끌고 나왔다. 그는 밖으로 끌려나오자 허공을 향해서 뭐라고 긴 고함을 질렀다. 어둠 속에서 포로의 눈이 번들거렸다. 부사수가 그의 몸을 방패 삼아 도로 가운데로 걸어갔다. 교통표지 앞에 앉혀놓고 붙들어맸다. 길옆을 따라 포복하고 있는 적의 분대 병력이 보였다. 그리고 그들을 엄호하기 위해서 좌측 대숲 속으로 적들이 몸을 낮추어 달려가고 있었다. 우리의 화력과 지원포의 탄착점을 여러 방향으로 분산시키려는 것이다. 하사가 말했다.

"이젠 정면을 포로가 막아준다. 시간을 좀 끌 수 있을 거야."

"적은 저놈을 사살할지도 모릅니다."

"시간이 걸릴걸. 저쪽두 명령 계통이 있을 테니까."

적의 통신 신호로 여겨지는 목탁 소리가 사방에서 들리다가 그쳤다. 좌측 대숲의 적들도 잠잠해졌다. 포로가 길 가운데서 숲을 향해 뭐라고 자꾸만 소리쳤다. 하사가 말했다.

"저자가 뭐라는 거야?"

"아마, 자길 쏘라구 그러는 모양이오."

선임조장이 말했다. 조명탄이 떠올랐는데 환한 빛에 노출된 것을 두려워하지 않고 민가 쪽에서 두 사람이 걸어오고 있었다. 앞에는 발가벗기운 소총수가 절뚝거리며 걸어왔고, 뒤에 적이 바싹 따르고 있었다. 소총수는 몇 번이나 쓰러지려고 했고, 그때마다 뒤에 붙어 선 자가 부축해 올렸다. 우리는 눈앞에 포로가 된 빈사의 동료가 다가오는 것을 무력하게 지켜보았다.

"교환하죠. 살려야 합니다."

뒤의 참호 속에서 사수가 말했다. 선임조장이 고개를 흔들었다.

"적은 다만 침투하려는 거야."

단발로 쏘아대는 총성이 대숲 쪽에서 들려왔다. 뭔가 드높게 외치면서 표지판 앞의 포로가 쓰러졌다. 소총수를 앞에 끌어안고 다가오던 게릴라의 팔이 번쩍 치켜졌다. 우리 쪽에서 잠깐 사격했다. 적과 소총수가 함께 쓰러졌고, 던져졌으나 못 미친 수류탄이 배수로 앞에서 터졌다. 비명소리가 들렸다. 매캐한 화약 연기가 배수로 안에 가득찼다. 통신병이 얼굴을 감싸쥐고 흙바닥에 뒹굴고 있었다. 침투해온 적이 아직 절명하지 않고 철조망가에서 움직였다. 클레이모어의 살상판을 우리 쪽으로 돌려놓으려는 모양이다. 그는 우리의 자동소총의 집중사격을 받았다. 그러나 두 대의 클레이모어가 이쪽으로 돌려져 있었다. 안면에 파편상을 입은 통신병이 두 손으로 얼굴을 감싸쥐고 고통에 찬 신음을 질렀다. 하사가 말했다.

"참아라, 날만 새면 우리는 살아남는다."

"틀렸어. 클레이모어를 쓸 수 없습니다."

부사수가 말했다. 하사가 부사수의 어깨를 잡아 흔들며 부르짖었다.

"우리 정면이 뚫어지면, 뒤로 퇴각할 수밖에 없다. 그렇지만, 퇴각하면 우리는 전멸한다. 모두 죽는 거야."

"아직 결판은 안 났소."

하며 선임조장이 말했다.

"저 클레이모어의 살상 방향을 바깥쪽으루 돌려놓으면, 아직 방어할 수 있으니까."

"누가, 뛰어가 돌려놓겠나?"

아무도 대답하지 않았다. 적의 십자 화력에 벌집이 될 것이다. 세 사람의 시체가 철조망 주변에 뒹굴고 있었다.

"분대장, 네가 가라!"

참호 속에서 사수가 말했다.

"이 개새끼야, 지금 보여줘. 큰소리만 치지 말구."

대숲 속에서 적의 BAR 기관총이 배수로를 훑으며 날아왔다. 우리들이 머리를 박고 잠깐 움츠린 동안 국도 연변의 분대 병력이 침투 포복을 해왔다.

"씨팔, 좋아."

하사가 이빨 사이로 씹어내며 총을 던지고 일어섰다.

"말려라."

선임조장이 외쳤다. 하사는 도로 가운데로 뛰어나갔다. 적의 BAR가 도로 위로 두 줄의 먼지를 일으키면서 질타했다. 하사가 돌에 걸린 듯이 주춤했다가 앞으로 곤두박질쳐 넘어지는 게 보였다. 우리는 건너편 대숲 속과 도로에 대고 응사했다. 아군의 박격포탄이 이따금 생각났다는 듯이 한 발씩 날아와서 대숲 후방과 도로 위에서 터졌다. 나는 통신병을 잡아 일으키며 소리쳤다.

"싸울 수 없으면 포라두 유도해라."

"안 보여, 보이질 않아."

신병은 무전기를 껴안고 있었다. 적이 계속 포복해왔다. 하사가 철조망가에까지 바짝 기어가 있었다. 그는 클레이모어를 돌렸고, 다시 일어나지 않았다. 대나무 숲에서 나온 적들이 낙화생밭을 건너오고 있었다. 대대의 방벽 너머로는 수류탄만을 양손에 쥔 게릴라들이 뛰어왔다. 참호 속에서 사수와 2조장이 대대 쪽에 사격했다. 수류탄이 날아왔고, 적들은 넘어졌다. 참호 곁에서 수류탄이 터졌다. 계속해서 연달아 터졌다. 우리의 방탄조끼 위로 후드득거리며 날아와 박히는 파편 조각의 소리가 들렸다. 참호에서의 사격이 멎어버리고 팔뚝에 파편상을 입은 사수가 혼자서 배수로 쪽으로 건너왔다. 낙화생밭을 건넌 적의 분대가 수류탄으로 철조망을 제거하고 달려들었다. 도로 정면에서 포복하던 게릴라들이 들개처럼 몸을 숙이고 달려왔다. 선임조장이 외쳤다.

"정면 A탄, B탄."

부사수가 접선시켰다.

"좌측 A탄."

나는 클레이모어의 접선기를 손아귀에 쥐고 힘껏 눌렀다. 도로 위에, 밭을 향해서 방향성 지뢰의 푸른빛이 번쩍였다. 정면을 돌파하려던 적의 주공이 거의 꺾였고, 좌측으로는 뒤에 처져 있던 제2파 공격조가 밀려왔다. 우리는 수류탄을 연거푸 까

던졌다. 배수로 가까이로 뛰어왔던 자들이 사격에 얻어맞고 나뒹굴었다.

"착검!"

선임조장이 외쳤다. 자동소총에 대검을 꽂고, 화력망을 뚫고 배수로 속으로 뛰어든 몇 명의 게릴라들을 막았다. 어둠 속의 눈, 그들의 장총과 자동소총 끝에 꽂힌 날카로운 알루미늄의 창끝. 마주치는 첫 순간에 적을 제압해버리지 못하면 죽는다. 적의 창끝을 위로 쳐올리면서 개머리를 휘둘러 가슴을 강타한다. 적이 뒤로 넘어진다. 군홧발로 그의 면상을 차면서 다른 자를 맞는다. 최초의 공격에 적을 찌르지 못하면…… 나는 몸을 낮추어 적의 옆구리로 파고들며 대검을 깊숙이 꽂는다. 발로 차면서 대검을 뽑는다. 적의 총검이 방탄조끼로 가려진 등을 찔렀으나 뚫지 못하고 튕겨져나간다. 숨이 막히며 앞으로 넘어질 듯하다. 돌아서서 고함을 치며 곧장 대검을 내밀어 육박해들어간다. 총대로 그의 총검을 막아올리고 발로 급소를 올려찬다.

우리 주위가 조명을 받은 듯이 환해졌다. 커다란 탐조등의 원반이 땅바닥을 핥으면서 지나갔다. 두 대의 건십이 대숲과 도로 위에 기총소사로 내리갈겼다. 저항선을 계속 넘으려던 적들이 일제히 퇴각하기 시작했다. 헬리콥터가 한곳에 머물러 빙빙 돌면서 유탄과 로켓 포탄을 내쏘았다. 적의 배후에 있던 지원 병력이 흩어져 밀림으로 쫓기고 있었다. 선임조장이 배수로 밖으로 뛰어나갔다. 네 사람은 모두 도로 양측으로 전진하면서 쫓겨가는 적을 사격했다. 사수가 미처 달아나지 못한 적의 부상자들을 철저히 사살했다. 우리는 도롯가에 머물러 적의 퇴각을 확인한 다음, 초소로 되돌아왔다. 통신병은 배수로 속에서 무전기를 끌어안고 죽어 있었다. 우리는 모두 넋이 빠져 미친 사람이 되어 있었다. 사람다운 모든 것이 탈진되어 의식이 흐려졌다. 나는 배수로 속에 꿇어앉아 토했다. 전투가 끝나버렸는지, 아니면 다시 끝없이 시작되는 것인지 알 수 없었다. 우리는 서로 누가 남았는지 바라보기조차 귀찮았다. 그래서는 죽은 자들의 굳어진 몸뚱이 사이에 넘어져 졸기 시작했다.

"R포인트, 감 잡고 나오라, 여기는 HQ."

무전기가 떠들고 있었다. 내가 눈을 떴을 때, 저 헤아릴 수 없는 과거의 기억들 속에 굳게 이어져 있는 것을 알았다. 바람이 여전히 불었고, 대기는 내 코를 건드렸으며 숲과 구름이 보였다. 언제나 똑같은 모습으로 적도의 태양이 떠올라 있었다. 모두 지나간 것이다.

"R포인트, 감 잡고 나오라, 여기는 HQ."

나는 계속해서 똑같은 소리를 지껄이고 있는 무전기의 스위치를 딸깍 꺼버렸다.

국도 북쪽에서 무한궤도가 굴러오는 소리가 들려왔다. 잠시 후에, 나뭇잎과 풀을 철모에 꽂은 미군 도로정찰대가 지뢰탐지기를 등에 짊어지고 지나갔다. 장갑차의 포수가 머리를 내밀고 즐비한 시체들의 사진을 찍었다. 뒤로 멀리 떨어져서 교량에서 철수했던 LVT 세 대와 경비소대가 지나갔다. 2.5톤 한 대가 우리 초소 옆으로 대어졌고, 말쑥한 정글복 차림의 미군 중위가 승차 책임자석에서 뛰어내렸다. 그는 대낮에도 얼굴에 바른 흑색 위장 초콜릿을 지우지 않은 병사들을 도로변에 배치했다. 똑같은 규격으로 허리에 매달린 가스마스크가 인상적이었다. 미군 중위가 우리를 향해 엄지를 세워 보이면서 웃었다. 대대 지역 안으로도 몰려들어가는 차량의 행렬이 그치질 않았다. 우리는 배수로에서 기어나와 담배를 피웠다. 멍청히 주저앉아서 잠을 깨운 자들을 아무 생각 없이 올려다보았다. 흰 페인트로 SEA BEE라고 쓴 미 해군 공병대의 불도저 한 대가 멎었다. 운전석의 배불뚝이 중사가 초소를 가리키며 장교에게 물었다.

"여깁니까?"

"그래, 여길 넓혀야겠어."

불도저가 크게 회전하더니, 뒤로 멀찍이 물러섰다가 달려들면서 바나나밭을 밀어버리기 시작했다. 불도저는 드디어 초소 뒤의 빈터를 향하여 굴러왔다. 우리는 담배를 내던지고 벌떡 일어섰다. 선임조장이 불도저 앞으로 달려갔다. 그는 자동소총을 운전사에게로 겨누었다.

"꺼져, 이 새끼."

"갈겨버려."

미군 중사는 발동을 끄고 어처구니없다는 듯이 우리를 두리번거리고 나서 두 손을 벌리며 어깨를 으쓱했다. 내가 어리둥절해 있는 장교에게 다가가서 말을 걸었다.

"뭐하는 겁니까?"

장교가 얼굴이 새빨개져서 말했다.

"바나나 숲을 밀어내야겠어. 캠프와 토치카를 지을 걸세. 저 해병이 막는 이유가 뭔지 모르겠네."

"우리는 작전명령에 따라서 저 탑을 지켰습니다."

나는 초라하게 서 있는 작은 석탑을 가리켰다. 중위가 고개를 저었다.

"탑이라구? 나는 저런 물건에 관해서 명령받은 일이 없는데."

"아직 통고되지 않았을 겁니다. 아군은 월남군에게 탑을 인계하기로 되어 있었습니다. 인민해방전선은 저것을 빼앗아 옮겨가려고 했습니다."

나는 얘기하고 싶지 않았으나, 불교와 주민들의 관계, 참모들의 심리전적 판단이며 마을에 관해서 설명하려고 애썼다. 그렇지만 말하고 나자마자 우리는 깨끗이 속아왔다는 것을 알았다. 그게 누구의 것인가. 내 말이 다 끝나기 전에 불교라는 낱말이 나오자 이 단순한 서양 친구는 으흥, 하면서 고개를 끄덕였다. 중위가 말했다.

"그런 골치 아픈 것은 없애버려야지. 미합중국 군대는 언제 어디서나 변화시키고 새롭게 할 수가 있네. 세계의 도처에서 말이지."

나는 우리가 탑과 맺게 된 더럽고 끈끈한 관계에 대해서 달리 설명할 방도가 없음을 깨달았다. 장교는 자기가 가장 실질적이며 합리적인 강대국 아메리카인의 전형임을 내세우고, 탑에 대한 견해도 그런 바탕에서 출발할 것이다. 한 무더기의 작은 돌덩어리가 무슨 피를 흘려 지킬 가치가 있었겠는가. 나는 안다. 우리가 싸워 지켜낸 것은 겨우 우리들 자신의 개 같은 목숨에 지나지 않는다는 것을. 그러나 나는 역겨움을 꾹 참고 말했다.

"중지시켜주십시오."

중위는 내게 한쪽 눈을 찡긋 감아 보이면서 고개를 끄덕였다. 그는 기계 앞으로 걸어가서 중사에게 뭔가 일렀다. 배불뚝이 미군 중사는 불도저 위에서 뛰어내리며 투덜거렸다.

"노란 놈들은 이해할 수 없단 말야."

중위가 비워둔 2.5톤을 가리키며 여단본부까지 태워다주겠다고 말했다. 우리는 전사자의 시체와 장비를 싣고 R을 떠났다. 차가 바나나 숲을 채 돌아가지 못해서, 나는 불도저의 굵직하게 가동하는 엔진 소리를 들었다. 불도저는 빈터의 가운데로 돌격했고, 떠받친 탑이 기우뚱했다가 무너져 자취를 감추었다. 탑의 그림자마저 짓이겨졌을 것이다. 달리는 트럭이 일으켜놓은 먼지가 시야를 차단했다.

(1970)

돌아온 사람

나는 제대를 하고 나서 식구들의 권유로 시골에 있는 외삼
촌네 과수원으로 내려가 있었다. 그해 가을에 나는 이웃나라의
전장戰場으로부터 돌아왔던 것이다. 수송선 안에서 맞았던 방
역 주사와 십여 일간의 뱃멀미와 갑자기 바뀐 기후 때문에 악
성 감기를 앓았으므로 나는 몹시 쇠약해져 있었다. 뿐만 아니
라, 제대 날짜를 때우기 위해 일주일 동안이나 영농 작업을 했
었다. 하루종일 기차를 타고 집에 돌아와 잠자는 식구들을 깨
웠을 때, 세상의 기적과 같은 일들이 있을 만하다는 것을 나는
절감했다. 무공훈장을 가슴에 단 영웅이 아니라 다른 모든 제
대자들과 다름없는 귀향병으로서 나는 하루이틀 내 예전의 정
서를 회복해갔다. 될 수만 있다면 내가 되찾기 시작한 정서가

가족들과 친지들께 떠벌린 무용담처럼 어느 정도 과장되거나 각색된 그것이 아니라, 나 스스로에게 진실이기를 바랐던 것이다. 사실 전선에서의 '우리'라는 말로써 이루어진 여러 행위나 감정들은 거의 믿을 수 없는 것들일지도 몰랐다. 나는 '우리들' 속에 잠적해서 편안히 잠들어 있던 것은 아니었는지……

집에 돌아온 첫 주부터 나는 고열로 앓아누웠다. 헛소리도 했고, 어떤 때는 소리를 지르며 깨어 일어나 마당을 기어다니기도 했는데 꿈은 별로 꾸어보지 못했다. 그것은 어렴풋한 반수상태였다고 생각된다. 어머니가 주장해서 굿을 한번 했다. 어렸을 때 일찍 젖을 떼서 체질적인 경기驚氣를 가졌기 때문이라는 누님의 해석도 있었으며, 매형은 내가 군대에서 고생을 많이 한 탓이라고 얘기했지만 나는 누구의 말에도 선뜻 그렇다고 끄덕이지는 않았다. 몸이 갑작스레 쇠약해진 탓이라고만 여겼다. 앓고 나서부터는 불면증 때문에 고생하기 시작했다. 숙맥 같은 여러 가지 처방을 해보았으나 잠을 이룰 수가 없었다. 형광등이 지잉 하고 우는 소리와, 자기의 숨소리만을 들으며 매일 밤을 뜬눈으로 새운다는 건, 참으로 무료한 짓이었지만 달리 해볼 도리가 없었다. 술을 마시는 일은 만취하더라도 자기의 의식을 자각하게 되거나 아니면 제한 없는 충동에 빠져버리는 것 같으니까 질색이고, 갑자기 닥친 혼란으로 해서 책이라면 탐정소설도 읽을 수가 없었고, 여자 역시 돈 주고 사는 것은 썩 내키질 않았다. 나는 불면의 나날이 몹시 불편해졌고 도무지 살아 있는 느낌이 아니었다. 바로 그 무렵에 식구들이 권하는 대로 건강해지기 위하여 시골로 내려갔던 것이다.

그 고장의 과수원들은 이제 한창 수확기에 이르러 있었다. 여러 마을에서 모여든 빈손들이 날마다 과목 위에 다닥다닥 붙어서 품을 팔고 있었다. 나는 별로 할일도 없고 해서 삼촌이 정해준 열을 맡아 작업을 감독하고 불량품이나 될 사과를 한곳에 모으는 일을 거들었다. 내가 만수를 알게 된 것은 정확히 말하자면 그가 나를 알아보았다고나 할까, 만수가 일하고 있는 과목 밑에서 서성대고 있었을 때에 내 이름을 불렀기 때문이었다. 나는 나무 위를 쳐다보고서 그가 며칠 전에도 웃음을 지으며 내게 말을 걸려고 애썼던 사람임을 알았다.

"몰라보겠습니까요?"

하고 그는 말했다.

"내가 만수요. 내 이름 생각나죠?"

그가 자기 이름을 대자, 나는 차츰 그를 알아보았다.

"전혀 몰랐소."

라고 나도 감탄하며 말했다.

"방죽 위에서 둘이 싸웠잖습니까?"

나는 기억을 헤쳐보았다. 어느 해인가의 겨울방학 때 싸락눈 오던 날, 누구와 된통 싸웠던 것을 알았다. 나는 그때 코피가 터졌었다. 그리고 썰매를 수문 속에 빠뜨렸던 것이다.

"그게 당신이었구만. 우리가 왜 싸웠죠?"

내 물음에 대답 않고 만수는 생각이 잘 안 난다는 듯 머리를 긁적이며 웃기만 했다. 그는 과목 가지로부터 사과가 떨어지지 않도록 조심스럽게 땅 위에 내려서 손을 내밀었다. 우리는 악수했다. 만수가 말했다.

"있잖아요, 우리 큰형 말요."

"큰형이…… 아, 그래서 싸웠지. 아직두?"

"네, 그렇죠 뭐."

나는 의젓한 장정이 되어버린 만수를 똑똑히 알아볼 수가 있었다. 내가 외가에 들렀던 것은 중학교 이학년 여름이 끝이었으니 처음엔 서로 몰라볼 것이 당연했다. 어릴 적의 만수는 고추장 단지라고 불릴 정도로 배불뚝이의 키 작은 땅딸보였다. 나무를 베면 온 마을에 화재가 난다는 전설이 있는 솔산 아래에 만수네 집이 있었던 것을 나는 기억했다. 산에서 흘러내려오는 폭 좁은 시냇가의 초라한 방앗간이 만수네 마지막 소유였던 것이다. 방앗간 주인은 만수의 식구들 중에서 일을 할 수 있는 유일한 어른이었던 그애의 큰형수였다. 내가 그애와 방죽에서 싸웠던 것은 분명히 그의 큰형 때문이었다. 만수네 큰형은 실성한 사람이었다. 그는 항상 검게 더럽혀진 옥양목 저고리의 고름을 질질 빨고 다니면서 가끔 그의 뒤를 따르며 놀려대는 아이들에게 히죽히죽 웃어 보였다. 언젠가 만수는 자기 큰형이 공부를 너무 하다가 돌아버렸다고 얘기한 적이 있는데, 나는 그런 터무니없는 소리는 믿고 있질 않았다.

만수는 동촌으로 이사가서 살고 있었다. 그러나 그애네는 원래 외갓집 동네인 서촌에서 살던 부농이었다. 그의 말에 의하면 원래부터 외갓집 마을에 살던 사람은 몇 가구 안 되며, 서촌도 오래전에는 수재민촌이 되어 있는 지금의 동촌처럼 몹시나 어수선하였다는 것이다. 그가 어렸을 때엔 서촌 부근의 과수원이 모두 자기네 소유였다는 거다. 만수네 삼 형제 중에서 자기만이 공부를 계속하지 못했던 것은 집안의 몰락에 있다는데, 사실 내가 알고 있는 그의 작은형은 가까운 도회지의 교사였고, 만수는 사각모를 쓴 자기 큰형의 누렇게 퇴색한 사진을 보여주기도 했다. 만수는 주먹다짐도 제법 할 줄 아는 시골 건달이 되어버린 것 같았는데, 우선 재담이 그럴듯했다. 나는 소싯적의 친구인 만수를 이 무료한 세월에 다시 찾게 된 것이 반가웠다.

나는 그담부터 언제나 만수가 일하는 과목 밑을 찾아가 앉기를 즐겼다. 그가 과목 위에서 과일 따는 손을 멈추지 않는 것과 똑같이, 끝없는 음담패설을 씨불여대어서 나를 미치도록 웃기곤 했기 때문이었다. 저녁때 타관에서 온 일꾼들만 행랑채에서 모여 자곤 했으나 만수는 자기집에 돌아가지 않고 내 방에서 함께 자는 날이 많았다. 나는 그가 도회지에 대한 열망으로 몹시 들떠 있다는 것을 눈치챘다.

"재수 옴 붙은 고장이죠. 여태껏 고생만 직싸도록 하구 말이오."

그는 군대에 가 있는 동안 줄곧 어느 항구의 경비 부대에 근무했단다. 엉뚱한 생각인지는 모르지만, 바다를 본 젊은이가 요런 산골에서 평생을 지낸다는 게 어려울 것은 정한 이치처럼 여겨졌다.

"기회가 오면 곧 여길 뜰 테요. 맨손으로 말이오."

그는 자기 자신에게 다짐하듯 두 손으로 주먹을 쥐어 흔들며 말했다.

수확이 끝나고 사과를 상자에 포장하는 끝마무리도 모두 마친 날, 만수는 나를 불러 조용히 할 얘기가 있다고 청해왔다. 나는 처음엔 조금 우스꽝스러웠다. 만수의 성격으로는 시끄럽게 못할 얘기도 없으리라고 생각했기 때문이다. 우리는 저장창고의 뒤편에 수북이 쌓인 마른 짚더미 위에 뒹굴면서 얘기했다. 만수는 교사 노릇을 하는 둘째 형이 입만 살아 있는 뼈 없는 놈이라고 욕했다. 그리고 실성한 큰형과 난리통에 죽은 자기 부모의 얘기를 할 땐 목소리가 낮고 침울해지며 눈가에 가는 주름이 잡히는 것이었다. 늦가을의 짧은 해가 솔산의 나무들 사이를 누비며 사라져가고 있었다. 하늘 위를 낮게 날아가는 멧새들의 지저귐이 들렸다. 숲은 곧 어두워지고 새들도 쉬러 갈 그런 무렵이었다.

"내가 여길 진작 뜨지 못한 건……"

하고 나서 그는 망설였다.

"할일이 있기 때문이죠. 군에 있을 때부터 벼르던 건데, 꼭 해치울 거요."

만수는 비닐 챙이 달린 낡은 조합원 모자를 눈썹 위로 치켜 올렸다. 그는 노을이 비낀 어두컴컴한 들판 건너를 우울한 눈으로 바라보았다. 내가 무슨 일이냐고 물었으나 만수는 벌떡 일어나 앉으면서 말했다.

"우리, 읍내로 나갑시다."

나는 그가 술 생각이 난 줄을 알았고 "한잔하겠소?"라고 떠보았다. 만수는 자기 호주머니를 툭툭 두드려 보였다.

"내가 사겠소. 삯을 받은 게 있으니까."

하늘 위에 초저녁 별이 하나둘씩 고개를 내밀었다. 우리는

읍내로 향한 한길을 따라 걸어갔다. 묵묵히 걷고 있던 만수가,

"서리를 한탕 했으면 좋겠소."

라고 말했다.

"돼지 서리 말입니다. 꼭 한 마리 잡아놓구 제사를 지내야 할 텐데."

나는 어처구니가 없었다.

"돼지를 훔친단 말인가, 아니면 잡겠다는 거요?"

"여길 뜨기 전에 살풀이를 해야겠소."

만수는 침을 돋우어 뱉었다.

"속살이 포동포동 오른 돼지 말요. 요새는 꿈에도 보인다니까요. 돼지 새끼를 실컷 쥐박고 나서 모가지를 쑤시는 꿈을……"

"이상스런 꿈도 있군."

"통쾌한 꿈이죠."

만수가 먼저 서리 얘기를 꺼냈으니 말이지만, 우리는 어렸을 때 철마다 참외 서리, 콩 서리, 고구마 서리를 했는데 그 상대는 언제나 이웃 마을이었다. 반대로 이웃 마을 아이들은 우리 마을로 원정을 왔었다. 촌로들은 어느 한계까지는 서로 묵인했다. 그들 자신도 옛날에는 서리 놀이를 즐기며 자랐고, 풍습 같은 것이니까 어쩔 수 없다고 생각했기 때문이다. 가끔 두 마

을 사이에 분쟁이 있었다. 소년들이 장터에서 마주치기라도 하면 서로 치고받는 불상사가 벌어지기도 했는데 원인은 원정 갔던 녀석들의 좀 지나친 노략질 때문이었다. 가령 수박 서리를 갔던 패들이 몇 개 따는 데 그치질 않고 평소의 적개심을 발휘하여 덩굴을 잡아뽑거나 설익은 것까지 모조리 깨놓는 짓궂은 분탕질을 즐긴 뒤에 말썽은 일어났다. 한 해 농사가 망쳐진 밭고랑 사이에 주저앉아 땅을 치며 통곡할 주인을 상상해보는 것이 놀이의 철저한 즐거움이었다. 이런 경우에 아이들은 서로를 용서할 수가 없었고, 그때마다 보복을 하기 위한 새로운 서리의 계획이 이루어지곤 하였다. 이런 종류의 보복이란 끈질기게 추구하다보면 타락하게 마련이고, 엉뚱하게도 빗나간 짓이 되어버리는데 대개는 후회하기 전에 잊혀지는 것이 다행스런 일이었다.

어둠 가운데 읍내의 외곽으로 짐작되는 불빛들이 몇 점 흩어져 있었다. 불빛들은 산 아래를 지나 골짜기 너머로 계속되어 더 큰 규모로 번창해가고 있었다. 만수는 잡화상과 주점이 있는 번화가의 어느 골목 앞에서 나를 기다리게 한 다음, 흰 가운을 입은 이발사 한 사람을 불러냈다. 그들은 내 뒤에 처져서 뭔가 소곤거리며 의논하는 것처럼 보였다.

"틀림없이 아직 안 갔죠?"

"아까 내가 봤다니까. 다니러 왔을 거야. 좋은 기회다."

"서두르면 안 되겠어요."

하는 말들이 간간이 들려왔다. 만수는 이발사와 헤어지면서 말했다.

"알려줘서 고맙수."

만수는 기다리고 섰는 내게로 와서 나란히 걸으며 기쁜 듯이 말했다.

"몇 년 만에 한 번씩 나타나는 돼지가 한 마리 있죠."

좁다란 술청 안에 나무 탁자가 몇 개 있었고, 두어 패거리가 앉아서 장단을 맞추고 있었다. 칸막이 너머에서 요란한 소리로 칼질을 하고 있던 사내가 코를 내밀고 우리의 주문을 받았다. 만수는 내게 전장에서의 무용담을 해달라고 졸랐으므로, 나는 거짓말 몇 마디를 지껄였다. 다른 사람의 얘기를 교묘하게 위장해서, 자기 것처럼 지어내는 녀석같이 능숙하게 나는 지껄였다.

"죽이고 싶은 놈을 죽일 수만 있다면야 얼마나 좋겠습니까?"

만수가 중얼거렸을 때, 나는 얘기를 뚝 그쳐버렸다. 딱히 죽이고 싶었던 놈이 있어서 총을 쏘고 뛰어다니며 숨고 했던 것은 아니었고, 내가 누구인가를 이 손으로 죽였던 적이 있었던가 하는 생각이 나서 갑작스레 술이 깨는 기분이었다. 만수는 술잔을 입술 언저리에서 멈춘 채 나를 건너다보면서 말했다.

"마음대로 사람을 못살게 굴고, 불행하게 만든 놈은 어떻게 해야 됩니까?"

나는 대수롭지 않게 대꾸했다.

"경찰에서 잡아갈 거요. 재판을 받겠지."

만수는 고개를 흔들었다.

"그들은 쉽게 잊거든요."

"하긴 그렇군. 오래되면 사면해버리지."

하고서 나는 말했다.

"그들은 최소한 현재라든가 가까운 장래만을 다루고 싶어하니까."

만수는 술잔을 연거푸 기울였다.

"그런데 개인적으로는 용서할 수 없는 놈이 있소."

"그런 일은 세상에 너무 많아요. 형무소나 사형대가 가득찰 거요."

하면서 나는 생각했다. 세상에 살인적인 신경병이 만연한 꼴을 말이다. 길을 가다가 구두를 밟힐 땐 기분이 나빠서 상대편을 때려죽이고, 버스가 조금 오래 지체한다고 운전사를 몰매로 죽이는 승객들, 내 욕을 하고 다니는 얄미운 녀석은 그의 집 골목에서 기다렸다가 단도로 찔러버린다든가, 그러고 나서는 신경질이 어떻게 나는지 그 자식 죽어버렸지, 라고 말해버리는 어떤 세상을 생각했다. 도무지 한 사람의 미세한 감정과 그가 살아온 환경이라든가, 유년 시절 따위의 개인적인 역사에 관해서까지 재판할 수 있는 법정이란 상상할 수도 없을 것이다. 다만 저들은 사회가 입은 사실적인 해악에 관해서만 응징하려 할 따름이리라. 특히 오래 묵혀진 사실에 대해서 사면赦免하는 것은 중요한 일일 것이다. 사회적인 증오로부터 차츰 망각되어진 일들이란 이미 신의 영역인 것이다.

"그놈이 살아 있는 한, 용서할 수 없소."

만수가 말했다.

"어떤 놈, 말이죠?"

"짐승보다두 못한 놈이오."

만수는 침을 뱉었다.

"내, 보여주겠어요. 그놈을 잡아서……"

"그러면 걸리게 되어 있어요. 린치는 용서하지 않거든."

나는 차츰 말귀를 알아들을 수가 있었다. 만수는 이미 술이 많이 오른데다, 기분이 격해진 탓인지 눈이 붉게 충혈되어 있었다.

"그 사람들이 안 해주기 때문에 내가 할려구 그래요."

"뭘 하죠?"

"재판 말요."

"누가 집행하오?"

"그것두 내가 하죠. 그놈두 제 맘대루 했으니까."

그는 대답을 잊어버린 내 쪽으로 얼굴을 바짝 기울였다.

"나는 그놈을 납치할려구 그럽니다. 이제야 기다린 보람이 있어요. 나는 여기서 날라버리면 그뿐이오."

"그놈이란 도대체 누구요?"

하고 나는 참다못해 말했다. 그는 더욱더 목소리를 낮추었다.

"우리 큰형은 그놈에게 당했죠. 아주 옛날 일입니다. 그놈에게 가혹하게 취급받았어요."

만수와 나는 술을 각각 두어 되씩 걸치고 나서, 불이 꺼지기 시작한 장터의 점포들 사이를 지나갔다. 천막이 씌워진 청과물 상자들이 군데군데 쌓여 있었다. 밤을 새는 상인들이 카바이드 불 아래서 윷판을 벌이며 떠들썩하고 있었다. 나는 시장 골목을 만수와 같이 걸으며 그리 춥지는 않은데도 가슴속에 썰렁함이 끼쳐오는 듯했다. 나는 턱을 부르르 떨었다. 만수가 말했다.

"우리집에 갑시다. 가서 한잔 더 하지 않겠소?"

"당신 집엘?"

"소주 두어 병 사갖구 갑시다."

"그만두겠소."

나는 더이상 술을 마시고 싶지는 않았고, 그의 음산하게 낮아지는 목소리를 듣는 것이 기분 나빴다. 만수는 내 손목을 잡고 흔들면서 거의 애원조로 말하는 것이었다.

"제발…… 좀 갑시다."

그는 나를 똑바로 바라보고 있었는데 나약하고 젖은 듯한 목소리라고 느껴졌다. 만수의 목소리는 떨렸다.

"집에 혼자 가기가 싫어서 그래요."

그의 손바닥은 차가웠다. 나는 그의 손을 빼내면서 말했다.

"남의 집엘 가면, 못 자는 버릇이 있지만……"

나는 만수가 상점에서 소주와 오징어를 사고 있는 동안 기다려주었다. 어쩐지 만수네 집에 가볼 생각이 일어나는 것이었다. 턱이 쏙 빠지고 눈이 커다란 그의 형수가 생각났고, 항상 못마땅한 얼굴로 의심스런 눈초리를 동네 사람들에게 던지던 만수의 할머니도 생각났다. 만수는 작업복의 양쪽 호주머니에 술병을 찔러넣고, 오징어 다리를 찢어서 내게 내밀었다. 우리는 오징어를 씹으면서 시장 골목을 벗어났다. 골목 어귀에서 만수가 걸음을 멈추었고, 그의 입놀림이 정지되었다.

"나는 한 번도 본 적은 없어요."

하고 만수는 말했다.

"대강 어림짐작은 하지만요."

잠깐 어리둥절했던 나는 화가 나서 말했다.

"횡설수설하는 얘긴 더이상 듣고 싶지 않소."

"그놈은 악질이오. 형수에게서 수십 번 들었죠."

만수는 말을 끊고, 이상스레 긴장하면서 처마밑 그늘 속으로 붙어 서는 것이었다. 나는 식육점의 진열창을 통해서 갈고리에 끼워져 있는 고깃덩이들과 붉은 전등빛에 더욱 진한 핏빛으로 드러난 짐승의 대갈통들을 보았다.

"저런 놈일지도 몰라요."

만수가 속삭이면서 내 손을 잡아 자기 쪽으로 이끌었다.

나는 말했다.

"소 대갈통 말요?"

"아니, 그 뒤를 봐요."

진열창 안쪽에 선반 비슷한 길쭉한 판자가 보였고, 그 위에 포개진 두 팔 속에 뺨을 묻은 사내의 얼굴이 보였다. 그 얼굴은 우리가 얘기하던 죄인의 잘린 머리처럼 보였을지도 몰랐다. 푸줏간 주인은 짓눌린 볼 근육을 일그러뜨리고 평온하게 잠들어 있었다. 자줏빛 어둠 속으로부터 짐승들의 머리 사이로 사나이의 눈감은 얼굴은 또렷하게 떠올라왔다. 나는 만수를 힐끔 훔쳐보았다. 그는 배고픈 개가 음식을 바라볼 때같이 탐욕스런 눈으로 진열창 속을 넘겨다보고 있었고 꿀꺽, 침 넘기는 소리까지 들렸다. 그가 피식 하고 건성으로 웃은 듯했다. 만수가 다시 입을 우물거리며 오징어를 씹기 시작했다.

"서두를 건 없다는 생각이 났소."

만수는 말했다.

"그놈을 봤으면…… 그러면 천천히 오래오래 속썩여줄 텐데."

"그건 좋지 않군. 상대편은 거의 습관이 되거나 뉘우쳐버리고 말지도 모르는데…… 그쪽에선 차츰 골리는 재미가 없어질거 아뇨?"

나는 만수의 '천천히 오래오래'라는 말 때문에 지난 한 달 동안의 고생스러웠던 불면증을 떠올렸다. 밀폐된 작은 상자에 갇힌다든가 산 채로 벽돌담 사이에 발려버리는 일이 생각났다. 고행苦行은 모든 의식과 드디어는 절망까지도 쥐어짤 것이다. 나중에는 한줌으로 쥐면, 겨울날의 얼어붙은 모랫덩이처럼 파사삭 부서져 흩날릴 것이리라.

"그자가 뉘우치는 걸 나는 원하지 않아요. 놈은 이 세상에 살아 있을 가치가 조금도 없으니까."

라고 만수는 단호하게 말했다. 사내의 얼굴은 두툼한 눈까풀을 내려뜨리고 입을 벌린 채 붉은 불빛 속에 붙박여 있었다. 사나이는 자기가 현실의 어떤 얼굴과 겹쳐진 것도 모른 채 위험을 무릅쓴 잠을 자고 있었다. 만수가 만약 원하는 대로 칼날을 곧추세워 그의 뒷덜미에 꽂는다면 불빛보다 더욱 짙은 피가 솟으며 사내가 흰 눈자위를 번쩍 드러낼 것 같았다.

"그런 자를 사람 취급할 수는 없소."

하고 만수가 내뱉었다.

만수네 집에선 온밤 내 귀뚜라미 소리가 유난했다. 여러 마리가 한꺼번에 울고 있는 소리였다. 그것은 어둠에 살이 찐 귀뚜라미의 떼였다. 나는 그 소리가 칼이나 쇠를 벼리는 듯한 착각을 했다. 그 소리에 귓바퀴 속이 울릴 정도였지만 오히려 더 깊고 깊은 적막감에 빠져드는 것이었다. 흙바닥에 멍석을 깐 만수의 초라하고 우중충한 방은 안방으로부터 떨어져 사립문 곁에 있었는데 바로 방문 앞에서 노파의 중얼거리는 소리가 들리는 듯했다. 그 소리는 우리의 기어들어간 숨결을 뒤덮고 또렷하게 들려오기 시작했다. 종잡을 수 없는 지껄임이었다. 간간이 먹을 것 좀 줘, 배고파 죽겠다라든가, 에미야, 조금만 다오, 하고 보채는 듯한 투정 소리가 들려왔다. 나는 만수가 숨소리를 죽이고 있어서 잠들지 않았다는 것을 알고 그의 옆구리를 쿡 찔렀다.

"망령이오. 형수가 매일 떠먹입니다."

만수는 내게로 등을 돌려 돌아누우며 말했다.

"할머니는 죽은 사람만 찾고 있어요."

노파의 음성은 갑자기 다정해지고 누군가와 정답게 얘기를 시작했다. 만수는 잠 섞인 목소리로 "니기미!" 하고 말했다. 만수네 집은 마치 옛적의 묘실墓室처럼 유품만이 남아 있는 곳 같았다. 성의 첨탑 위에 거미줄이 쳐진 수십 년 전의 식탁을 보존해놓고 썩은 음식들 앞에서 새 옷을 입고 홀로 자축하는 얘기책 속의 늙은 왕이 생각났다. 만수네가 몰락한 뒤에 살았던 솔산 밑의 물방앗간집보다 헐고 음침한 초가집이긴 했으나, 제법 큰 집인데도 텅 비어버린 듯했다. 이 집을 둘러싼 분위기에 빈병 같은 주둥이가 있다면 입술을 내밀고 불어보고 싶었다. 흉, 흉, 하는 소리가 들릴 것이다. 만수의 큰형수는 어디로 갔는지 자취도 보이지 않았다. 다만, 건넌방 쪽에 희끄무레한 등잔불이 켜져 있어 거기 누가 있다는 걸 알 수 있었다. 만수네 큰형은 집으로 들어오는 길모퉁이에서 우리를 지나쳐 똑바로 앞만 보며 성큼성큼 멀어져갔다. 만수는 이미 코를 골기 시작했지만 나는 잠을 이룰 수가 없었다. 노파의 중얼거리는 소리, 내 곁을 쓱 지나쳐서 숲속으로 사라져가던 만수네 큰형, 귀뚜라미 소리 같은 것들 때문만이 아닌 어떤 얼굴 때문이었다. 그것은 아직 희미했다. 그것의 음영은 뚜렷이 분간할 수가 없었다. 어둠에 덮인 망막 위로 별무늬라든가 색깔의 형상들이 차츰 사라져버리고 나면 그 위로 입을 가로 찢어젖히고 싱글거리며 웃고 있는 얼굴이 떠올라왔다. 어둠 속으로부터 그는 미칠 듯한 폭소를 이빨 속에 깨물고 있었다. 입술 사이로 바람 빠지는 소리와 함께 키키킥, 하는 소리가 들렸다. 어디서 봤던가…… 외국 잡지에 나온 다키 치약의 광고같이 드디어 이빨을 드러내고 낄낄거리는 저 검은 얼굴의 형체를. 집 바깥으로 향한 창호지로 바른 창문을 밀어 열고 담배를 태웠다. 나는 이젠 완전히 잠을 빼앗긴 것이 아닌가 생각했다. 그때 밭고랑 위로 우쭐거리며 뛰어오던 사람이 멈추어 섰다. 그는 어느 만큼의 거리를 두고 우뚝 서서 내가 태우는 담배의 불빛이 움직이는 것을 바라보는 듯했다. 그는 창문 아래로 가까이 다가오려 하지 않고 그 자리에 선 채 두 손을 내밀어 보였다. 나는 어릴 적에 그를 놀리던 때보다 더욱더 그 광인이 자기의 과거에 가깝고 굳게 이어져 있을 거라는 느낌이 들었다. 또한 그는 짓밟혀진 바로 그 순간에 멈춰 있는 것이라는. 다행스럽게도 어둠이 그의 표정을 한 꺼풀 씌워놓고 있었기 때문에 나는 별로 불쾌한 기분이 아니었다. 나는 피우던 담배를 그에게 던져주었다. 광인은 재빠르게 허리를 꾸부리고 담배를 주웠다. 그는 내 쪽을 힐끗 보고 나서 좀더 느긋하게 피우기 위해 땅바닥에 주저앉았다. 빨아들일 때의 훤하게 밝아오는 불빛 때문에 주름살이 드러난 미친 사람의 얼굴은 제법 뭔가 골똘히 생각에 잠긴 듯이 보였다.

그뒤 사흘 동안 만수를 만나지 못했다. 수확이 끝난 과수원은 철 지난 유원지처럼 쓸쓸하고 메마른 풍경이었다. 집에 올라가겠다고 말했더니 외갓집 식구들은 어리둥절해서 나를 만류했다. 외삼촌은 혹시 누가 섭섭하게 굴더냐고 넌지시 물어왔다.

"그동안 쉬느라고 피곤해져서 말입니다."

나는 외삼촌에게 농담조로 말했다.

"그래서 집에 가 푹 쉴려구요."

수확한 과일 중에서 최상품 두 상자를 화물편에 부쳐 가져가라 했다. 나는 이튿날 첫차로 이곳을 떠나기로 작정하고 나서 석양 무렵에 일꾼에게 사과 두 궤짝을 지게로 지워 읍내로 나갔다. 탁송을 끝낸 후 나는 일꾼에게 술을 대접했다. 일꾼은 나중에 외삼촌으로부터 성화를 받을까 염려해서인지 슬며시 새어버리고 나 혼자 이차를 하러 갔다. 웬일인지 그날 나는 술에 들떠버렸다. 두번째 집은 색주가였는데 나를 재워준 것은 끝까지 술상머리를 지켜 앉아 있던 코끝이 살짝 얽은 곱살한 여자였다. 나는 여자의 옆에서 잠들었다. 그다음부터는 모두가 환영幻影과 같아서 어느 것이 진짜 있었고 어느 것이 꿈이었는지 모르겠다. 제대해서 며칠 동안과 같이 다시 몽유증을 일으켰는

지도 모를 일이었다. 또 실제로 그런 일이 있으리란 것은 얘기를 수월히 하는 데나 도움이 될까. 전혀 내 망상이었는지도 모른다. 나는 아직 술이 덜 깬 상태에서 눈을 떴다. 옆에선 코 고는 소리가 들렸고 내 허벅지에 닿는 남의 살갗이 느껴졌다. 머리맡을 더듬다가 물을 찾아서 밖으로 나갔다. 눈까풀을 반쯤 닫아둔 채 물을 떠 마셨다. 중천에 달이 올라가 있었다. 나는 달빛 속에 젖어들어갔고, 그 집을 나서서 신작로를 따라 걸어갔다. 나는 조난당한 선원같이 골짜기 저편에서 반짝이는 불빛을 향하여 너울너울 헤엄쳐갔다. 내가 어디로 가고 싶어하는가를 느끼고 있었다. 이곳을 뜨기 전에 꼭 만수네를 들러야 할 것 같은 생각이 들었다. 만수네 잡초가 무성한 마당과 뚫어진 마루 틈에서는 귀뚜라미가 날카롭게 울고 있었다. 사당(祠堂)과도 같은 방들의 불은 모두 꺼져 있었지만, 부엌 옆에 붙어서 지은 헛간에서는 불빛이 새어나오고 있었다. 나는 빼꼼하게 열린 헛간 문을 통해서 안을 들여다보았다. 벽에는 심지가 돋우어진 남폿불이 밝게 빛나고 있었으며 마른 소나무 가지들을 구석 쪽으로 밀어놓은 곳에 굵은 통나무를 깔고 앉은 만수가 보였다. 그는 팔짱을 끼고 찌푸린 얼굴을 천장으로 향하여 치켜들고 앉아 있었다. 만수는 위엄을 차리고 있는 듯이 보였다. 나는 헛간 안을 한눈에 들여다보기에는 방향이 적당치 않다고 생각했으

므로 그 자리를 떠나 헛간 주위를 돌아보았다. 발길을 돌려 읍
내로 되돌아가고 싶었지만 나중에 몹시 후회할 것 같은 생각이
들어 그냥 감당해보기로 했다. 어렸을 때 야시夜市에서 처녀가
뱀으로 변하는 요술을 훔쳐보던 생각이 났다. 생선을 너무 많
이 먹어서 온몸에 비늘이 돋았을 거라는 아이들의 헛소리 때문
에, 식탁에 올라온 물고기는 수저도 대어보지 않은 채 밥상을
물리곤 했었다. 장성해서도 요리된 생선을 보면 께름칙했다.
나는 이 헛간이 내 의식의 중요한 부분을 점령하게 될 거라는
예감을 느꼈다. 흙벽이 무너져서 얼기설기한 수수깡이 드러나
있는 낮은 위치의 구멍을 발견하고 그 앞에 쭈그리고 앉았다.
바로 맞은편 벽에 기대앉아 소나무 껍질을 깎고 있는 만수의
큰형이 보였다. 그는 가끔씩 열중한 작업의 손을 멈추고 주위
를 둘러보며 히쭉 웃음을 지었다. 내가 어째서 여태껏 그쪽에
눈길을 돌리지 않았을까. 저고리 소매를 걷어붙인 아낙네가 방
금 피우기 시작한 풍로의 숯불에 부채질을 하고 있었다. 여선
생님처럼 곱살하던 만수 큰형수의 턱은 옛날보다 더욱 갸름해
보였고, 퀭한 눈가에는 짙푸른 주름살이 늘어져 있었다. 헛간
을 가로지른 대들보를 받친 기둥에 한 사람이 붙어 서 있었으
며, 그의 옆얼굴만 보였으나 광대뼈가 두드러진 오십 줄의 사
내로 보였다. 그는 구겨졌지만 새하얀 와이셔츠에 줄이 선 바

지를 입고 있었다. 사내는 머리 뒤통수를 기둥에 꼭 붙이고서 타오르는 남폿불을 향하여 얼굴을 고정시킨 채 꼼짝도 하지 않았다. 만수의 형수는 숯불이 달아오르기 시작하자 이마에 솟은 땀을 씻으며 뒤로 물러났다. 나는 그녀가 불 가운데 인두를 깊숙이 꽂는 것을 보았다. 그녀는 숯으로 검어진 자기 손을 득의 양양하게 사내의 바짓가랑이에다 닦아냈다. 만수네 형수는 엽연초를 손바닥으로 비비고 나서 한 대 말아 천천히 즐기듯 피웠다. 한눈에 들어온 헛간 속의 이러한 광경은 첫닭이 울기 전에 초혼제를 지내는 상가의 음산한 정적을 생각나게 했다.

"물어볼 말이 있는데……"

묶인 사내의 맥없고 흐릿한 발음이 오래된 늪의 수면 위로 솟는 물방울처럼,

"나를 죽일 셈이오?"

하고 목구멍으로부터 떠올라왔다. 만수는 무릎에 얹었던 다리를 내렸을 뿐, 쳐다보지도 않고 말했다.

"우린, 당한 것 이상으로 해치고 싶진 않다구. 똑같이 해주면 돼."

사내는 기둥에 붙인 자세를 흐트러뜨리지 않았으며 거의 체념한 눈으로 상대편을 바라보았다.

"한 목숨으론 모자라다고 생각해."

하면서 만수는 덧붙였다.

"너는 내 꼬임에 속은 거야."

사내가 말했다.

"알고 있었소."

만수네 큰형수가 손끝에까지 타들어간 담배꽁초를 긴 호흡으로 빨아치우면서 억양 없이 단조로운 목소리로 말했다.

"우리 주인 손톱이 몇 개나 남아 있나 봐줘. 우물을 잊지 말구……"

광인은 그의 아내가 자길 손가락질하자, 히쭉 웃으며 무의미하게 반복해서 고개를 끄덕였다. 미친 사람은 소나무 껍질로, 푸닥거리할 때 버리는 제웅 같은 막연한 형상을 깎고 있었다. 그는 머리 위에 그것을 쳐들고 잘되었는가를 살펴보곤 했다. 광인은 재빠르게 중얼거리며 스스로 감탄을 했다.

"좋다, 좋다."

만수가 조금 더 크고 호흡 거친 목소리로 말했다.

"그때, 창고에 갇힌 사람은 몇 명이었지?"

사내는 자기의 생각에 빠져버린 듯했고 만수네 형수가 침착하게 말했다.

"우물에서 스물하나를 건졌어. 거기 우리 식구들은 없었어."

형수는 말의 끝마디를 내던지며 사내를 홱 돌아다보았다. 그녀는 발딱 일어서서 발작적으로 사내의 와이셔츠 깃을 잡아 찢어내렸다. 사내의 살집 좋은 어깨가 불빛에 탐스럽게 드러났다. 그것은 조련사가 맹수의 성깔을 길들이기 위해 던진 식욕을 돋우는 먹이처럼 보였다. 사내는 자기의 드러난 어깨 쪽으로 고개를 떨어뜨리고 약간 동요하는 빛을 보였다.

"아시겠지만, 나는 여길 떠나서 오랫동안 타관에서……"

만수가 사내의 말귀를 가로챘다.

"기다리구 있었어. 줄곧!"

"이젠…… 시원합니다."

사내는 밤공기가 싸늘했는데도 땀을 흘리고 있었다. 그는 이마에 달라붙은 젖은 머리털을 어깨에 문질러 올렸다. 만수는 일어서서 사내의 주위를 배회하기 시작했다.

"말해. 창고에 몇 사람 있었느냐니까."

"나는 전혀 몰랐습니다. 군인들이 했어요."

만수의 형수가 말했다.

"당신이 명단을 적어준 걸 모두 알고 있어."

"스물넷 중에 미친 사람은 먼저 나갔습니다."

"시체가 없는 두 사람은?"

만수는 고개를 떨군 사내의 턱을 손바닥으로 받쳐들고 위아래로 몇 번 흔들었다.

"당신네 형은 내보냈습니다."

사내는 헐떡이며 침을 삼켰다.

"두 사람은 어떻게 됐어?"

묶인 사람은 만수의 손바닥으로부터 턱을 돌려 빼내어 간신히 상대방의 시선을 피하면서 중얼거렸다.

"그분들은······"

사내가 눈물을 흘리기 시작했다.

"자살했습니다."

사내는 다시 어깨 위에 얼굴을 비볐다.

"영감님이 먼저였습니다."

"네가 취조했지? 형수는 알고 있어."

"나는····· 서류를 꾸미기만 했습니다."

만수네 큰형수가 사내의 머리털을 잡아 뒤로 젖혔다. 그녀는 공포에 질리기보다는 회한에 떠는 사내의 얼굴 위에 타는 듯한 시선을 쏟았다.

"당신은 앙심을 먹구 있었지. 시절을 만나니까 하느님이라도 된 것 같았어."

만수가 자기 일에 집중한 미친 사람을 끌어 일으켰다. 미친 사람은 고개를 흔들고 자기의 장난감을 내던지며 놓여난 두 다리로 헤갈을 쳤다.

"싫어, 싫어, 싫어."

"알지? 네 손톱 여덟 개가 필요해. 또 있어."

만수는 거칠게 자기 형을 돌려세우고 저고리를 말아올렸다.

"등을 봐. 생각날 거야."

사내가 여자에게 잡힌 자기 머리를 빼내어 외면하려고 애썼다. 여자는 오물을 던지듯 그의 머리털을 탁 놓아줬다.

"나는 사실…… 동네 사람들을 만나뵈러 온 겁니다."

사내가 숨을 가라앉히면서 말했다.

"지긋지긋해서요."

만수는 자기 형을 사내 앞에 세우고 한동안 떨고 있는 것처럼 보였다. 그는 미친 사람의 목덜미에 얼굴을 비비면서 말했다.

"바보야, 정신 좀 차려. 앞에 와 있잖아."

"싫어, 싫어, 싫어."

라고 미친 사람은 붙들린 자기를 놓아달라고 발을 굴렀다. 만수는 갑자기 자기의 형을 밀어 던졌고, 광인은 땅바닥에 넘어졌다가 일어나더니 헛간 구석 쪽으로 기어가서 훌쩍거리며 투정하기 시작했다. 만수가 이를 악물고 씹어뱉듯 말했다.

"둘 다 죽여버릴 테다."

아낙네는 흐트러진 머리를 좌우로 쓸어올리고 나서, 그의 주인 앞에 다가가 다정하게 뭐라고 달래주고 있었다. 만수가 풍로에서 인두를 잡아 뽑았다.

"너는 내 손에 달렸어."

만수는 팔을 소매 안으로 넣어 옷자락으로 인두 자루를 잡고 눈앞에 쳐들었다. 그는 벌겋게 달아오른 쇠 위에 침을 몇 번 뱉어보았다.

"끝장이 났지. 너두 이제 지쳐빠질 거야."

사내는 고개를 돌린 채 가슴을 벌떡거리고 있었다. 그는 자제하는 태도를 보임으로써 자기가 당하는 보복과 맞서려는 것처럼 보였다. 이 미친 듯한 처형에 희생되어 보상을 받고자 하는 각오를 했기 때문인 것처럼 보였다. 나 같은 경우라면 처참한 고문 앞에 완전히 굴복해서 처절하게 비명을 질러 보이는 게 나을 것 같았다. 나는 그 사내가 어떤 신념을 갖고서 능히 가해했으리라고는 믿을 수 없었다. 그 태도는 때에 따른 하나의 능숙한 기능에 불과할지도 몰랐다.

나는 구멍에서 눈을 뗐다. 밤하늘에 총총한 별들이 보였고 꼬리를 길게 끌며 하늘 위로 별똥이 지나갔다. 쥐덫에 갇혀 불타는 쥐새끼가 방면되자마자 춤추는 불이 되어 밭고랑을 헤매는 때, 그것은 작은 이빨에 젖은 눈을 가진 들쥐라기보다는 유쾌한 불꽃이었다. 나는 뇌리 속에 솟아나는 검은 얼굴을 환각으로 보는 듯했다. 내 얼굴을 더듬었다. 목 위에서 그것은 분명히 만져졌다. 그래, 그것은 내 얼굴도 끼어 있던 네 사람의 웃는 모습이란 걸 알았다. 나는 그때 두 손에 열 가락의 형틀을 가지고 있었으며, 이제 나는 불면의 밤을 이해하여야만 한다. 전장에다 내가 두고 온 것은 몇 개의 타락한 증오였는지도 모른다. 누구든지 거기서 싸웠던 전우라면 열대성 말라리아라든가 우리를 저격하는 게릴라, 또는 비협조적인 주민들을 인류의 적으로 미워해본 기억이 있을 것이다. 내가 적들을 사살한 것은 상대적인 것이었고, 그것은 전장의 엄연한 율(律)이었던 것이다. 나는 나의 용기와 전쟁의 허무를 가늠하면서 적을 쏘았다. 그러나…… 그 외에 또 무슨 일이 있었던 것일까?

열기와 서걱서걱한 모래바람이 가득찬 백색의 하늘. 따가운 볕이 내리쬐는 소리가 바싹 마른 땅 위에서 들려왔다. 하늘에서 두런대는 외국말 방송. 전단이 뿌려진 불귀순 지역은 괴괴했다. 유령과 같은 대낮의 눈부신 땡볕만이 마을의 공터에 타는 듯이 내리쬐었다. 마을을 비우고 나오라는 내용의 방송은 외국어여서 마치 공휴일에 먼 골목에서 떠드는 약장수의 메가폰 소리처럼 들렸다. 처음에 우리는 저항을 받았던 것 같다. 군용 판초에 둘둘 싼 동료의 시체가 몇 구 보였던 것으로 기억되니까 말이다. 맨 처음에 계집아이의 뭉뚝그려진 그림자가 하나

공터에 나타났다. 그 아이는 타박타박 오랫동안 걸어왔다. 잠시 후에 간격을 두고 여자들, 뒤이어 마을의 사내들이 나타났다. 그들은 차에 실려서 난민 수용소를 향하여 후송되었다. 우리는 조를 지어 침착하게 마을로 진입했다. 수색하면서 오후를 보냈다. 내 기억에 또렷이 남아 있는 것은 얼굴에 부딪치던 대지의 열기와, 자신의 가쁜 호흡 소리와 두 달 동안 입어서 피고름의 상처에서나 살이 썩어 문드러질 때 풍기는 듯한 정글복의 쉬어터진 냄새이다. 감각적인 것 외에는 그때의 의식을 지금 되살려본다 한들 믿을 수가 없다. 햇볕 속을 꿰뚫고 청명한 갓난애의 울음소리가 들려왔던 것이 생각난다. 내 수색 구역의 백토로 지은 집 안으로 들어갔을 때, 텅 빈 공간에서 파리가 잉잉거리며 날아다녔다. 뒤꼍으로 가서 마당 한가운데 펼쳐진 짚멍석을 들쳤다. 두 개의 독이 묻혀 있었고, 그 안에 누가 있었더라…… 마른 나뭇가지 같은 늙은이의 손이 한데 모아져 비벼대면서 내 발부리 앞으로 솟았다. 내가 알고 있는 몇 마디 말을 동원해서 빨리 나오라고 재촉했던 것 같다. 노인은 한없이 빌고만 있었다. 또다른 독 속에는 발가벗은 아기를 품안에 감춘 비쩍 마른 소년이 있었던 것 같다. 그 아이는 구부려 세운 두 무릎 사이에 얼굴을 묻고, 아기의 입을 막은 채 소리를 죽여 울고 있었다. 나는 나오라고 또다시 재촉했다. 속눈썹 속으

158

로 아리게 스며드는 땀방울, 말라붙은 혀, 멈춰 선 사람에게 짓
궂게 날아붙은 파리들, 아기의 입을 막고 고개를 묻은 소년의
흔들리는 어깨. 나는 기다랗게 혼잣말로 쌍욕을 지껄이고 있었
다. 쇠끝에 손가락을 걸고 힘을 주었을 뿐이다. 두개골 속의 몽
롱한 뇌수를 뒤흔들며 들려오기 시작한 연발 사격의 소리에 나
는 깜짝 놀랐다. 내 군화 발끝은 한줌도 안 되는 흙을 자꾸만
독 안에 차 던졌고, 그러곤 뒷걸음질쳐 숲 그늘 속으로 신선한
바람을 찾아 달리지 않았던가. 나는 의식의 마비를 체험했다.
내 골통은 화산암과 같이 최대한으로 연소되어 구멍이 숭숭 뚫
려 있었다. 누군가 그때에 카메라를 들이대고 고속도 촬영을
했다면, 그래서 내가 스스로의 완만한 동작을 다시 볼 수 있게
된다면 내가 만났던 최악의 피로를 확인할 수 있을 것이다. 나
의 죄과란 하늘에 대해서이지만 하늘은 저러한 피로를 구제하
실 선택을 받고 계신 것이므로, 나는 신에게서 아직은 용서받
을 수 있을 것이다. 그러나 하늘에 속하지 않는 우리들끼리의
타락을 나는 어찌할 것인가. 우리 네 사람의 숨이 넘어가는 듯
한 웃음소리. 바람이 몹시 불고 있었다. 잘 닫기지 않은 베니어
판의 문짝이 덜컹거리며 문틀을 때렸다. 함석 슬레이트 지붕
위에 쏟아지는 빗소리, 번개 치는 소리, 뒤죽박죽이 된 의자와
목침대들, 그 조그만 사내는 침대 밑을 헐레벌떡 기어나가고

있었다. 한 사람이 기다란 빗자루 끝으로 사내의 궁둥이를 찔러댔다. 맞은편에선 또다른 사람이 기다리고 있다가 반대쪽으로 몰았다. 우리는 탄이라는 포로를 침대 밑으로부터 끄집어내어 여러 가지 방법으로 놀리기 시작했다. 누군가 그 녀석의 머리 위에 깡통에 반쯤 남았던 맥주를 뿌려줬다. 탄은 포로 심문병들이 제일 미워하던 녀석이었다. 놈의 도전적인 눈초리와 가끔 식사를 거부한다거나, 담배를 주면 발아래 짓뭉개버리는 오만함으로 해서 모두들 그 녀석을 벼르고 있었다. 나도 베푸는 자가 당하는 그런 창피를 탄에게서 받은 적이 있었다. 첫날 그는 다른 정규군 포로들과 함께 잡혀 들어왔는데, 쌍통이 엉망진창으로 터져 있었다. 놈은 전기 신관을 이용해서 작전 차량을 폭파하곤 했으며, 일주일 동안에 네 번이나 터뜨려서 두 번쯤 크게 피를 보였던 것이다. 보병 잠복조들은 아군의 피를 보고 나서 이를 갈고 있었다. 탄은 발견된 폭약의 전깃줄 때문에 붙들렸다. 아군의 분풀이를 당하느라고 형편없이 터진 놈을 나는 병원으로 데리고 갔다. 치료를 받고 나서 호송해 데려오다가 나는 탄에게 오렌지 소다수를 한 캔 사서 권했다. 놈은 그것을 받았다. 그는 나를 관찰하면서 천천히 깡통을 거꾸로 돌렸다. 소다수는 모래땅 위에 줄줄 쏟아져버렸던 것이다. 물론 화가 치민 나는 놈의 머리를 개머리판으로 한 대 질러줬다. 언젠가는 미군의 고급 장성이 포로들을 방문하러 올 때 모두들 기립하게 되어 있었으나, 그는 고개를 떨어뜨리고 꼼짝도 하지 않았다. 나는 수용소의 초소에서 근무하면서 때때로 그의 차갑고 긴장된 눈과 마주칠 때마다 갑자기 외로워졌었다. 그가 나를 미워한다는 것이 참을 수가 없었다. 그의 생존의 이유, 그가 받드는 가치, 그가 품위를 지키려고 노력하는 것을 생각할 때에, 나는 체질적인 저항감을 느꼈다. 우리는 그를 압박하기로 은연중에 약속했던 것이다. 그가 자기 자유를 내세워 주장하는 한, 우리들도 우리의 권능을 행사해야만 되었기 때문이다. 탄은 지방 게릴라였고, 직업은 중학교 교원이며, 두 아이와 스물다섯 살 난 처를 거느린 가장이었고, 교육받은 자로 포로 인적사항에 적혀 있었다. 그러나 그것은 타이프라이터로 찍혀진 한 장의 종이에 지나지 않았다. 우리는 그런 따위 종이를 몇 초 동안에 꾸겨 던져버릴 준비가 되어 있었다. 지금 그는 검은 파자마를 입은 작달막한 포로일 뿐이었다. 그날, 밤새껏 몬순이 퍼부었다. 날씨가 험악한 때에는 차갑게 해둔 맥주를 마시면서 지내는 것이 정신 건강에도 훨씬 좋았다. 비번이었던 우리는 늦게까지 마시고 나서 만취해버렸고 근무하는 동료들 외에는 모두들 잠들어 있었다. 누군가 취한 목소리로 말했다. 탄이란 새끼 골탕먹이자. 그래 꺼내와라, 꺼내와. 우리는 탄을 심문실에 끌어다놓았다. 네 사람은 차례로 놈을 골탕먹이기 시작했다.

우선 그 녀석이 위축되도록 헝겊으로 두 눈을 가렸다. 침대 아래 쥐잡기부터 비행기태우기, 원산폭격, 한강철교, 한 사람씩 제안할 때마다 방법이 가혹해지기 시작했다. 우리는 그가 실수를 하면 약간의 매를 때려줬다. 우리는 웃었다. 자꾸만 웃었다. 주위가 너무 조용해서 크게 웃지 못하는, 참는 웃음이었다. 우리는 웃으면서 땀을 뻘뻘 흘렸다. 드디어는 놈의 그것을 꺼내어 자기 손에 쥐게 하고 수음을 시켰다. 탄은 울었던 것 같다. 확실히 탄이란 녀석은 혼찌검이 나서 눈물을 흘렸다. "더러운 자식!" 맥주를 그의 얼굴에 뿌리던 한 사람이 담뱃불을 슬며시 놈의 그곳에 갖다댔을 때, 기다란 비명소리가 들렸다. 그것은 탄의 목소리가 아니라, 담배를 쥐고 있던 동료의 목소리였다. 탄의 이빨은 동료의 손등을 피가 배어나도록 힘껏 물고 있었다.

"놔, 놓으란 말야."

다른 사람이 떼어놓으려고 탄의 볼따구니를 여러 차례 쳤지만, 놈은 이를 악물고 놓지 않았다. 손을 잡힌 자는 왼발을 뒤로 쳐들었다가 놈의 아랫배를 공처럼 내차기 시작했다. 여러 차례 만에 길게 내뿜는 숨소리가 나면서 탄의 몸이 옆으로 처졌다. 그는 눈을 홉뜨고 흰 동공을 보이며 고개를 뒤로 떨구었

다. 깊숙이 찢어져 피에 젖은 손을 간신히 빼낸 동료가 탄의 멱
살을 잡아 일으켰다.

"자식, 죽은 척하는데."

라고 말하면서 그는 축 늘어진 탄을 밀어 던지고 뒤로 물러났
다. 얼굴을 마루에 처박은 탄의 일그러진 입속에서 끈적한 타
액과 피가 흘러나왔다.

"정말 죽어버렸잖나?"

"다시 살려낼 수 없을까?"

우리는 그제야 당황했다. 땅에 태질을 친 개구리의 배 위에
풀잎을 열십자로 얹고 침을 뱉으면 되살아나듯, 우리는 장난질
뒤에 그가 소생하기를 바랐다. 그는 몸을 오그린 채 굳어져 있
었다. 네 사람의 연대감은 그 순간부터 산산이 와해되었다. 유
희 이상으로 적을 대접하기에는 놈에 대한 분노가 너무 커서
가해하는 것이 자릿자릿한 기쁨이었으나, 그가 덧없이 죽어버
렸을 때, 우리 마음에 통쾌함은 솟구치지 않았다. 한 사람이 조
심스럽게 수화기를 들고 우리의 이러한 실수를 상부에 보고하
는 동안, 나는 내가 매끈한 광물질로 만들어진 물건이 아닌가
생각했다. 날이 밝자 네 사람은 시말서를 쓰고 두 주일 동안 영
창에 갇힌 뒤 작전 현장으로 내쫓기던 것이다. 나는 누에가
허물을 벗듯 군복을 벗으며, 이러한 나의 정체 모를 시간을 떼

처버린 줄로 알았다.

이빨 사이로 흘러나온 단절된 신음이 들려오고 있었다. 구멍 속에서는 만수가 이 피할 수 없는 먹이를 노리면서 인두를 쳐들고 있었다. 사내는 얼굴을 일그러뜨려 남포 불빛 밑의 표정 없던 탈을 벗어났다. 사내의 의식은 지리멸렬되고 만수의 팔놀림과 함께 수많은 끈 아래 움직이는 인형처럼 그의 어깨와 근육이 춤을 추었다. 불빛에 번들거리는 땀과 눈물이 만수와 묶여 있는 자의 몸과 얼굴에 번졌다.

"그를 죽이지 말아."

만수의 형수가 달려들어 그의 손으로부터 인두를 빼앗았다. 사내는 이미 기진맥진해서 고개를 축 늘어뜨리고 있었다. 만수는 휘청거리며 통나무 위에 걸터앉았다. 그는 검게 변색되어가는 인두를 발아래 내동댕이쳤다.

"더이상은 필요 없어."

하면서 여자는 축 늘어진 사내의 몸에 침을 뱉었다.

"그냥 내버려둬두 될 것 같아."

"두려워하지 말아요, 형수."

만수는 두 손아귀에 머리를 틀어쥐고 말했다. 그 여자는 매정스럽게 대꾸했다.

"괜히 홀가분하게 해줄 필요가 어딨어?"

달이 들판 건너 산 위로 기울어가고 있었다. 구름이 잠깐씩 달을 가릴 때마다 나무들의 윤곽이 또렷해졌다가 명암과 거리감이 흐려지면서 검은 그늘로 변해버리곤 했다.

나는 캄캄하게 불 꺼진 대도시의 한길 가운데 서 있는 듯했다. 가로의 집들은 텅텅 비어 있고, 보이지 않는 사람들의 두런거리는 소리가 허공에서 들려온다. 나는 모든 시민이 어디론가 가버린 도시의 중심가를 헤매고 있다. 뒤에서 누군가 쫓아온다. 그것은 처음엔 낯선 사람의 거뭇한 형상으로만 보이다가 거울 속에서 익은 자신의 얼굴이 된다. 나는 그를 피해서 헐떡거리며 뛴다. 드디어 느릿느릿 움직여가고 있는 사람들의 행렬을 발견하고선 나를 함께 데려가달라고 목이 터지게 외친다. 사람들은 나를 쳐다보지도 않을뿐더러 알은척도 하지 않는다.

마을의 지붕과 논밭 위로 안개가 깔리기 시작했고, 헛간 안의 모습은 흔들림 없는 그림이 되어 안개 속으로 잦아들어갔다. 영사막에 비추인 채 장면이 영원히 바뀌지 않는 환등사진같이 온갖 것이 멈추었다. 그들의 손짓, 눈짓, 목소리는 순식간에 과거의 흐름 속으로 가라앉아 종내에는 식은 재가 되어 허공에 흩날렸다. 이미 동쪽 하늘 주위에 희끄무레한 얼룩이 번져 새벽의 전조가 보였다. 새벽의 박명 속을 나는 뛰었다. 뒤를 자꾸만 돌아보았으나 아무도 따라오지 않았다. 나는 저 미친 사람과 사내와 만수가 내 뒤를 악착같이 따라오지나 않을까 하는 착각에 빠졌던 것이다. 나는 요새도 가끔 그때의 일을 생각하면 마치 전생에 있었던 일처럼 느껴진다. 개가 된 내가 바위이었던 시절을 되돌이켜 이제는 사람이 되어 희미하게 눈치라도 채듯이 말이다.

(1970)

가화假花

무茂는 밤 열한시 사십분에 나이트클럽 '천국'에서 나왔다. 물론 초저녁부터 줄곧 마시면서 기타를 긁었다. 손님들이 다른 날보다 훨씬 많아서 무척이나 흥청댔던 밤이었다. 사람들은 날씨가 암울할수록 술을 마셔대는 모양이다. 마지막 연주를 하고 나서 홀의 불이 꺼지고 동료 악사들이 가버린 다음에도 무는 혼자 남아 있었다. 지배인이 무의 등을 두드려 깨웠으며, 그는 기타를 끼고 비틀거리며 골목을 걸어나왔다. 주위에는 홈통을 타고 흘러 떨어지는 물소리와 박쥐우산을 때리는 굵직한 빗방울 소리뿐이었다. 골목이 굽어지고 큰 가로가 내다보이는 바로 그 모퉁이에서 무는 우산을 숙여 바람을 가리고 담배를 한 대 붙여 물었다. 은행 빌딩과 자유호텔의 사이에 뚫린 비좁은 골목에서였다. 자유호텔, 자유호텔, 텔호유자, 라고 네온사인이 재빠르게 흥얼대고 있었다. 한길 쪽이 내다보였다. 이따금 지나쳐가는 차량들의 헤드라이트가 도로에 곤두선 수많은 빗방울의 은빛 반점들을 빛나게 하고 있었다. 고가도로가 허공을 건너지르고 길게 흘러갔다. 그 너머로 공사가 중지된 시커먼 건물의 형체가 우뚝우뚝 서 있었다. 무는 골목 어귀에 이르렀다. 마침 대형 트럭이 전속력으로 건널목을 지나치고 있었는데, 굉음과 날카로운 클랙슨 소리가 들렸다. 휙 스치는 차창을 통해서 트럭 운전사의 옆얼굴이 재빠르게 지나갔다. 한적한 저녁 산길을 걷다가 숲속에서 곧게 퍼져올라가는 연기를 보게 될 때, 또는 휴짓조각들이 텅 빈 아이들 놀이터 위를 굴러다니는 광경을 보던 때라든가, 늦가을의 찬비 내리는 밤에 젖은 빨래가 바람에 펄럭대고 있는 걸 보는 경우처럼 무는 어떤 썰렁한 자태를 보았다고 느꼈다. 그의 등뒤로부터 쉰 목소리가 들렸다. 우산 속으로 누구인가 뛰어들었던 것이다. 손이었다. 손끝에 붉은 꽃이 쥐어져 있었다. 꽃이 속삭였다. 골목의 높다란 벽에 부딪친 속삭임이 울려서 퍼져나갔다. 노파의 숨결에서는 썩는 냄새가 풍겼다. 머리털 가운데가 허옇게 벗어진 추악하게 늙은 여자가 우산 속으로 뛰어들었고 무의 가슴께에 얼굴을 바짝 들이대고 있었다.

"꽃 사시우. 단 한 번뿐인 기회란 말야."

노파의 웃음이, 빠져버린 앞니 사이로 흘러나왔다.

무는 꽃을 얼떨결에 받아들었다. 기타를 두 무릎 사이에 끼워놓고 돈을 찾는 동안에도 노파는 줄곧 속삭였다.

"당신에겐 어울리는 물건이라우."

"어째서요?"

"아직 젊으니까, 사랑할 수 있거든."

무는 꽃을 상의 위 포켓에 꽂았다. 그는 어둠 속으로 멀어져가는 노파의 웃음 섞인 목소리를 들었다.

"부디 행운을…… 행운을…… 행운을!"

무는 진창으로 미끄러지는 비탈길을 오르지 못하는 택시에서 내렸다. 아파트를 향하여 휘청대며 걸어서 간신히 계단을 올랐다. 정신은 또렷했으나 몸이 말을 들어먹질 않았다. 그는 숨을 돌리기 위해 아파트의 좁다란 층계 위에 서 있었다. 걸음이 안정되지 않았다. 무는 삼층으로 오르는 층계에서 발을 헛딛고 넘어질 뻔했다. 방문은 열려 있었다. 그리고 어두운 방 가운데 희끄무레한 사람의 모습이 서 있는 것을 무는 보았다. 그는 헛기침을 했다. 악기를 내려놓고 우산대를 두 손으로 잡고서 그는 방안으로 들어섰다.

"누구요?"

라고 외치면서 무는 전등 스위치를 올렸다. 딸각, 소리가 났지만 불은 들어오지 않았다.

"저예요. 빗소리 때문에 몰랐어요."

무는 여자의 목소리를 알아채지 못했다. 그는 내키지 않는 걸음으로 여자에게 다가갔다.

"누구십니까?"

"오래 기다렸어요."

여자가 반기는 듯한 몸짓으로 마주 걸어왔다. 그 여자의 차갑고 작은 손이 무의 손등에 얹혔다. 무는 어쩐지 심장이 묵지근한, 고통스러운 느낌이 들었다. 잠깐 동안에 그 느낌은 무의 온몸을 지나갔다. 그는 자제하려고 애썼다. 그는 여자의 어깨에 팔을 둘러 가볍게 흔들었다.

"놀랐어, 당신이라니!"

"간신히 찾았어요."

그는 흥분을 삼켜버리며, 술에 몹시 취해 있었는데도 침착하게 말했다.

"찾다니…… 나를?"

"네, 오랫동안…… 드디어 알아냈죠."

무는 짐짓, 감정이 없는 건조한 억양으로 되물었다.

"듣기로는 당신은 결혼했다던데?"

172

"헤어졌어요. 지금은 혼자예요."

여자가 어깨를 부르르 떨었다. 그는 젖어 있는 여자의 얇은 옷을 만졌다.

"젖었군, 비를 맞았소?"

"네, 걸어왔어요" 하면서 여자가 말했다. "여전하시군요. 어린애 같아요."

그는 대답하지 않았다. 여자의 목소리와 말귀를 한마디 한마디 주의깊게 듣고 있었다. 여자가 말했다.

"침착한 척 애쓰지 마셔요."

무는 의자에 털썩 주저앉았다. 그는 여자가 소리 없이 방안을 서성대는 희미한 모습을 올려다보았다. 그 여자가 옆에 찾아온 것을 무는 아직도 믿을 수가 없었다. 여자가 눈앞에서 얼음같이 녹아 없어져버릴지도 모른다는 의혹이 일어났다. 여자가 말했다.

"초 있어요?"

"서랍 속에 있을 거야."

여자가 초에 불을 댕겼다. 방바닥 언저리에 엷은 불빛이 낮게 깔렸다. 흔들리는 촛불의 기다란 그림자가 벽 위에 일렁거렸다. 여자는 야회복 같은 레이스가 달린 흰 드레스를 입고 있었다. 여자는 젖어 헝클어진 머리털을 이마 위로 쓸어올렸다.

젖은 머리를 닦아내고 어지러운 무의 침구를 정돈하고 나서 여자는 침대 위에 무릎을 세우고 앉았다. 여자는 무릎 위에 턱을 얹고서 차분하게 촛불을 바라보고 있었다. 번개의 섬광이 번쩍이며 창밖을 지나갔다.

"도대체 어떻게 된 거야?"

"오늘 알게 되었어요. 전엔 도무지 소식을 들을 수가 없었죠. 올 수도 없었구요."

무는 여자의 얼굴에 근심이라든가 우울의 그늘이 없는 걸 보고 놀랐다. 그 여자는 예전에 몹시 두려워하고 지쳐 보이는 표정을 가지고 있었다.

"오래전에……" 하면서 무는 잠깐 망설였다. "그 집에 가봤더니 이사갔다더군. 이웃 사람들두 소식을 통 모르구 말야."

"그랬을 거예요. 요즈음은 뭘 하셔요?"

"이제 겨우 후리 악사를 면했지. 술집 악사 노릇도 그만둘 때가 됐어."

무는 나이트클럽 '천국'의 전속악단 멤버였다. 고향에서 그의 누님이 다니러 와서는 장가를 들라고 그를 달래고 그가 이런 생활을 청산하지 못함을 안타까워하기도 했다. 낮에는 빈둥거리고 밤마다 얼빠진 술주정꾼들을 위하여 기타를 퉁기는 돼먹지 않은 직업을 탓하는 것이었다. 무 자신도 진작부터 느껴온 대로 도깨비 같은 생활이지만 이제 와서 어쩌란 말인가. 그는 홀 뒤의 침침한 대기실에서 다른 동료들과 함께 기다리면서부터 술을 들이켜기 시작한다. 한판 잘 놀아주려면 신명을 온몸에 올려놓아야 했다. 그의 근육과 머릿속은 점점 뜨거워지고 기타줄 위에 얹힌 손가락들도 유연하게 뛰놀기 시작한다. 무대에 불이 켜지고 사회자의 떠들썩한 소리와 함께 박수 소리. 스포트라이트의 불빛이 머리에서 발끝까지 휩쓸며 떨어진다. 한차례의 기다란 접속곡 연주가 끝나면 가수의 노래가 시작되고 그들은 교대로 무대 앞 테이블에 내려와 술을 마신다. 사방에서 들어오는 잔까지 모두 비운다. 피날레에 가서는 압축되었던 바람이 빠져나가듯 그들의 온 하루에서 최고의 시간이 한꺼번에 터져나간다. 술꾼들은 돌아가고 홀은 고요해진다. 그 고요 속에서 악사들은 어렴풋한 각자의 세상을 향하여 나가는 것이었다. 여자가 말했다.

"당신이 아직 혼자 산다곤 생각 못했어요."

"누구나 부부는 될 수 있어."

그는 군예대에서 나오자마자 아무렇게나 결혼을 하려고 그랬던 적도 있었다. 원래 세상일이란 마음대로 되는 게 아니어서 우물쭈물하는 사이에 여자는 벌써 가버리고 없었다. 아니, 훨씬 오래전에는 기꺼이 인생을 같이할 수도 있다고 믿었던 그 여자가 지금 곁에 있다. 세월이 지나가고 시큰둥하게 살다보면 지난 일들이란 정말로 가소로운 것이다.

"섬에두 혼자 가봤지."

"섬에 갔었어요?"

"갔었어. 해수욕 철이 지난 다음에 말야. 몇 년 전인가……"

"작년에 나두 갔었어요. 거기서 살고 있어요."

"뭐야, 섬에 말인가?"

그는 놀랐다. 여자가 애매하게 말끝을 흐렸다.

"아뇨…… 지금은 여기 있지만요."

"나는 몰랐어" 하고 그는 뉘우치는 느낌으로 말했다. "그때는 몰랐어."

"뭘 말이죠?"

여자가 큰 소리로 밝게 웃었다. 무가 말했다.

"눈치도 못 챘으니까."

"알았더라두 별수없었어요. 그리구 지금은 낳지 못해요."

무는 언덕을 넘고 솔숲을 지나 십여 리 넘는 밤길을 뛰던 생각이 났다. 그는 오이밭을 찾아 헤맸다. 잠을 깬 여자가 엉뚱하게도 오이를 찾는 것이었다. 그가 굵다란 오이 서너 개를 따갖고 돌아왔지만 여자는 깊이 잠들어 있었다.

"섬에서 나는 줄곧 보고 있었어. 세 녀석이었지."

"봤어요?"

"봤어."

"그런 줄 알았어요. 일부러 그랬거든요."

"일부러라니, 내가 보는 걸 원했단 말야?"

"보여주려고 그랬죠."

여자가 으스대는 듯이 턱을 추어올렸다. 무는 여자가 지금쯤은 목덜미에 살집이 약간 올랐거나 눈 가녘으로 가느다란 주름살이 잡혀가고 있으리라 생각해왔었다. 그러나 여자는 목소리와 표정이 여전히 앳되었고, 그때처럼 초라하고 궁상맞아 보였다. 또한 버려진 여자가 흔히 그렇듯이 애써 떠벌리는 듯한 허황한 활기가 있었다. 무는 여자의 손을 생각했다. 그 여자는 작은 손의 짧고 살찐 손가락을 스스로 미워했다. 반지를 끼면 속을 많이 넣은 순대 같다면서 손을 자꾸만 뒤로 감추었다. 섬에서 그날 밤에 무는 개펄을 돌아다녔다. 한밤중에 뛰쳐나간 여자는 해변에는 보이지 않았다. 무는 여자와 함께 보내는 섬에서의 며칠이 넌더리가 났으므로 심한 말과 행동으로 여자를 모욕했던 것이다. 여자는 모르는 놈들의 텐트 속으로 몸을 내던진 것 같았다. 무는 찾아다니면서 연신 침을 뱉었다. 쓸데없는 짓이라고 여겨졌기 때문이다. 무가 처음에 여자를 만났을 때에도, 그 여자는 어떤 자에게서 버림받은 직후였다. 그 여자를 주웠다. 전에 이러쿵저러쿵한 것은 문제가 되지 않았다. 모르는 사이에—정신을 차려보니—몽땅 소진되어버린 것이다. 외국 여인의 이름을 가진 폭풍이 미친듯이 불었다. 무는 말했다.

"배편이 두절된 걸 참기 어려웠어."

"나는 취해서 잤어요. 아침에 텐트 속에서 깨어보니까 배가 들어왔더군요."

"그 배를 탔단 말야. 나는 섬에서 나갈 생각뿐이었어."

"사흘 더 있다가 나두 돌아왔어요. 몇 번이나 찾아갔는데 거기 없었어요."

"따돌렸던 거야."

그 여자의 촛불 빛에 반사된 눈, 약간 위로 치켜진 코를 가진 옆얼굴, 어색하게 구부린 가느다란 다리 끝의 발가락이 하나씩 분해되었다가 새롭게 조직되는 것 같았다. 그것은—무와 여자가 친했을 때의 그것—서로 시제時制가 맞지 않으며, 알 수도 없는 미래에 먼저 가 있거나 까마득한 옛날에 머물러 있는 것 같았다. 다만 덜 되었던 그것이 혼자 완전해져서 현재의 시간으로 소급되어 올라올 수가 있을까…… 무는 까치밥 풀잎의 꺼끌꺼끌한 감촉과 냄새를 떠올렸다. 그 여자는 풀뿌리에 돋아난 까치밥의 새순을 입술 끝에 물고 잘근잘근 씹어서, 혀끝에 쌉쌀그레하고 짐짐한 맛이 남아 있었다. 나중에 풀잎의 냄새는 가끔씩 무를 찾아왔다. 이를테면 한밤중에 깨어 일어나 어둠 속에서 잠을 못 이루고 뒤척였을 때, 군대의 비좁은 내무실에서 혼자 불침번을 섰을 때, 그리고 불이 꺼진 독방에 돌아와 불을 켰을 때, 갑자기 고함이라도 지르고 싶었던 것이다. 무는 언제나 까치밥 풀잎의 냄새와 함께, 자기가 날마다 혼자서 잔다는 사실을 알아챘다.

"생각나셔요? 내가 여기저기서 춤추던 때가 말예요."

"둘 다 가난했지."

무는 마을 앞에 나가 여자가 밤일에서 돌아오는 것을 기다린다. 그는 언제나 여자를 업고 동구 앞 개천을 건넌다. 여자는 돌아오지 않는 날도 있었다. 무는 지금의 이 자리가 조금 쑥스럽고 귀찮은 생각이 들기 시작했다. 여자들은 어느 누구에게도 주지 않았던 것을 기꺼이 준다는 식으로 얘기했다. 무는 그당시에도 당연하다고는 생각하지 않았다. 그러나 거의 모든 여자가 그렇다는 것쯤은 알고 있었다. 그는 속으로 거리끼면서도 냉정하게 받아들이곤 하였다.

"결혼 뒤에도 춤을 췄죠. 골든힐에서 무용단을 갖구 있었어요."

"마리아라는 이름을 들었어."

"남편은 혼자만의 힘으로 사업에 성공한 사람이었어요."

"늙고 인색했지?"

"나이는 먹었지만, 인색하지 않았어요. 그 점에선, 무한정 내버려뒀어요."

그 여자는 닥치는 대로 갖는다. 자꾸 사들인다. 몰래 서랍 속에 간직한다. 가질 수 없는 것을 여자들은 제일 두려워한다. 무는 창가로 가서 문을 열어젖혔다. 거센 비바람이 불어들어와 촛불이 꺼져버렸다. 그는 드문드문 불빛이 남아 있는 언덕 아래편의 주택가를 내려다보고 있었다. 그의 등뒤에서 여자의 말소리가 들려왔다.

"여자들은…… 대개 누구하고든 같이 살 수 있어요."

어느 날 아침 여자가 자리 속에서 눈을 떴을 때 창밖에서 아이들의 웃음소리가 들려왔고, 배드민턴의 깃 달린 공이 널따란 창 앞을 오락가락하고 있는 게 보였다. 날개를 뒤로 젖힌 작은 새 같은 공이 한없이 날아다녔다. 알맞게 흐린 하늘이 창 위쪽에 보였다. 해가 그리 두텁지 않은 구름 뒤에 숨어 있었다. 정오가 되거나 저녁이 될 때까지 새벽과 같은 날씨였다. 그 여자는 외출을 하기 위해 수선을 떨며 경대 앞에 앉았다. 친구들을 만나서 서로서로 얘기의 끝을 끈질기게 맞물고 계속될 수다스런 활기를 생각한 여자는 기분이 좋았다. 그 여자는 잠옷 바람으로 거울 앞에 앉아 화장도구들을 만지작거렸다. 루주를 집어들고 거울 위에 장난을 치기도 했다. 여자는 학생 때 노트의 빈 곳마다 자주 그리던 단순한 그림들을 그리기 시작했다. 둥그렇게 원을 먼저 그리고, 원에 이어서 아무 그림이나 만들어나가는 놀이였다. 큰 동그라미 안에다 세 개의 작은 동그라미를 그리고 점 두 개를 찍으니까, 왕방울 눈에 주먹코를 가진 우스꽝스런 얼굴이 되었다. 선을 긋고 그 아래로 길게 늘어진 혀를 그려놓고선 삼각형의 모자를 씌웠다. 또는 털방울 달린 개똥 모자를 그렸다. 두 뺨과 콧등에 점을 찍어넣었다. 혀를 길게 짧게, 두 눈을 양쪽 끝으로, 아래로 위로 치뜬 여러 모양의 익살꾼들을 그렸다. 익살꾼들의 얼굴이 거울 속에 가득찼다. 여자는 거즈로 그 모든 그림들을 지워버리고 나서 이번에는 거울이 가득차도록 커다란 원을 그린다. 그 여자는 무슨 놀이든지 한번 시작하면 지쳐빠질 때까지 계속해야 했다. 뭘 그릴까, 하다가 동그라미의 가운데쯤에 바깥쪽으로 꼬불꼬불 말려나간 짧은 꼬리를 먼저 그렸다. 원 안에 작은 점 두 개를 박아넣었다. 동그라미 한 개를 더 그려넣고 거기다 큰 콧구멍 두 개를 뚫었다. 코가 크고 눈이 작아서 우울해 보이는 비대한 몸집의 돼지 한 마리가 거울 위에 떠올랐다. 그 여자는 거울 귀퉁이에 꿀, 꿀, 꿀, 하고 아주 작은 글씨로 써보았다. 실착失錯이 있었다. 리을 받침을 잘못 썼다는 걸 알았다. 자세히 보니까 미음

받침으로 꿈, 꿈, 꿈, 이라 쓰여 있었다. 여자는 집으로부터 거리로 들어간다. 참으로 그 여자는 거리로 나온 게 아니라 들어간 듯이 생각되었다. 알맞게 흐린 하늘, 정신 나간 신체만이 흐늘대며 걷는 듯한 거리에는 바닷물이 가득차서 출렁이고 있는 것처럼 보였다. 여자는 자기가 붉은 풀들이 무성한 바다의 밑끝을 걸어가는 것이 아닌가 생각했다. 바로 그 여자의 주위를 싸고도는 거리의 소음까지도 아득하게 먼 데서 들려왔다. 도시 저 너머로는 깎아지른 듯한 단애가 입을 벌리고 있으며 거기 회색빛 대기와 바다와 구름의 두루마리가 해변에서 하늘 위까지 둥글게 펼쳐져 있을 것이었다. 그 여자는 기차를 타자마자 자기가 어디로 들떠가고 있는가를 알았다. 비로소 그 여자는 방향을 되살려낸 것이다. 선수船首를 때리는 파도가 물보라를 들씌웠다. 바람 부는 들판의 밭고랑 같은 줄이 바다 위에 가득차 있었다. 먼 곳에 가파른 바위 벼랑이 보였다. 바다 가운데 거대한 손이 내던진 징검돌 같은 절벽 위에 고풍古風의 등대가 서 있었다. 사람의 거뭇한 몸집 하나가 벼랑의 끝에 서 있는 것도 보였다. 흰 포말들이 벼랑 아래를 가득 채우고 있었으며, 서 있는 사람의 형체는 꼼짝도 하지 않았다. 여자는 그가 바다를 지키는 성자聖者나 아닌가 생각하고 나니까 마음이 훨씬 가라앉는 것 같았다. 그것은 사람이 아니라, 사람의 두 배나 세 배쯤은 큰 바위였다. 그 여자는 예전처럼 마을의 돌담 사이를 뛰어다니는 맨발의 아이들을 보았다. 현기증, 낮잠, 변해가는 하루의 햇빛, 따가운 모래알들. 굴 양식장으로 가는 굴 껍데기 부서진 모래밭에는 여전히 로사 루고사의 타오르는 듯한 덤불이 군데군데 자라고 있었다. 여자는 굴 양식장의 깊고 잔잔한 물이 내려다보이는 높은 바위 벼랑에 올라섰다. 높아서라기보다 꺾어온 꽃의 찌르는 것 같은 냄새 때문에 어지러웠다. 그 여자는 꽃을 한 송이씩 바위로부터 던졌다. 꽃송이가 빙글빙글 돌면서 수면 위에 내려앉아 얇은 파문을 주위에 퍼뜨렸다. 바위 그림자가 아주 미약하게 흔들렸다. 진홍의 반점은 노을의 파편이 날아와 앉은 것처럼 보였다. 잠깐 한자리에 떠 있던 붉은 점이 천천히 반원을 그리면서 바다로 트인 물길을 따라 흘러나갔다. 그 여자는 굳게 엉켜 있던 감각들이 느슨하게 풀리며 바깥을 향해 놓여나는 것을 느꼈다. 여자는 꽃들을 계속해서 던졌다. 마지막 남은 꽃의 꽃이파리들을 뜯어 날렸다. 가지와 꽃의 형상에서 해체된 색깔들이 와! 하는 함성을 지르면서 물위로 떨어져갔다. 물위에 흩날린 꽃잎의 아라베스크. 빈손이 된 여자는 신을 벗었다.

무는 여자의 몸 곁에 확실히 누워 있었다. 희미하게 여자의 얼굴 윤곽이 보이는 듯했다. 여자의 턱밑에 눈을 바짝 대고 보면 여자는 다가간 만큼 멀어지는 듯했다. 무는 몸을 일으켜 여자의 가슴 위로 상체를 기대고 하얀 얼굴 근처를 내려다보았다. 편편한 물체가 어둠 속에서 떠오를 뿐이었다. 둥근 윤곽 속에 반짝이는 초점이 이쪽을 응시하고 있었다.

"가야 해요."

여자가 혼미해져가는 무의 머리털을 잡고 가볍게 흔들었다.

"날이 밝아와요."

무는 자기 얼굴과 여자의 얼굴 사이에 얇은 천 같은 것이 가려져 있음을 느꼈다. 여자가 끝을 알 수 없는 구멍 속에 갈앉아 있고 소리만 저편에서 솟아올라온 것 같았다. 그는 머리를 여자의 가슴 위에 떨어뜨렸다. 무는 뭔가 알 수 없는 소리를 중얼댔다. 침대 아래로 늘어진 그의 팔 끝에서 손가락들이 간간이 오물거렸다.

어둡고 흐릿하게 닫혀 있던 귓전이 밝아지면서 요란한 소리가 들려오기 시작했다. 그는 눈을 감은 채 머리맡으로 손을 내뻗었다. 매끄러운 탁상시계의 표면이 손끝에 닿았다. 힘찬 소리로 길게 울고 있는 놈을 꽉 움켜잡았다가 침대 밑으로 동댕이질쳐버렸다. 등뒤가 끈적끈적했다. 이불과 살 사이에 땀이 번져 침대 전부가 축축이 젖어 있었다. 무는 눈을 떴다. 길었던 장마는 어제를 끝으로 완전히 걷혀 있었다. 벽 위에 한 팔 길이

184

의 높이로 비쳐진 햇빛은 기역자로 꺾여 침대의 반쯤을 온통 점령하고 있었다. 그는 천장으로 새어든 빗물 자국 언저리의 곰팡이 얼룩을 바라보았다. 번개와 우렛소리가 요란했던 밤들은 까마득한 몇 년 전 일같이 느껴졌다. 전에는 이맘때쯤 일어나면 창가에 좁다란 햇살이 들어와 있었다. 한여름으로 접어들면서부터 침대와 벽에서 도어의 턱에까지 햇빛이 기어오르는 참이었다. 눈을 뜨자마자 햇볕을 대하면 하루가 너무도 잽싸게 가버린 느낌이었고, 기분이 좋지 않았기 때문에 무는 침대를 반대편 구석으로 옮기리라 작정해왔었다. 하지만 정작 일어나면 그리 중요하게 생각되지도 않았으며, 매일 밤 잠들 무렵엔 까맣게 잊어버렸다. 장마철 동안에는 천장으로 비가 새어 침대의 발치가 젖는 수도 있었다. 이 낡은 쇠침대는 무가 이사오던 날부터 거의 일 년 동안 똑같은 자리에 놓여진 채 한 번도 옮겨본 적이 없었다. 무는 방안이 변하면 자기 스스로가 혹시 낯설어질까 두려웠다. 귀찮기도 했을뿐더러 잠에서 깨어나자마자 곧장 나가버리기 때문에 침대 옮기기를 날마다 뒤로 미루어왔던 것이다. 햇빛이 그의 방을 벌거벗겨놓았다. 냄새까지도 명암을 받고 또렷해졌다. 속옷과 이불의 노랗게 더럽혀진 곳에서 풍기는 그의 살냄새와, 재떨이의 담배꽁초며 가래침이 섞인 냄새, 빈 술병들의 오줌 지린내 들이었다. 무가 급할 때마다 사용해서 오줌이 가득찬 빈병들이 침대 밑에 감추어져 있었다. 쳇, 또 대낮이로구나. 그는 흐릿한 두개골을 좌우로 흔들어보았다. 뼈마디 엇갈리는 소리가 들렸다. 낮은 숨을 흐, 내뿜으면 목젖에 고인 가래가 끓었다. 무는 깨어 일어날 때 언제나 그렇듯이 우울해졌다. 그는 내일부터는 꼭 일찍 일어나고, 이런 직업도 그만둬야겠다고 결심한다. 그러나 그다지 맺힌 마음도 아닌 습관적인 결심일 뿐이었다. 옥상에 올라가서 체조를 후련하게 해치우고, 식당으로 가기 전에 맑은 정신으로 책이라도 읽는다고 작심한다. 다음엔, 그다음엔 뭘 할까? 하다가 그는 뜨끔, 놀란다. 그는 중요한 어떤 짓도 하게 되어먹지 않은 것이다. 무는 집에서 나오면 언제나 영화관에 들어가 시작과 끝이 빤한 영화를 두 번 세 번 보면서 오후 시간을 죽였다. 어떤 날은 버스 노선을 바꿔 타며 교외의 종점에서 종점을 내왕하다보면 해가 저물었다. 무는 많은 사람들이 하루종일 일을 하고 나서 피곤한 어깨를 축 늘어뜨리고 귀가하는 때에 기타를 옆구리에 끼고 '천국'으로 출근하는 셈이었다. 사실 그는 자신의 마음에 더이상 큰 동요가 몰려오지 않는 한, 이 생활을 계속할 수 있기만을 바랄 뿐이었다. 무는 홑이불을 발가락으로 잡아내리고 침대 위에 걸터앉았다. 침대의 매끄러운 시트에 닿는 살의 감촉이 좋아서 언제나 벌거벗고 자는 것이 무의 버릇이었다. 무는 벌거숭이 몸으로 방안을 서성거렸다. 마룻바닥 위에 엎어진 탁상시계를 집었다. 두시 반이었다. 겉유리에 금이 갔는데도 파란 야광을 입힌 초침은 여전히 악착같이 돌아가고 있었다. 그는 풀려진 태엽을 틀어주고 시계를 탁자 위에 얌전히 올려놓았다. 의자 위에 구겨져 얹혀 있는 옷을 주섬주섬 입었다. 그때, 그는 저고리 위 포켓에 뭔가가 찔려져 있는 걸 보았다. 무는 한쪽 다리를 바짓가랑이에 넣은 채 동작을 멈추었다. 무는 꽃을 뽑아냈다. 붉은색 플라스틱을 겹겹으로 붙여서 만든 조잡한 조화였다. 검붉은 꽃은 캄캄한 동굴의 안내인처럼 그를 입구로 잡아끌려는 듯이 보였다. 무는 간밤에 자신에게 어떤 일이 있었는가를 되돌이켜보았다. 아직은 희미하고 알쏭달쏭했다. 자유호텔의 붉은색 네온사인이 떠올랐다. 꽃을 내밀며 누군가가 외쳤다. 속삭였다. 숨찬 쉰 목소리였다. 추악하게 늙은 꽃장수 노파…… 바로 그 노파는 무가 잘 알고 있던 어떤 사람과 몹시 닮았다고 생각했었다. 그는 허벅지에 남아 있는 검고 우묵한 흉터 자국을 생각해냈다. 비지 같은 고름으로 가득차서 퉁퉁 부어오른 종기를 입으로 빨아내주었다는 그의 외할머니가 생각났다. 눈시울이 짓물러 항상 붉게 충혈된 눈을 가졌던 할머니였다. 그를 네 살 적부터 매일 밤 업어 재웠다는 유모 같기도 했다. 무가 십여 년 만에 고향에 들렀을 때 두 분은 이미 세상에 없었던 것이다. 그들 두 사람은 어려서부터 어머니를 대신했던 사람들이었지만 무는 한 번도 그들을 보고 싶어하거나 애정을 느껴본 적이 없었다. 장성해서는 그들의 잔소리와 투정이 실로 귀찮았다는 기억뿐이었다. 무는 벌써 오래전에 고향과 마을 친구들처럼 두 사람을 스스로 잊어버렸었다. 무는 어젯밤에 갈피를 잡을 수 없을 정도로 취해 있었다. 홀의 탁자나 벽 위에 장식된 꽃을 아무 생각 없이 뽑아왔는지도 모르며, 술 취한 손님이 장난으로 그의 손에 쥐여준 것이거나, 취중에 스스로 꾸며낸 줄거리를 사실처럼 기억하고 있는지도 몰랐다. 불현듯, 무는 저편에 있다는 우중충한 집의 얘기가 떠올랐다. 모든 사람들은 언제나 그 옆집에 산다지 않던가. 무의 한쪽은 이미 오래전에 저편의 또다른 집에 가 있는 게 아닌가 생각되었다. 그는 클럽에서 원색의 조명에 맞추어 미친듯이 연주할 때마다 다른 쪽의 자기가 자기를 바라보고 있는 듯했었다. 요즈음은 더욱더 자신이 살아 있다는 느낌마저도 희미해졌다. 음률의 소음이 귓가에 머물러 있는 채로 밤거리를 휘청휘청 돌아오는 자기를 항상 또다른 자기가 기다리고 있는 것같이 느꼈다. 어젯밤에 그가 돌아왔을 때, 방안에는 그 여자가 찾아와 기다리고 있었다. 새로워진 여자가 오래전에 남긴 잔상을 짓뭉개고 완전해지기 위하여 다시 찾아온 것 같았다. 플라스틱의 꽃은 만개한

채로 시들지 않았고, 만들어진 모양도 아직은 흐트러지지 않았
다. 무는 자기가 방안에 혼자 남아 있다는 사실과 생전에 이렇
게까지 한 여자를 만나고 싶었던 적이 한 번도 없었음을 알았
다. 그는 새우처럼 몸을 꾸부리고 거슬러올라가야 하는 비좁고
어두운 통로를 생각했다. 무는 그 여자를 찾으러 골든힐에 갈
작정을 했다. 골든힐의 누구에게든 춤추는 마리아를 물으면 그
여자가 있는 곳을 쉽게 찾을 수 있을 것 같았다. 무는 자기가
다시 시작할 수 있는 마지막 기회라고 생각했다. 그는 오로지
그 단 하나의 생각에 잡혀 있었다.

　무는 침엽수림이 울창한 높다란 숲 안에서 길을 찾고 있었
다. 차에서 내렸을 때 숲의 높다란 구릉 위에 과자로 지은 것
같은 하얀 대리석 빌딩들이 보였다. 건물은 구름 한 점 없는 새
파란 하늘을 배경으로 솟아올라 있었다. 역광을 받은 커다란
유리창들이 번쩍거리고 있었다. 무는 지름길이라 생각되는 소
로를 따라 올라갔다. 숲 안에 곳곳마다 목책이 둘려 있었다. 그
는 나무 울타리들을 뛰어넘고 잡초가 자란 들판을 가로질러갔
다. 드문드문 서 있던 나무들이 갈수록 울창해졌다. 소나무라
든가 사철나무 같은 늘푸른나무들의 숲이었다. 뾰족뾰족한 잎
사귀마다 투명한 물방울들이 하얗게 앉아 있었다. 숲은 적막
했다. 그는 오랫동안 걸었는데 언덕의 뒤편으로 다시 내려가

고 있는 걸 깨달았다. 무는 처음에 출발했던 울타리 앞에까지 되돌아왔으나 위로 오르는 길을 찾지 못해서 망설이고 있었다. 가까운 곳에서 사람들의 떠드는 소리가 들렸다. 그는 얼굴을 스치는 나뭇가지들을 한 손으로 밀어내면서 가까이 갔다. 잘 다듬어진 잔디 위에 식탁이 준비되어 있었고, 많은 사람들이 주변에 서거나 앉아서 얘기하고 있었다. 무는 그 사람들의 가장자리를 빙글빙글 맴돌았는데, 그들은 모두 서너 명씩 모여서 열심히 얘기를 하고 있었기 때문에 말을 붙여볼 엄두가 나지 않았다. 무의 곁을 지나던 몸집 좋은 중년 여자가 그에게 잔을 권했다. 그 여자는 다시 잘 벗겨진 오렌지가 담긴 접시를 내밀었다. 무가 접시를 받아들려고 하자 "하나만 집으세요"라고 말하면서 여자가 웃었다. 무는 우물쭈물하며 말했다.

"힐의 입구로 가는 길이 어디죠?"

"뭐라구요?"

무는 여자의 눈길을 피하며 손에 쥔 잔을 이 손 저 손으로 옮겨 쥐었다.

"회원이 아니시군요."

"네, 힐에 가는데 길을 몰라서……"

하면서 무는 손에 들었던 잔을 돌려주었다. 여자는 무심결에 받고 나서 얼굴이 당혹한 표정으로 변했다.

"밖에서 초대권을 내지 않으셨군요."

"저는 울타리를 넘었습니다만……"

"저쪽으로 나가주셔요."

그 여자는 손을 쳐들어 공터의 오른편을 가리켰다. 두 사람의 대화를 듣고 있던 몇 사람의 남자가 그의 등뒤에서 투덜댔다.

"운영위원들은 도대체 뭣들 하는 거야. 외부 사람을 들어오게 하구 말야."

"할일 없는 자들이 어슬렁거린다면 우리 모임의 취지에 맞지 않죠."

무는 사람들을 우회해서 공터의 오른편으로 나갔다. 나무들이 듬성듬성해지며, 고운 왕모래를 깐 길이 나왔다. 그는 길을 따라서 올라갔다. 힐의 입구에 이르렀다. 땅 밑을 향하여 층계가 있었으며 그곳은 어둡고 길어 보였다. 차에서 내린 사람들이 떼를 지어 층계를 내려가고 있었다. 무는 층계를 따라 내려 갔다. 수위실이 있었다. 흰 제복을 입은 문지기가 회전 도어를 지키고 앉아 있었다. 앞서간 사람들은 그에게 무엇인가를 보여주고 들어갔다. 무는 안으로 들어가기 위해 돌아가고 있는 유리문의 통로를 기다렸다. 길이 열리고 발을 내디딜 기회가 왔을 때, 문지기가 그를 막아섰다.

"어느 모임에 속하십니까?"

"속하다니요."

"이곳은 회원제로 되어 있습니다. 무슨 부의 어느 회에 계십니까?"

문지기는 딱딱한 자세로 문을 막아서서 무를 훑어보았다.

"사람을 찾으러 가오."

"누굴 찾습니까?"

"여자요. 이곳 클럽에서 춤을 추는 사람이지."

"이름이 뭐죠? 알아봐야 합니다."

문지기가 전화통 앞에서 그를 돌아다보았다. 무는 입속에서 이미 생소해져버린 그 여자의 이름을 내뱉었다.

"……마리아."

문지기가 코드를 어느 번호에 넣더니 뭐라고 잠깐 동안 지껄였다. 알겠습니다, 하고 나서 문지기는 고개를 흔들며 무에게 돌아섰다.

"곤란합니다. 마리아는 댄싱 팀의 이름이지, 개인의 이름이 아니오. 여하튼 들어가시려면 입회를 하시죠."

"입회라니, 사람을 찾는다니까……"

"어느 모임의 회원이든 나이트클럽에는 자유로 드나들 수가 있으니까요."

무는 문지기가 내민 입회 원서의 아래 칸에서 눈에 들어오는 대로 한 곳에 동그라미를 치고 인적사항을 적은 다음에 사인을 했다. 그가 가입한 것은 카드놀이를 하는 모임이었다. 문지기가 손을 내밀었다.

"입회금을 내십시오. 그리고 힐에 들어가실 때마다 입장료를 내야 합니다."

무는 꽤 많은 액수의 돈을 지불했다. 문지기가 회원권을 내주면서 턱으로 입구를 가리켰다. 무는 회전 도어를 뒤따라 들어갔다. 복도의 끝에 층계와 엘리베이터의 문이 있었다. 버튼을 누르고 기다렸다. 엘리베이터의 문이 열리고 그는 안으로 들어갔다. 엘리베이터 걸과 무 외에는 아무도 없었다. 제복에 캡을 쓴 소녀가 말했다.

"몇층에서 내리시죠?"

"나이트클럽에 가는데."

"십층이군요."

"이건 몇층 건물인가, 아가씨?"

"지하 삼층, 지상 십층입니다."

"클럽은 꼭대기층 말고 다른 층에는 없나?"

"건물은 이곳뿐이 아닌걸요. 지하로 해서 다른 언덕의 건물로 연결됩니다."

"그런 건물이 몇 채나 있지?"

"셋입니다."

"나이트클럽도 세 곳에 있나?"

"그렇습니다. 어느 건물이든 편성은 다 같습니다."

문이 열렸다. 복도에는 불이 꺼져 있었다. 무가 걸어갈 때 텅 텅 울려퍼지는 자기 발걸음소리가 뒤를 따라왔다. 그는 여러 개의 방들을 지나쳤다. 구부러진 복도 모퉁이에 화살표가 그려 져 있고 나이트클럽이라 쓰여 있었다. 무는 조용한 클럽 안으 로 들어섰다. 빈 의자와 탁자가 가지런하게 정리되어 있었고, 무대에는 막이 내려져 있었다. 젖혀진 커튼 사이로 석양 무렵 의 숲이 내려다보였다. 그는 의자들 사이를 지나서 주방으로 짐작되는 쪽문을 열고 들어갔다.

"아무도 안 계십니까?"

그가 들어섰던 문으로 한 사람이 고개를 들이밀었다. 사내는 자다가 일어났는지 눈이 게슴츠레하게 반쯤 감겨 있었다. 사내 가 짜증 섞인 목소리로 말했다.

"아시겠지만 클럽은 화, 목, 토요일에만 열립니다."

"나는 마리아 댄싱 팀을 찾고 있소."

"리허설실에 있을걸요. 오늘 여기선 공연하지 않습니다."

"리허설실이 어디죠?"

"칠층에 있습니다."

사내는 문을 열어 잡고 서서 빨리 나와주십사, 하는 동작으로 손을 흔들었다. 무는 클럽에서 나왔다. 어두운 복도를 지나 이번에는 엘리베이터를 기다리지 않고 나선형 층계를 뛰어내려갔다. 한 칸씩, 두세 칸씩 찰강대며 뛰었다. 칠층에는 층계 앞으로 곧장, 좌우 방향으로 더 넓은 복도가 세 갈래로 뻗어가고 있었다. 그는 우선 곧장 걸어갔다. 사람들의 웅성대는 소리가 들려오고 있었다. 무는 양쪽으로 밀고 당기게 된 큰 도어를 밀고 무조건 안으로 들어갔다. 긴 테이블을 사각형으로 둥글게 모아놓고 셔츠 바람의 사람들이 뭔가 심각하게 토의하는 중이었다. 한 사람이 일어서서 발언을 하고 있었다. 뒤편에 앉아 있던 자가 뒤를 힐끔 돌아보더니 무에게로 왔다. 무는 당장 나갈 수도 없는 난처한 입장이었다. 좌중은 조용히 무를 바라보고 있었다. 젊은 남자가 묵직한 목소리로 물었다.

　"당신은 누구요?"

　"나는 리허설실을 찾고 있었습니다."

　"거짓말 마쇼."

　젊은 남자는 무의 정면에서 위협하듯이 말했다. 다른 사람이 무를 손가락질하며 말했다.

　"우리의 적인지도 몰라."

　"나는…… 카드놀이 모임의 회원입니다."

그들의 사이에서 커다란 폭소가 터졌다. 젊은 남자가 무의 옷깃을 두 손으로 움켜잡고 흔들었다. 무는 호주머니에서 꾸겨진 회원권을 내밀어 보였다.

"정말이오. 나는 마리아 댄싱 팀을 찾고 있어요."

그들은 참을 수 없다는 듯이 더 요란한 소리로 책상을 치며 웃기 시작했다. 남자는 억세게 죄어잡았던 멱살을 놓아주며 무의 가슴을 밀었다.

"꺼져! 미친놈 같으니…… 잘 알아둬, 어디나 두 가지 클럽들이 있어. 여긴 너처럼 꽃이나 달고 놀러 다니는 놈들이 올 데가 아냐. 우린 바쁘단 말야."

좌중에서 여러 사람의 목소리가 들려왔다.

"책무와 일이 없는 녀석들에게로 내몰아!"

"빨리 내쫓고 회의를 계속합시다."

무는 복도 밖으로 내쫓기어졌다. 그는 한참 동안 복도에 서 있었다. 오른편 복도의 모퉁이에서 여자가 나오더니 요란한 하이힐 소리를 내며 걸어갔다. 무는 여자의 뒤를 쫓아갔다. 벽의 한 면이 바깥에서도 환히 들여다볼 수 있도록 넓은 유리창으로 되어 있는 방으로 여자가 들어갔다. 그는 창 앞에 우두커니 서서 안을 들여다보았다. 똑같이 푸른 사무복을 입은 이십여 명의 여자들이 타이프라이터 앞에 앉아 있었다. 그들은 키를 두드리는 손을 멈추지 않은 채, 일제히 무를 마주 바라보았다. 문 앞에 앉아 있던 여자가 밖으로 나왔다. 무는 얼떨결에 말했다.

"사람을 찾고 있습니다만, 여기는 아닌 것 같군요."

"누구를 찾지요? 여자인가요?"

무는 혹시 그들 중 누가 개인적으로 그 여자와 알고 있을지도 모른다는 생각이 들었고, 정신이 산만했는데다 지쳐 있었다.

"마리아라는……"

"번호를 대십시오. 번호를…… 이름은 쓰지 않습니다."

"춤추는 여자요. 여기가 아닌 줄 알지만."

"마리아 무용단 말이군요. 그들은 오늘 이 건물에 없답니다."

"그럼 어디 있습니까?"

여자는 고개를 갸웃거리며 잠깐 동안 궁리를 하는 듯했다. 여자는 상냥하게 말했다.

"지하 이층으로 내려가서 B동으로 가세요. 그 건물 삼층에 리허설실이 있습니다."

무는 다시 층계로 나왔다. 층계의 쇠난간에 기대앉아 엘리베이터가 도착하기를 기다렸다. 그 여자가 있다는 골든힐에까지 왔으나 무는 조금도 여자와 가까워진 것 같지 않았다. 절박해진 자기 마음이 찾아 헤매고 있는 것은 혹시 여자만이 아닐

지도 모른다는 생각이 들었다. 무는 엘리베이터를 타고 밑으로 밑으로 끝없이 떨어져갔다. 지하 이층에서 그는 어두운 회랑으로 나왔다. 그는 기다란 회랑을 따라서 B동을 향해 걸어갔다. 무가 B동의 승강구 쪽으로 들어섰을 때, 흰 야회복 차림의 여자가 엘리베이터의 문 안으로 미끄러지듯이 들어가는 것을 똑똑히 보았다. 뒷모습으로만 보아도 그가 찾고 있는 마리아가 분명했다. 그는 목청껏 불렀다. ―리아, 리아, 리아 하고 메아리쳐진 그의 음성이 온 건물 안에 공허하게 울려퍼졌다. 넘버에 켜진 불을 올려다보고 엘리베이터가 육층에 머물렀다는 것을 알았다. 그는 잠시 후에 내려온 다른 엘리베이터를 탔다. 얼굴에 땀이 번져 흐르고 있었다. 그는 땀을 씻으며 소녀에게 말했다.

"육층에는 뭐가 있지?"

"레스토랑, 레드 룸, 볼링 홀…… 그런 게 있어요."

"레드 룸은 뭔데?"

"잘 모르겠습니다."

"어째서 복도마다 한산할까?"

"안에는 벌써부터 붐비고 있어요. 모임을 찾아가시죠. 혼자선 아무래도……"

무는 육층에서 내렸다. 첫번째의 건물과 마찬가지로 복도는 윤이 반들거렸고, 텅 비어 있었다. 그는 여자가 어느 곳으로 들어갔을는지를 생각해보았다. 눈에 띄는 대로 푸른색 유리와 샹들리에가 휘황한 레스토랑으로 들어갔다. 안에는 비어 있는 테이블이 거의 없었다. 사람들은 사방에서 먹어대고 있었다. 흰식탁보와 냅킨, 소곤대는 낮은 목소리들, 음악 같은 것들 때문에 무는 자기가 없어져버린 듯한 느낌이었다. 그는 식탁 사이의 통로를 따라 그 여자를 찾아다녔다. 씹는 소리, 칼로 써는 소리, 마시는 소리, 손가락들, 입, 울대머리, 목구멍, 빈 접시…… 무는 테라스 쪽에까지 나갔다. 여자는 그 안에 없는 게 분명했다. 그는 쉴새없이 흐르는 땀을 씻으며 빈 좌석에 앉았다. 음료를 청했다. 무의 맞은편에는 한 노인이 식사를 하고 있었다. 무는 노인을 향해 웃어 보이면서 말을 걸었다.

"굉장히 복잡한 건물입니다. 두 시간 남짓 돌아다녔죠."

"관광이오?"

하면서 노인은 음식을 씹어 넘기고 말했다.

"빌어먹을, 쓰레깃더미 같은 곳이지."

"모두들 유쾌해 보이는데요."

라고 무는 말했다. 노인이 식사를 끝냈는지 입가를 닦아내고 있었다.

"잠자다 온 모양이군. 여긴, 즐거운 사람은 한 사람도 없소.

강제로 초대된 거나 마찬가지요."

"모두들 회원권을 가졌을 텐데요. 입회 원서에 서명을 했을
겁니다."

"바로 그 점이오. 뭔가 찾아낼려고 들어왔을 테니까."

"저두 사람을 찾고 있습니다."

노인이 눈을 가늘게 뜨고 만족하게 웃는 얼굴을 했다.

"그래 찾아냈소?"

"아직은…… 그러나 분명히 여기 있는 사람이니까 찾을 수
있을 겁니다."

"다행이오."

노인은 한숨을 내쉬었다.

"나는 일흔 살이오. 일은 이제 아들에게 맡기고 나는 여기서
소일하고 있소. 그런데 그애들이 여길 한 번도 오지 않거든. 나
는 출구를 찾고 있소."

"밖으로 나가실려구요? 나가시지 그래요."

"어디가 어딘지 알 수가 있어야지."

"저 사람들두 모두 그런가요?"

"그렇지는 않소. 놀이를 찾아서, 모임을 찾아서, 동료를 찾
아서, 일을 찾아서 오는데 바깥이나 여기나 그리 불편하지 않
은 사람들이오. 뭐 분간할 정신도 없을걸……"

"제가 밖으로 모셔다드리죠."

노인과 무는 자리에서 일어났다. 그들이 테라스에서 홀 안으로 들어섰을 때, 입구 옆의 테이블에서 여자 한 사람이 일어나더니 노인의 팔을 잡았다. 여자는 다정스럽게 말했다.

"할아버지, 식사 다 하셨나요? 어딜 가시죠?"

"아냐, 팔을 놓아."

노인이 갑자기 엄살을 떨며 남은 손으로 무의 손을 잡았다.

"날 좀 데려다달라구. 집에 가겠단 말이야."

무는 여자에게 말했다.

"집으로 가시겠다는데요. 가족입니까?"

여자가 자기 관자놀이 옆에 손가락으로 원을 그려 보이면서 속삭였다.

"노망이셔서 휴양 온 거랍니다. 그냥 가 주무셔요."

무는 노인의 손을 가볍게 뿌리치고 비켜났다. 장내는 작은 소동이 일어났다. 여자의 테이블에 같이 앉았던 사람들과 웨이터들의 합세로 노인은 빈자리에 앉혀졌다. 여기저기서 사람들이 웃었다. 무는 레스토랑을 나오면서 등뒤로 노인의 음성을 들었다.

"좀 내버려두지 못하겠어?"

무는 복도를 따라서 올라갔다. 그 여자가 들어갔을 만한 곳은 역시 볼링장은 아닐 것이라고 무는 생각했다. 그는 도어 위에 '레드 룸'이라는 붉은 팻말이 걸린 문 앞에 이르렀다. 문을 살그머니 밀고 그는 안으로 들어섰다. 기다란 복도의 옆으로 극장의 통용문 같은 붉은 커튼들이 늘어져 있었다. 그는 휘장 옆에 바짝 다가서서 벌어진 틈으로 안을 들여다보았다. 처음에는 잘 보이지 않았으나, 짙은 자줏빛의 어둠 속에서는 증기가 뽀얗게 아른거리고 있었다. 열탕이 있는 것 같았다. 불그레한 증기의 아지랑이 속에 즐비한 사람들의 시체가 보였다. 시체가 움직이고 있었다. 그들의 반수는 코를 골며 자빠져 있거나 비스듬히 누워서 마시고 먹고 했다. 벌거벗은 사람들의 무리 사이로 벗은 여자들이 음식물을 나르고 있었다. 그들은 나른하게 늘어져 있어서 죽은듯이 고요했다. 무의 어깨 위에 손이 얹어지며, 뒤로 당겨졌다. 아래를 수건으로 감싼 건장한 사내가 서 있었다.

"당신…… 회원이오?"

무는 당황하지 않고 호주머니에서 지폐 몇 장을 꺼내어 내밀었다. 사내는 무의 여유만만한 태도에 다소 누그러졌다. 무가 말했다.

"사람을 찾소. 마리아라는 여잔데, 좀 알아주시오."

"곤란한데요. 빨리 밖으로 나가쇼."

사내는 지폐를 받았다. 그리고 나가달라는 손짓을 거듭해 보였다. 무는 도어 밖으로 나와 기다렸다. 잠시 후에 초로의 세련되어 보이는 부인이 가운만을 걸치고 문을 빠끔히 열었다. 그 여자는 담배를 손가락에 끼운 채 눈두덩을 찍어눌렀다. 여자가 말했다.

"아닌데……"

"사람을 찾고 있었습니다. 잘못 전해진 모양이죠."

"물론 그러실 거예요. 저두 여기서 누굴 기다려요. 여자를 찾는다길래 혹시나 하구 나왔어."

"사람을 찾거나 기다리는 일이 보통 신경쓰이는 일이 아니죠."

라고 무는 예의바르게 말했다. 여자가 머리를 손가락으로 빗어내리면서 말했다.

"꽃을 달고 계시는구먼."

"아, 네. 생화가 아닙니다."

"생화가 어디 있어요? 단번에 말라 떨어지는데, 재미없는 일이죠."

"실례지만, 들어가주시오."

아까의 사내가 나타나 문 안으로 그 여자를 정중하게 끌어들였다. 사내가 앞으로 나서며 말했다.

"스피커로 찾았지만, 없는 모양이오."

무는 안심하고 나서 말했다.

"리허설실이 어딥니까?"

"아마 삼층일 겁니다."

무는 맥빠진 걸음으로 층계를 내려갔다. 그는 음악소리와, 확성기에서 들려오는 여자의 목소리를 따라서 갔다. 입구에 화분들이 즐비하게 놓여 있었고, 한 여자가 테이블 앞에 앉아 있었다. 무는 서성대다가 적당한 기회를 보아 여자에게 물었다.

"여기가 리허설실인가요?"

"그렇습니다만, 지금은 의상 발표회장입니다."

"쇼 리허설은?"

"한 시간 전에 모두 끝났습니다."

"그 사람들이 어디로 갔는지 아십니까?"

"여자 몇 사람이 여기서 관람하고 있는 것 같던데요."

"좀 들어갈 수 있습니까?"

"안 돼요. 누굴 찾으시는지요?"

무는 또 한번 입안에서 마리아라는 이름을 뱅뱅 돌렸다. 어느 결엔가 그 이름은, 이름의 껍질만 남고 알맹이인 사람의 의미는 소멸되어 있는 것 같았다. 마리아라는 이름은 마치 거리의 한 구역 명칭과도 같았다. 그는 말했다.

"마리아를 찾습니다."

"춤추는 여자들 말인가요?"

테이블 앞에 앉았던 여자가 안으로 들어갔다. 장내는 불이 꺼져 있고, 기다란 무대 위에 갖가지 옷을 걸친 모델들이 걸어다니고 있었다. 음악소리와 그들의 일정한 스타일의 걸음걸이가 자동인형들을 생각나게 했다. 가끔씩 음악소리를 뒤덮고 박수가 터졌다. 모델이 바뀔 때마다 확성기에서 장황한 해설이 들려왔다. 잠시 후에 화장을 짙게 하고 기다란 속눈썹을 붙인 앳된 여자가 나왔다. 약속을 얻어내려고 찾아온 놈팡이쯤으로 생각했는지, 여자는 새침하게 말했다.

"무슨 용무시죠?"

"마리아라는 여자를 찾습니다."

"제가 마리아인데요."

"당신이 아닙니다."

"오, 그렇군요. 우리 팀이 마리아니까, 우리 전부가 마리아입니다. 몇번 무용수를 찾으시나요?"

여자는 모두 다 짐작할 수 있다는 듯이 생글생글 웃었다.

"번호가 있소?"

"힐에 종사하는 사람들은 모두 번호로 불려집니다."

"팀을 조직했던 여자 말이오."

여자가 생글거리며 웃고 있었으므로 그도 반은 농조로 말했다.

"최초의 마리아를 찾습니다."

"저는 잘 모르겠군요. 흥행사에게 물으세요."

"그는 어디 있습니까?"

"카지노에 계실걸요. 왼쪽으로 가시면 막다른 곳에 있습니다."

무는 그곳을 떠났다. 카지노라고 쓰인 유리문을 쉽게 찾을 수 있었다. 카드놀이를 하는 사람들로 테이블이 가득차 있었고, 슬롯머신과 룰렛 앞에는 거의 군중들이 들끓고 있었다. 칵테일 바 쪽으로 가서 웨이터에게 물었다.

"댄싱 팀의 흥행사를 알고 있소?"

"사람이 많아서 잘 모르겠습니다."

"십팔번 테이블에서 브릿지 게임을 하고 계십니다."

옆을 지나치던 딜러 한 사람이 말했다. 무는 그에게 얼마쯤 집어주고 부탁했다.

"급한 일로 찾아온 사람이오. 이리로 불러주시오."

딜러는 고개를 숙인 다음 사람들 틈을 비집고 사라졌다. 그는 다시 돌아오지 않았고, 와이셔츠의 소매를 걷어붙인 뚱뚱한 사내가 두리번거리며 다가왔다. 눈길이 마주치자 사내는 곧장 무의 앞에 와 섰다.

"나를 찾은 건 당신이오?"

"네, 사람을 찾는데요. 무용단을 조직했던 마리아라는 여자 말입니다."

사내는 약간 긴장한 것처럼 보였다.

"어째서…… 무슨 용건이오? 그 여자 지금 여기에 없소."

"어디로 가면 만날 수 있습니까?"

"아무델 가도 만날 수 없을 거요."

사내는 넥타이를 풀어 윗주머니에 쑤셔넣고, 손에 든 글라스를 뺨과 이마에 번갈아 갖다댔다. 사내는 뒤로 돌아섰다. 그자가 지나치게 무뚝뚝했으므로 무는 당황했다. 무는 사내의 손목을 잡았다.

"여기 있는 줄을 알고 있어요. 어제 만났었습니다."

"그럴 리가……!"

요란하게 깨어지는 소리가 들렸다. 사내가 들고 있던 유리잔을 발밑에 떨어뜨린 것이었다.

"이 사람이 무슨 소릴 하는 거야?"

"어제 그 여자는 나와 함께 지냈소. 찾느라고 두 시간 이상을 허비했어요."

처음에 사내는 어처구니없다는 듯이 무를 한동안 바라보고

가화 207

있었다. 그리고 자기가 해야 할 말이 생각났다는 것처럼 성난 음성으로 떠들었다.

"미친놈의…… 그 여자는 작년에 죽었어. 바다에 빠졌단 말요. 세상에 없는 사람이라니까."

무는 놀라지 않았으며, 오히려 사내가 멍청하게 바라보더니 사람들 사이로 재빨리 꺼져버렸다. 무는 마지막 장소를 떠났다. 그는 여러 개의 전등으로 생겨난 서너 겹의 자기 그림자가, 복도를 핥으며 미끄러져가고 있는 것을 내려다보았다. 먼 곳에서 엘리베이터의 입이 쩍 벌어지며 사람들을 토해내는 게 보였다. 무는 땅 밑을 향해 내려갔다. 그는 하강을 시작했을 순간에 심한 현기증을 느꼈다. 아득한 곳에서 승냥이가 울부짖는 처연한 소리가 들려왔다.

무는 어느 해 겨울밤, 승냥이의 울부짖는 소리 때문에 온밤을 뜬눈으로 밝힌 적이 있었다. 어물 시장 부근의 다락방에서 일정한 직업 없이 심한 생활고에 부대끼고 있던 무렵이었다. 친구가 가끔 식비를 떨구고 갔는데 그는 굶는 날마다 줄곧 잠을 자고 또 잤다. 그는 다만 손가락만한 구멍 사이로 비집고 들어오는 가난한 겨울의 양광이 다락방의 이곳저곳으로 옮겨가는 것을 바라보며 누워서 지냈다. 낮에는 그가 누운 등줄기 아래로 한없이 소리치고 싸우는 저자가 열렸고 밤에는 건너편 판잣집의 솜 트는 기계 소리가 규칙적으로 들려왔다. 그 무렵에 무는 다락의 대들보에 빨랫줄로 올가미를 만들어 걸어놓고 지냈다. 오늘이라도 당장 목을 맬까…… 하면서 그는 하루에 한 번씩 올가미에 머리를 들이밀고 숨이 막혀올 때까지 죄어보곤 했다. 그것은 효과적인 착안이었다. 관자놀이 속에서 뚝딱이는 소리를 듣고 죄어진 목의 아픔과 아득한 질식감을 느끼고 나면 그는 하루를 더 버티어나갈 수 있는 힘을 얻었다. 어느 날 초저녁에는 싸락눈이 내렸고, 밤이 되면서부터 날씨가 혹독하게 추워졌다. 매운바람이 눈가루를 불어 일으키고 있었다. 이불을 얼굴 위에 덮어썼는데도 하늘 위를 지나가는 맹렬한 바람소리가 들려왔다. 솜틀집의 규칙적인 기계 소리가 덜커덕대고 있었다. 무는 이불 속에서 처음에는 바람소리와 솜틀 기계 소리와는 구별되는 희미하고 기다란 음절의 노랫소리 비슷한 걸 들었다. 여운이 채 가시기 전의 끝 절은 끊어지는 철선의 소리처럼 떨면서 사라졌다. 무는 그 소리를 주의깊게 듣고 있었다. 소리가 더욱 예리해지면서 새벽까지 계속되었다. 짖는 짐승이라면 개가 틀림없겠건만, 개 짖는 소리는 내뱉는 단절음인데 삼키면서 길게 끄는 울부짖음이 꼭 그가 어릴 때 산골에서 듣던 승냥이의 울음소리 같았다. 동이 트면서 울음소리가 멈추고 솜틀 기계의 활대 움직이는 소리만이 들려왔다. 주위가 밝아지자마자 그는 참으로 오랜만에 다락으로부터 시장 길로 내려섰다. 무는 복잡한 시장의 길을 이리저리로 찾아다녔다. 그때는 복개 공사가 되어 있지 않던 개천의 다리를 건너 식료품 상가 쪽으로 가다가 드디어 승냥이를 만났다. 아침 안개가 깔린 길 위로 청소부의 노란색 리어카가 끌려오고 있었다. 청소부의 땀으로 젖은 이마에선 김이 올랐고, 기침을 할 때마다 기다란 입김이 내뿜어졌다. 눈 위를 지나가는 리어카의 바퀴에서 삐걱이는 소리가 단조롭게 들렸다. 가마니 끝으로 채 덮이지 않은 동사자의 빨갛게 부어오른 손발이 보였다. 청소부는 기침을 컹컹 하며 똑같은 걸음으로 갔다. 리어카는 공중변소서 나오던 것으로 보아 그 안에서 얼어죽은 모양이었다. 무는 죽은 걸인이 떨며 신음하던 소리가 아니었나, 생각했다. 하지만 공중변소는 집에서 무척 멀었으며, 다락 건너편에선 솜틀 기계의 요란한 소음이 밤새껏 들려왔었다. 걸인이 힘을 다해 소리쳤다 해도, 또는 무가 그 소리를 듣기 위해 온갖 주의력을 집중했다 하더라도, 거리가 너무 멀었다. 그는 자기 방에 돌아와 부적처럼 매달려 있는 올가미를 풀어버렸다. 무는 자기가, 알 수 없는 어떤 세상과 함께 있다는 느낌이 들었다.

무는 골든힐의 입구에 서서 눈 아래 가득히 켜진 도시의 불빛들을 내려다보았다. 그가 부재의 무엇인가를 찾아 힐의 얽힌 복도를 헤매는 동안에도 이 도시에는 아무 일도 일어나지 않았으며 그는 여전히 이곳에 살고 있었다. 무는 자기가 여전히 주정뱅이의 풍각쟁이인 것에 다소간 안심이 되었다. 무는 위 포켓에서 꽃을 뽑아냈다. 무는 어느 쪽이 실재인지 알 수 없는 어둠 속으로 가짜의 꽃을 내버렸다. 이곳에선 지니고 있기가 얼마나 거추장스러운 것인가를 깨달은 때문이었다.

(1971)

줄자

방태홍씨는 면도를 하다가 흠칫 놀라서 손을 멈추는 때가 있었다.

더운 입김으로 흐려진 거울 속에는 자기 얼굴의 절반쯤이 허연 비누 거품으로 가려져, 해놓은 것 없이 나이만 먹어 초라한 체통이나 지키게 된 노인들의 백발 수염처럼 보였다.

그는 벌써 서른다섯 살로 접어들고 있었고, 이제까지 육 년째나 한 여자중학교의 교사로 지내오는 터였다. 비누 거품을 면도날로 밀어 올라가면 소싯적부터 모범생이란 말을 들어온 단정하고 의젓한 용모가 나타났다. 그의 입술 끝은 위로 치켜 올려져 씁쓸한 웃음을 머금은 듯한 모호한 표정으로 이미 자리잡혀져 있었다. 어떻게 보면 인자해 보이는 반면에 또한 무력해 보이기도 했다. 방태홍씨는 직장에 결근하는 날이 없었고 술은 입에 대지도 못했으며 바둑, 당구, 노름 등의 잡기에도 거의 무신경한 사람이었다. 요즘 와서 유일한 낙이 있었다면 결혼생활 중 처음으로 갖게 된 자택의 공사터에 나가 지켜 앉아 있는 일이었다. 집 한 채를 마련하는 데 무려 육 년이란 세월이 지나갔으니 누구라도 스스로의 꼴을 의심해봄직도 하건만, 방씨는 아내의 습관적인 짜증까지도 태연하게 무시해버리는 태도를 지켜왔다. 누구에게도 내색하지 않았으나 그는 자기에게 흡족하고 풍요했던 시절이 한 번도 없었다는 사실을 가슴 깊이 새겨두고 있었으며, 현재도 그렇고 앞으로의 세월마저 뻔하리란 걸 예측할 수가 있었다. 그가 마음속의 은근한 불만을 지그시 참을 수 있었던 것은 살아오는 동안에 터득한 체념할 줄 아는 도량의 탓인지도 몰랐다. 방씨로서는 자신의 입 언저리에 머문 애매한 웃음기조차 지나간 세월들과 어울리는 표정이리라 생각되는 것이었다.

그의 경험에 의하면 결혼이란 길고도 긴 부채의 세월이었으며 끝없는 생활 조건에 의한 반사적인 타성의 연속이었다. 또한 방태홍씨는 인생이 혼미하다든가, 스스로가 절해고도에 버려진 조난자와 같다고 느낄 줄도 알고 있었다. 교사가 보잘것없는 직업이며 다른 대부분의 일거리마저 신통치 않다는 사실을 알게 되었을 때엔, 그는 흔한 말로 야망에 몸부림칠 나이도 훨씬 지나버리고 말았던 거였다.

방씨는 대학을 졸업하던 해에 아내와 만나게 되었는데 쌍방이 똑같이 첫번째 알게 된 남자와 여자로서였다. 왜냐하면 둘 다 소극적이었던데다 학업과 아르바이트에 시달리느라고 이성과 교제할 틈도 없었으며 연애란 자기네처럼 평범한 자들이 누릴 수 없는 특권인 듯 여겨졌기 때문이었다. 방씨는 군에서도 오입 한 번 해보지 못하고 제대했던 그야말로 숫총각이었다. 그들은 만나자마자 서로의 사람됨에 그런대로 만족했다. 사랑을 생각할 때마다 어떤 감동적인 사건을 연상했던 그들로서는 의외로 수월했고 싱거운 놀이였다고나 할까?

그는 시골 소농의 셋째 아들이었다. 아직도 소작인의 처지에서 벗어나지 못하고 있는 두 형들에 비한다면 고향 사람들 말대로 그는 도회인으로 출세한 셈이었다. 학생 때 가정교사로 얹혀살던 생활과 하숙살이의 연장에 불과했으므로, 결혼 초의 방선생은 빈손뿐이었다. 게다가 아내는 오 남매를 길러낸 과부의 맏딸이었고 가산이 폭삭 망해버려서 시집올 때에도 입던 옷들을 낡은 트렁크에 담아갖고 그의 하숙으로 옮겨왔을 정도였다.

단칸 사글셋방을 집시처럼 떠돌아다니는 생활이 시작되었다. 그들은 주식비와 월세, 교통비 외에는 절대로 돈을 쓰지 않는 최악의 시기를 보냈다. 가구는커녕 장롱 하나 들여놓지 못했고 부부 동반해서 영화 구경 한 번 가보지 못했다. 결혼 비용과 약소한 세간 마련에 들어간 얼마쯤의 빚을 갚고 그럴듯한 전셋집이라도 얻을 목돈을 장만하기 위해 계를 악착같이 부어나가는 동안에 한 해 반이 지나갔다. 방 두 칸짜리 전셋집을 얻었다.

월수입의 육십 퍼센트를 적금과 계에 찢어 넣으며 일 년 하고도 칠 개월을 더 버티고 나서야 그런대로 쓸 만한 옹근 전셋집 한 채를 빌릴 수가 있었다. 주거 문제가 어느 정도 안정이 되자 이번에는 가장집물을 갖출 필요가 생겼다. 그들은 월수입을 쪼개어 부지런히 사들였다. 그 무렵의 어느 날, 방선생은 붉은 장미가 곱게 꽂힌 화병이 탁자 위에 놓여 있는 걸 발견했는데, 창문의 쇠창살 틈바귀로 쏟아져들어온 양광에 비쳐진 자기들의 방안이 아름다워졌음을 알았다. 보통 때는 느끼지 못했던 출근 전의 피로감이 한꺼번에 몰려와 그의 어깨를 내리누르는 것 같았다. 방선생은 그해에 불의의 교통사고로 오른발을 다쳤던 적도 있었고 첫아이를 임신했던 아내가 고갯길에서 넘어져 육 개월 만에 낙태를 하게 되는 불상사도 겪었다. 아담한 주택을 갖겠다는 소망을 올해까지 두 해째 끌어오면서 두 사람은 우울한 인내의 시기를 보냈다. 수많던 날의 침울한 저녁식사,

별수없이 라디오나 들으면서 소일했던 일요일들, 평생 남의 농사나 거들던 부친의 임종, 다니러 올라온 모친과 아내의 불화 등이 방선생의 머릿속에 희미하게 남아 있었다.

그들은 끈질기게 부어나갔던 계를 타서 교외의 택지에 투자를 했었는데, 두 배로 오르자 더 기다릴 필요를 느끼지 않고 반을 팔아서 그 돈으로 훨씬 교통이 나은 곳에 집터를 사두었다. 아내가 두번째로 임신을 하게 되니 방선생은 더욱 조촐한 자기 집을 갖고 싶었다. 올해 들어 땅의 나머지 반을 팔고 적금을 찾아 공사를 착수했고, 전셋돈을 뽑은 뒤 갚을 양으로 학교 서무과에서 모자라는 금액을 융통해 썼다. 육 년 동안 허리를 졸라매고 이루어놓은 그들의 업적치고는 별로 보잘것없는 결실이었다. 그는 보강 수당을 위해 새벽부터 출근했고 저녁엔 돌아오자마자 휴식할 틈도 없이 그룹제 개인지도로 자신을 혹사시켰으며, 누구인가가 자기들의 장래 계획을 방해하지는 않을까 하여 불안해했었다. 방태흥씨는 이제 와서 돌이켜볼 때마다 자기네 처지와 비슷한 수많은 이웃들의 인생이 마치 감정도 없고 행동도 못하는 식물의 삶과 같다고 소박하게 생각해보는 거였다.

새집으로 이사오던 날에 만삭의 아내가 입술을 깨물며 "우리 집이어요. 아무도 참견하거나 침범하지 못해요, 여보" 하던 말을 들으면서도 방선생은 새삼스럽게 감격할 수가 없었다. 어쩐지 사회적인 여건 때문이란 핑계로 자기 스스로에게 기만당해 왔던 것은 아니었나 하는 의심이 들었다. 오랜 원망이 이루어지자 허탈해졌던 건지도 몰랐다. 그날 밤에 방씨는 잠이 오질 않았다. 새로 도배한 벽지의 생경감과 장판지 냄새 탓이기도 했으나 첫째는 그 집이 너무 큰 것 같아 마음이 놓이질 않아서였다. 방씨는 남의 집에 잘못 들어와 누워 있는 듯한 느낌이었다. 바람에 흔들리는 겹창문 소리와 잘 닫겨지지 않아 삐걱이는 소리를 내는 부엌문 때문에 그는 선잠에서 자주 깨어나곤 했다. 촌놈이 남대문을 기어 지난다는 옛날얘기처럼, 천장이 갑자기 아득하게 높은 듯 느껴지는 게 불면의 원인인지도 몰랐다.

그는 아내와 함께 손에 잡힐 듯 말 듯한 행복을 잡느라고 정신없던 사이에 친구를 사귀거나 학교 동창들과도 우의를 주고받을 기회가 없었다. 친척들과 번거로이 왕래하지 않았고 혈육동기간에도 인색하다 하여 불화해온 형편이었다. 방선생은 여러 동네로 이사를 다니면서 한 번도 같은 울안의 사람들과 인사를 나눴던 적이 없었는데 더욱이 이웃집이나 한두 집 건너편 사람들은 얼굴도 변변히 마주친 때가 드물었다. 종이 문패, 함석 문패, 송판에 붓글씨로 쓴 문패, 박달나무의 번들거리는 큰 문패들과 거의 같은 내력의 주인들이 수많은 대문들 안에 살고 있을 거였다. 방선생은 요즘에 와서 시멘트와 타일로 덮여 풀한 포기 보이지 않는 앞마당처럼 자기의 마음이 어쩐지 썰렁하다고 느껴왔다. 아내가 곧 해산하게 되어 식구가 하나라도 더 늘면 집안에 활기가 돌 것만 같은 심정이었다.

이사하고 첫번째 일요일, 새벽부터 줄곧 비가 내리고 있었다.

모처럼의 늦잠을 즐기고 있던 그를 아내가 흔들어 깨웠다.

"좀 일어나요. 밖에 말썽이 생겼나봐요. 나가보시라니까, 어서요."

방선생은 쉽사리 잠에서 깨어나지질 않았다.

"뭔데…… 이러는 거야?"

"얌체 같은 옆집 남자가 우리 대문 앞으로 도랑을 파서 물을 지나가게 한다잖아요."

아내의 극성스런 성질로 봐서는 쫓아나가서 앙칼지게 따질 법도 했건만 만삭의 몸으로는 엄두가 나질 않는 눈치였다. 아내는 말했다.

"새로 이사를 온데다, 구멍가게 수다쟁이 여편네가 입빠른 소리를 했을 거예요. 이 집 주인이 물정 모르는 중학교 교사라구요."

"에이, 좀 조용하라구, 쓸데없이……"

"온 동네에 꽁생원이란 호가 나고 싶어서 그래요? 따질 땐 따져야지, 무슨 위인이 저렇게 흐리멍텅한지……"

방선생은 눈을 반쯤 내려감고 엎치락뒤치락하며 아내의 잔
소리를 건성으로 듣는 태를 보였다. 식모아이가 밖에서 떠들어
대는 소리가 들려왔다.

"그런 경우가 어딨죠? 댁에 문 앞은 그냥 두고 우리집 앞을
개천으로 만들 작정이세요?"

"주인 나오라구 그래. 한번 쌍통이나 봐야겠다."

남자의 거친 목소리를 듣고 방태홍씨는 의아한 눈짓을 아내
에게로 돌렸다가 벌떡 일어섰다. 식모아이가 대문으로 들어서
다가 씨근거리며 방선생에게 일러바쳤다.

"아까요, 찬거릴 사러 나갈 때 보니까 저 남자가 우리 벽에
바싹 붙어 서 있는데요. 손뼘으로 뭘 재구 있는 거 같았어요. 조
금 있다 돌아와보니 도랑을 우리 쪽으루 파구 있잖아요, 글
쎄."

방태홍씨는 우선 큰기침을 두어 번 내뱉고 안면 근육이 굳어
지도록 목에 힘을 주고 나서 대문을 열고 나섰다. 러닝 바람의
뚱뚱한 작자가 기름 발라 빗어넘긴 머리만을 비닐 조각으로 덮
고 장화를 신은 차림으로 배수로를 파헤치고 있었다. 역시 누
가 보더라도 악의인 듯싶게 방씨네 대문 앞으로 배수로가 깊게
패어져 빗물이 문턱 앞을 가로막아 흘러가고 있었다. 흙을 파
헤치던 자가 눈을 부라리며 삽질을 멈추었다. 방선생 또래의

혈색이 벌건 작자였다. 그가 방씨에게 다짜고짜로 말했다.

"댁이 이 집 주인이쇼? 잘 만났소."

방씨는 우산 받친 손을 무의식중에 뒤로 젖혀 빙빙 돌리고 턱을 위로 치키며 말했다.

"어째서 물길을 남의 집 대문 앞으로 내는 겁니까? 댁을 첨 보는 거 같은데 이쪽에서 무슨 유감 살 일이라두 저질렀나요?"

"당신 건축법을 모르는 모양이구만. 저 꼴 좀 보쇼. 화가 안 치밀게 생겼나."

그 남자네 블록담과 방선생 집의 벽돌 벽 사이로 빗물이 콸콸 흘러나오고 있었다. 방태흥씨가 멍청히 대꾸했다.

"빗물 첨 보셨나요?"

"빗물이 아니라 우리 담 꼬락서닐 보란 말요."

"담이 무너지기라도 했습니까? 어떻게 됐단 말이오?"

"엄연히 건축법상으로 두 건물의 사이는 한 자 다섯 치를 떼어놓도록 되어 있소. 여기까지가 한 자 다섯 치인데 당신네가 이만큼을 잘라먹어놨단 말야."

방선생은 그제야 그의 말뜻을 이해했다.

"지적도에 있는 대루 친다면, 오히려 건물의 사이를 떼어서 지은 우리가 한 자가량 손핼 봤을 텐데요. 이쪽에서 다섯 치를 더 나가서 지은 건 사실이지만…… 거긴 우리 땅입니다."

옆집 남자가 방씨네 집의 벽을 삽날로 두드리며 코웃음을
쳤다.

"이런 무식하기는…… 여보, 우선권이란 걸 모르쇼? 우리
쪽에서 먼저 집을 지었으니까, 나중에 지은 당신네가 한 자 다
섯 치를 물러나서 지었어야 했단 말요."

방씨는 옆집 남자가 무턱대고 시비를 걸자는 게 아님을 비로
소 알았고, 난처해지기 시작했다. 어쨌든 남에게 해를 끼친 것
만은 틀림없는 사실인 모양이었다. 방선생이 우물쭈물하는 기
색을 보이자 옆집 남자는 더욱 당당해졌다.

"그뿐이 아니오, 위를 좀 보시지."

그가 방선생네 집의 지붕을 손가락질했다.

"당신네 추녀끝이 우리집 담 안에까지 넘어들어와 있는데
다, 우리집은 낮게 찌그러져버렸다 이거요."

방태흥씨는 대답할 말을 잊고 그의 손이 분주하게 가리키는
데를 좇아 물끄러미 바라볼 따름이었다. 집을 지을 때 무슨 일
을 어떻게 해야 된다는 걸 방선생은 알지도 못했고, 그의 집이
저쪽보다 높아지게 된 이유는 원래 택지 자체가 하천 부지였던
점을 감안하여 흙을 퍼다가 가능한 한 지대를 돋우어 높였던
데 있었다. 방선생은 기가 죽어 옆집 남자에게 얼버무렸다.

"알고 있었다면 집을 짓기 전에 진작 말씀하시지 그랬어요?

나는 청부업자한테 모두 일임해버렸기 때문에……"

"온통 우리 마당으로 빗물이 스며들어 철벅거리는 통에 알았소. 당신네가 집을 짓는지조차 몰랐다니까."

"어떡헙니까 그러니……"

"뭘 어떻게 한단 말요? 우선 추녀끝을 찍어내쇼."

"다 얹어놓은 지붕을 짜른달 것까지야 없지 않겠어요?"

"여러 말 할 거 없소. 우리 담 안으로 넘어온 당신네 추녀끝을 짜르든지 아니면 벽을 허물고 뒤로 물리시오."

"기둥을 세울 때라면 몰라도 다 된 집을 반나마 허물 수야 있겠습니까. 추녀를 군이 짜르라면 그거야 어쩔 수 없습니다만."

남의 대문 앞으로 물길을 내는 얌체 같은 자에게 호통이나 쳐주려고 나왔던 방선생은 오히려 입장이 바뀌어 있었다. 그는 대꾸할 말에 궁해질 때마다 연신 뒷덜미께로 손을 가져갔다.

"이것 보쇼. 세상에 혼자서는 못 사는 법야. 댁은 자기집 꼴만 신경쓴 모양이지만, 우리집은 사정이 좀 다르다는 걸 아셔야겠어. 개인 집이 아니니까……"

그자의 목소리가 위협조로 나왔다. 그가 삽에 붙은 흙을 장홧발로 떨어내고 자기네 대문으로 들어서면서 방선생에게 또 한번 으름장을 놓았다.

"댁의 집은 건축법을 어긴 무허가 건물이란 거 잊지 마쇼.

알겠소?"

방선생은 벽과 담 사이로 흘러나오는 붉은 흙탕물을 내려다
보며 혼자 우두커니 서 있었다. 겨우 다섯 치를 가지고 이웃간
에 시비를 벌이는 게 치사한 느낌이었다. 어쩐지 부끄러워졌으
므로 저쪽의 요구가 부당하게 나온다면 옳게 생각되는 중간적
인 타협책을 강구하기로 하고, 될 수 있는 한 저쪽의 요구에 응
해주기로 내심 작정을 했다. 방선생은 그 작자의 거칠고 예의
없는 태도를 탓할 수가 없을 것 같았다. 사회적으로 남의 자녀
들을 가르쳐야 하는 교육자의 입장에 있으면서, 공동생활도 제
대로 할 줄 몰라 이웃간에 불화가 끼어들게 한 자기의 처신에
대해서 못마땅해졌다. 그는 스스로가 삭막하게 살아가는 듯한
느낌을 갖게 된 이유는, 남들과 화목하게 터놓고 지낼 마음을
닫아버렸던 때문이라는 생각도 해보았다. 방태흥씨는 행복하
고 싶었던 것이었으나 남에게 피해를 주지도 말고 받지도 않으
면 그뿐이라는 극히 무관심한 태도는 어딘가 외롭고 미흡한 느
낌을 주는 생활방식인 것 같았다.

이튿날 방선생은 아내의 반대에도 불구하고 목수를 불러다
추녀끝을 잘라버렸다. 이제 그의 집 지붕은 볼품없이 벽에 달
라붙어버린 꼴이 되었고, 이웃집 담과 벽 사이로 하늘이 훤히
내다보였다. 두 집의 간격이 현저하게 넓어진 것 같았다. 옆집

226

에서는 내다보지도 않았고 분쟁은 일단 끝난 모양이었다. 방태홍 선생은 며칠 안 가서 집에 관한 생각은 애써 떠올리지 않게 되었다.

일주일도 못 되어 학교로 전화가 왔다. 상대편은 화장품 회사의 전무라는데 방선생은 그런 사람을 알고 있던 기억이 나질 않았다. 수화기에서 무뚝뚝한 목소리가 전해왔다.

"선생의 바로 옆집에 사는…… 전에 한 번 뵈었소. 이전무입니다. 내 집에 전화를 해서 식모에게 직장을 물어보게 했소이다."

"아, 웬일루요? 우리 추녀끝을 벌써 찍어냈습니다. 보셨던가요?"

"좀 만납시다. 선생이랑 타협할 일이 있소."

"글쎄요…… 저녁에 댁으로 찾아뵙는 게 좋겠는데요."

"우리 회사루 좀 오시오. 지금 점심시간이니까."

"전화로 말씀해주셨으면 합니다만……"

"고소장을 취하시키고 싶으면 곧 오란 말요."

"고소장이라뇨?"

이전무란 자는 무턱대고 자기 회사의 위치만을 간단히 설명하고서 일방적으로 전화를 끊어버렸다. 방선생은 외롭고 불안해졌다. 이웃집 사내가 그의 뚜렷한 약점을 잡아 위협하려는 게 틀림없었다. 고소를 당한다면 무허가 건축으로 단정되어 집을 허물고 뒤로 물러나 다시 지으라는 판결을 받게 될지도 모른다. 중용을 조절해주는 게 법의 역할이라는데, 천신만고 끝에 자택이나마 갖게 된 가난한 자에겐 너무 부당한 일이겠으나 위법한 사실을 모면할 방도가 없을 듯했다. 방선생은 자기가 위법한 일은 과실이었고 그 결과로 인한 상대편의 피해는 추녀 끝을 잘라내는 것으로 보상해주었다고 믿었다. 아니, 사람이란 누구나 자기 위주로 생각하게 마련이니까 아직도 불충분한 점이 있을지도 모른다고 그는 고쳐 생각했다.

이전무란 사람은 구내 다방에 나타나지 않은 대신 누가 찾으면 기다리라는 전화가 왔다고 레지가 전해주었다. 방태홍씨가 신문을 뒤적이며 두 번이나 착실하게 읽어치웠을 때에야 옆집 사내가 이쑤시개를 이빨 사이에 물고 잘근대면서 나타났다. 두 사람은 악수를 하거나 목례도 건네지 않고 묵묵히 서로의 표정만을 살폈다. 이전무가 식후의 트림을 길게 내뿜고 나서 먼저 입을 열었다.

"피차 바쁜 사람들이니 간단히 말하겠시다. 우리집은 그게 내 집이 아니라 회사 집이오. 회사서 지어 내게 빌려준 집이란 말요. 헌데 댁은?"

"내 이름으로 등기가 올라 있습니다."

"회사 대 개인 집이군."

"누구의 도움도 받지 않았습니다."

방선생은 자랑조로 말하지는 않았지만 일단 말을 하고 나니까 정말 자기는 대견한 일을 해냈다는 기분이 새삼스러워졌다. 이전무가 담배를 피워 물고 여유만만하게 연기를 빨아들였다가 방선생의 얼굴 언저리에다 뿜어 보냈다.

"교사의 박봉에 집 한 칸 짓느라고 사정이 딱했겠소."

"대부분 같은 형편들 아닙니까."

"댁에 사정도 모르는 바 아니오만, 원래 회사 집이라놔서 파손된다면 내가 변상을 해얀단 말요. 당신과는 사정이 다릅니다."

"파손이라뇨?"

"곧 장마철이오. 그쪽 벽이 우리 담과 한 자 간격밖엔 안 되니 비가 오면 담 밑이 물에 패어서 무너질 거란 얘기외다. 당신네가 추녀를 잘라낸 건 의당 했어야 할 일이지."

"도대체 뭘 원하는지 모르겠군요."

"어쨌거나, 다섯 치를 뒤로 물러나달라 이거요."

"결국 같은 얘기 아닙니까? 입장을 바꿔놓구 생각해보시오."

방선생은 빚을 짊어진 형편에 집을 허물고 짓고 할 여유도 없을뿐더러 공사에 관한 생각만 해도 두개골이 빠개지는 듯 쑤셔왔다. 그는 뒤꼍에 남은 붉은 벽돌에 생각이 미치자 어림짐작으로 담을 쌓아보았는데 넉넉잡고 셈해봐도 반은 모자랄 거 같았다. 그러나 모자라는 벽돌 반쯤이라면 이쪽에서 피를 봐도 좋겠고, 그 이상을 원한다면 집을 허물든 날려버리든 맘대로 하라는 기분이었다. 방선생이 말했다.

"집을 허물라는 쪽으로만 말씀하니 타협이 안 되는군요."

"그 밖에 납득이 갈 만한 타협이 뭐 또 있소?"

"이렇게 하죠. 우리가 집 벽을 허무는 대신에, 댁의 블록담을 치우고 다섯 치를 넓혀서 붉은 벽돌로 담을 새로 쌓아드리죠."

이전무가 고개를 저으며 픽 웃었다.

"우선권 문제를 잊으셨나? 어째서 우리가 다섯 치를 손해본단 말요?"

방선생은 성냥개비를 부러뜨리며 초조하게 앉아 있었다. 옆집 사내와는 말꼬리를 서로 맞물고 돌아가는 통에 타협이 안 될 듯했고 신경을 쓰다보니 기진맥진해진 느낌이었다. 이전무가 말했다.

"내야 그럴 맘이 없지만서두, 회사에선 자꾸만 고소를 하겠다는 거요. 말릴 입장두 못 되구 해서…… 한 가지 방법이 있긴 있는데 어떻소? 이왕 쌓는 김에 아예 우리 담 전체를 새로 쌓아주겠소?"

방선생은 성냥개비만 연달아 부러뜨렸다. 저쪽의 기다란 담 전체를 쌓는 일은 집 반쯤을 허물고 다시 짓는 거나 거의 마찬가지의 엄청난 경비가 들 게 뻔한 노릇이었다. 방선생이 부러뜨린 성냥개비가 다탁 위에 너저분하게 널려 있었는데, 그는 스스로가 계산한 개축 공사 비용의 중압감에 숨이 막힐 지경이었다. 순간적으로 방태흥씨는 내가 왜 이렇게 불행할까 하고 생각했다. 그는 말했다.

"애당초 말썽 난 게 그 한 자 다섯 치 때문이 아닙니까? 한쪽 담뿐이라면 몰라도, 우린 그렇게 큰 공사를 다시 벌일 만큼 넉넉하지도 못합니다."

"그러면 담 따위는 쌓아주나마나요. 다른 편 담이 모두 블록인데 한쪽만 벽돌이면 꼴불견일 테니까."

"이거 딱하군요. 우리 벽 앞에 있는 담만으로 어떻게 안 될까요?"

옆집 사내가 고개를 저었다.

"할 수 없이 회사의 재량에 맡기기로 하겠소. 아마 고소장을 낼 거요."

이전무란 자가 분연히 일어났다. 그는 인사도 없이 팔목시계만을 힐끔 들여다보았다. 좌우로 꺼떡거리는 옆집 사내의 등판이 너무 당당하고 밉살스러워 보인다고 방선생은 생각했다. 그자는 차값도 내지 않고 나가버렸을 정도로 자신만만했다. 방태흥씨가 내놓은 타협안대로 한다면 서로 간에 더이상 불화가 끼어들 요소란 있어 뵈질 않았다. 이웃에 대한 관계에 있어서만 정의는 완전한 덕이라는 말이 떠올랐다. 사람과 사람의 상호교섭에 있어서 시정하는 구실을 하는 어떤 윤리에 비추어본다 해도 그는 성심껏 노력해보았다는 느낌이었다. 그런데도 이웃집 사내는 끝끝내 상한 감정의 뿌리를 뽑으려는 모양이었고, 방태흥씨가 어렴풋이나마 믿어왔던 스스로의 권리 이상을 그자가 지배하려는 듯이 보였다. 방씨는 걸으면서 자기도 모르게 수없이 중얼거렸다. 한참 뒤에 자기 스스로에게 귀를 기울여보니, 소리 안 나는 총이 있었으면, 소리 안 나는 총이, 소리 안 나는……이라고 중얼대고 있었다. 그는 귓바퀴의 뒷부분부터 따가운 소름이 안면으로 펴져오는 듯했다. 부끄러웠고, 또한 그만큼 고통스러웠다.

　방씨가 집에 돌아와서 듣게 된 아내의 귀띔에 의하면 옆집 남자가 자기집이 회사 재산이라던 얘기는 거짓말이라는 거였다. 동네 사람들은 그 사람이 지은 걸 모두 알고 있으며 집을 팔려고 벌써 달포 전에 내놓았다고 했다. 선량한 자의 소심증을 건드리기 위해 회사를 들먹인 게 분명했다.

"아저씨, 옆집에서 찾아요."

식모아이가 볼멘소리로 투덜대며 들어왔다.

"자기가 무슨 높은 양반이라구 오라 가라 야단이람."

"누가 찾는다구?"

"옆집에서요. 뭐 잠깐 왔다 가라나요? 아저씨, 구멍가게 집
아주머니가 그러는데요, 그 집 순 무식한 벼락부자 집안이래
요."

"벼락부자?"

"그 남자가 전에는 말예요, 지금은 사장인 자기 형이랑 가짜
구리무를 집에서 만들었대요."

옆에서 아내까지 거들었다.

"나두 들었어요. 외제 빈 갑에다 담아갖구선 집집으로 다니
면서 팔았대요. 국민학교두 못 나온 일자무식이라지 뭐예요."

"잘 모르는 남의 일을 함부로 말하는 게 아니야."

"쩨쩨하구 치사한 집안이에요. 오라, 가라…… 아저씨, 제
가 가서 그 남자보구 일루 오라구 그럴까요?"

"아냐, 내가 가지."

"축 잡힐 노릇 하시지 말구, 저앨 시켜서 부르세요."

몸이 무거워 아랫목에 누워 있던 아내도 말했지만 방선생은

못 들은 체해버렸다.

이전무는 초저녁부터 파자마 바람이었다. 그는 백과사전 같아 보이는 두툼한 책을 무릎 위에 펼쳐놓고 뒤적이다가 한참 만에 방선생이 담배 한 대를 붙여 물자 그제서야 고개를 들었다.

"어서 오쇼. 밀린 공부를 하다보니 이거 실례했소이다. 대학원엘 갈려고 준비중인데……"

"어떻게 결정하셨나요."

"요즘 세상에 까짓 석사학위쯤야 그게 학원가. 대학은 말할 필요두 없구."

"결정은 하셨습니까?"

옆집 남자가 멀뚱해진 얼굴로 시치미를 뗐다.

"무슨 결정 말요?"

"우리 쪽에서 담을 쌓아드리겠단 조건을 수락하는 겁니까?"

그자는 책장을 탁 덮고 뒤로 치웠다. 그러곤 공연히 귀만 후벼파면서 말했다.

"글쎄 그게 곤란하군요. 이 집이 내 집이라면야 그걸로 일단락을 짓겠지만 회사 집이란 말입니다."

집안이 소란스러워지고 짜증난 여자의 날카로운 목소리가 들려오는 통에 이전무의 말은 끊어졌다.

"없다는데두 부득부득 지랄야, 지랄이. 너 줄 찬밥이 어딨니? 못 가 냉큼?"

"에, 밥 없으면 돈이라두 줘요. 씨."

이전무가 미닫이를 열고 시끄러워, 하며 고함을 쳤다. 투정하는 소리도 더욱 커졌다.

"씨, 안 주면 가나봐라, 좀 줘요."

"시끄럽다니까. 아, 빨리 못 쫓아내?"

이전무가 미닫이를 힘껏 닫고 나서 하던 얘기를 계속했다.

"우리 회사서는 말이오. 허물지 않으려면 손해배상을 내라이거요."

대문을 발길로 내지르는 소리가 요란해졌다. 이전무가 벌떡 일어섰다.

"이런 쌍눔의 새끼를……"

방태흥씨가 호주머니를 뒤적여 십원짜리 한 장을 꺼냈다. 이전무는 매우 요긴한 것을 발견했다는 표정으로 돈을 덥석 받아쥐었다.

"거 마침 잘됐군, 잘됐어."

이전무가 방문 밖으로 돈을 내주며 빨리 쫓아버리라고 외쳤다. 불안해서 당황하는 듯 보였던 그자의 얼굴은 포마드로 빗어 붙인 머리털과 매한가지로 빠듯하고 정돈된 표정으로 되돌아왔다. 방선생이 말했다.

"손해배상이라면 얼마쯤이나……?"

"십만원이오. 집을 버려놓은 꼴루 봐서라두 꼭 알맞은 금액이라 생각하는데."

"너무 많습니다."

방선생은 침울한 얼굴로 말했다.

"능력이 없다는 건 둘째로 치고 부당하군요."

"그럴 줄 알았시다. 못 내겠다면 구청장을 상대로 고소하겠다 이거요. 아마 고소장을 냈을걸. 댁은 물론이고 건축허가를 내준 과장부터 구청장까지 모조리 걸린단 말요."

"고소장을 냈어요?"

"냈지만…… 댁에서 손해배상금을 지불하겠다면 당장이라도 취하시킬 수 있소. 오늘 이게 마지막 타협이란 걸 잘 알아두쇼."

"십만원이란 부당합니다. 말씀드렸지만, 말썽 난 쪽의 담만을 쌓아드린다는 조건이…… 저로서는 최대의 성의입니다."

이전무가 심각해진 인상을 하고서 오랫동안 고개를 끄덕였다. 입을 비죽이 내밀고 뭔가 곰곰이 생각해보던 이전무가 말했다.

"오만원 내시오."

방태홍씨도 속으로 계산을 해보았는데 담을 쌓아주려면 아무래도 최소한 삼만원쯤은 먹힐 것 같았다. 물론 남아 있는 벽돌은 묵혀버릴 작정을 했고 생돈을 들일 각오를 하고서였다. 눈 딱 감고 옛다 먹어라 하고 이만원을 더 얹어주고 나면 이 지겹고 고통스러운 이웃간의 다툼은 끝날 거였다. 방선생이 말했다.

"그쯤에서 생각해보겠습니다."

하면서도 방씨는 우선 아득한 근심이 앞섰다. 이전무가 말했다.

"그리고 나머지는 오만원짜리 약속어음을 십이월 말까지로 써주시오."

"나머지라뇨? 약속어음은 빚이나 마찬가진데요."

"그야 기분 문제루 쓰자는 거 아니겠소? 지내노라면 나중에 가서 받게 되겠습니까. 이웃사촌이라잖소."

"이웃사촌……"

"자, 그럼 얘긴 끝난 모양이군."

"약속어음은 못 쓰겠군요."

방선생은 맥없이 고개를 저었고, 이전무가 손바닥으로 무릎을 찰싹 소리가 나도록 두드렸다.

"댁과는 타협이 여엉 안 되는구만. 우리네도 좋을 대루 하겠소."

두 사람의 타협은 그것으로 완전히 결렬되었다. 그날은 어찌나 피로한 날이었던지 머리카락 꼬리 부근에 작은 종기가 생거나 방태흥씨는 목을 움직이기가 거북했다. 작았던 멍울이 밤톨만한 뾰루지가 되어 끝이 노랗게 곪아 있었다. 손거울로 비춰보니 그 옆과 아래쪽에도 종처가 지나간 흔적이 흑색 딱지나 반점으로 남아 있었는데 방씨는 자기가 몹시 빈곤하고 천한 태생이란 느낌이 들었다. 종기 자국들은 자질구레하고 사소했던 여러 가지의 피해로써 맺혀진 듯이 보였다. 약솜을 쥐고 뾰루지를 비틀어 누르기 시작했다. 고통이 뇌수 속을 깊이 찌르는 듯하다가 눈가에 눈물이 되어 가득히 고였다. 잠시 후 고통이 일시에 가셨지만 물 범벅이 된 눈꺼풀을 껌벅이며 그는 멋쩍은 심정으로 거울을 들여다보았다. 깨알만한 고름 구멍을 보노라니까 자기는 그 아픔과 상처보다도 훨씬 미세한 존재인 것만 같았다.

사나흘이 지났다. 방태흥씨가 출근하려는데 누군가 대문을 두드렸다. 문을 열고 보니 정복의 순경이 서 있었다.

"당신이 방태흥이란 사람이오?"

방씨가 그렇다고 대답하자 순경은 턱짓을 하며 말했다.

"잠깐 나오쇼. 이 집을 당신이 지은 게 틀림없겠죠?"

순경은 두꺼운 받침에 끼워진 종이 위에 시선을 떨군 채 방씨의 직업, 주소, 연령 등을 확인했다. 그러고는 위 포켓에서 흰 철제 껍데기를 씌운 권척_{卷尺}을 꺼냈다. 방씨는 짐작이 갔지만 일단 물어보았다.

"무슨 일이 생겼나요?"

"당신이 무허가 건축물을 지었다는 고발장이 본서에 들어와 있소."

"조사 나오셨군요."

"우리도 이런 일은 귀찮아요. 우리야 고발장이 들어왔으니 집행할 따름이지만 워낙에 흔한 일이라서…… 이런 일은 이웃끼리 잘 해결하는 게 나을 거요."

"타협이 안 됩니다."

"모두들 같은 소리요."

순경은 자를 늘여 두 집의 간격을 재어보았다. 순경이 눈금 위에 손톱을 갖다대고 보여주며 말했다.

"꼭 한 자로군. 맞지요? 다섯 치라…… 그러면 두 평의 위반입니다. 같이 가셔야 되겠습니다."

"저는…… 출근하는 길인데…… 나중에 혼자 출두하면 안 될까요?"

"댁은 정식으로 기소돼 있어요."

"내 집을 지었달 뿐인데요. 우린 저쪽에서 시키는 대루 지붕도 잘라내고, 담까지 쌓아주마 했단 말입니다."

"그건 당신네들 사사로운 건이오. 나중에 손해배상을 청구

하든지 그런 건 맘대루 하시오. 현행법상으로 두 평의 위법 사실만을 경범죄로 다룰 뿐이니까……"

"경범죄요?"

"삼사천원쯤 준비해 가는 게 아마 좋을 겁니다."

"왜요?"

"벌금을 물어야죠. 판사가 때리기 나름이지만, 벌금이 없으면 한 사날 구류 살게 됩니다."

순경이 두 집 사이의 허공을 쳐다보며 실소했다.

"두 평을 침범했다 그건가?"

"까짓 구류를…… 살지요."

반짝, 하며 순경의 가슴께에서 빛이 반사되었다. 순경은 방금 철제 권척을 윗주머니에 넣었던 것이다.

"돈 필요 없습니다. 구류를 살지요."

(1971)

아우를 위하여

뭔가 네게 유익하고 힘이 될 말을 써 보내고 싶다.

네가 입대해 떠나간 이제 와서 우울한 고향 실정이나 우리의 지난 잘잘못을 들어 여기에 열거해놓자는 건 아니야.

아무 얘기도 못해주고 묵묵히 너를 전송했던 형의 답답한 마음을 이해하여주기 바란다. 나는 우리가 지금쯤은 의심하고 있을지도 모르는 어떤 문제를 확실히 해두고, 또한 장래를 굳게 믿기 위하여 내 연애 이야기를 빌리기로 한다. 너는 십구년 전에 내가 누구를 사랑한 적이 있다는 걸 알게 되면 아마놀랄 거다. 따져봐, 내 열한 살 때가 아니냐. 에이, 이건 오히려 형의 달착지근한 구라를 읽게 됐군, 하며 던져버리지 말구 읽어주렴.

너 영등포의 먼지 나는 공장 뒷길들이 생각나니. 생각날 거
야, 너두 그 학교를 다녔으니까. 아침마다 군복이나 물 빠진 푸
른 작업복 상의를 걸친 아저씨들이 한쪽 손에 반찬 국물의 얼
룩이 밴 도시락 보자기를 들고 공장 담 아래를 줄지어 밀려가
곤 했지. 우리 아버지두 그 틈에 있었을 거야. 참 그땐 생각하
면 제일 먼저 까마중 열매가 떠오른다. 폭격에 부서져 철길 옆
에 넘어진 기차 화통의 은밀한 구석에 잡초가 물풀처럼 총총히
얽혀서 자라구 있었잖아. 그 틈에서 우리는 곧잘 까마중을 찾
아내곤 했었다. 먼지를 닥지닥지 쓰고 열린 까마중 열매가 제
법 달콤한 맛으로 우리들을 유혹해서는 한 시간씩이나 지각하
게 만들었다.

먼지 나는 길, 공장의 담, 까마중 열매 다음에 생각나는 건
땅에 반쯤 묻혀 있던 노깡들이야. 사택 앞의 쓸쓸한 가로를 따
라서 가죽나무가 서 있고, 나뭇가지에는 하늘소벌레가 살았고,
벽돌 벽의 어지러운 선전문 자국들, 창고의 탄환 흔적, 그리고
인가 끝에 상둣도가가 있었고, 실개천을 가로지르며 노깡들이
엇갈려 길게 누워 있었지. 노깡 속엔 우리가 그 무렵에 눈이 시
뻘게서 찾아다니던 총알이 많이 나오군 했었다. 총알을 찾으러
캄캄한 노깡 속에 들어갔다가 내가 기절했던 걸 어머니에게서
아마 들었을 거야. 애들이 그 속에서 사람이 많이 죽었다며 전

혀 접근을 꺼리길래 어느 날 나 혼자 들어갔지. 안은 아주 비좁구 캄캄했는데 물이 질퍽하게 괴어 있더구나. 손으로 더듬으며 중간까지 가보니까 예상대로 기관포 탄환이 많이 있더랬어. 나는 아이들의 찬탄과 선망을 독차지할 일을 생각하고 온통 가슴이 떨렸어. 탄창 사슬에 끼인 게 한 줄이나 되더라. 나는 정신없이 파구 또 팠지. 한참 동안을 파는데 꺼림칙한 기분이 들구 뭔가 손가락에 걸려 나오는 거야. 나뭇조각인 줄 알았어. 돌보다는 가볍구 나무보단 좀 듬직하단 말이야. 그래 눈앞에 바짝 갖다대구 들여다보니깐 뼈다귀야. 둥그런 관절두 달려 있는 진짜 뼈다귀 말이지. 이크…… 나는 그게 날 잡구 늘어지는 기분이더라. 양쪽 입구를 보니까 꼭 관솔 빠진 구멍만큼 보이는 거야. 소릴 지르다가 뻐드러졌어. 근처 실개천서 빨래하던 아줌마가 나를 끌어내줬단다. 어머니가 야단쳤어. "너 그런 데 들어가면 귀신이 잡아먹는다." 얼마나 무서웠는지 모른다.

어린애들이 그런 일루 호되게 놀라게 되면 잠잘 때 악몽을 꾸어서 식은땀을 흘리며 경기를 일으키는 거야. 내가 몸이 불편할 때 꿈을 꾸면 말이야, 언제나 그 노깡 속에 들어가 있는 거야. 어느 때는 그게 우리 영단 집의 시멘트 굴뚝 속이 되고, 피뢰침 달린 유리공장의 벽돌 도가니 안이 되고, 시궁쥐가 많이 사는 공중목욕탕의 하수도 속이 되는 거야. 끝은 언제나 비숫하지. 양쪽 입구가 무너져, 해골바가지나 뼈다귀 손이 쑥 솟아올라서 내 머리털이나 발목을 말야 꽉 잡구 안 놓는 거야. 상둣도가집 아이가 그 자리에 찾아가서 침을 세 번 뱉고 왼발로 세 번 구르면 된다기에 그대루 했는데두 여영 무서운 기분이 가시질 않았어.

내가 일단 자기의 공포에 굴복하고 숭배하게 되자, 노깡 속에서의 기억은 상상을 악화시켜서 나를 형편없는 겁쟁이루 만들고 말았다. 그런데 어떤 아름다운 분이 나타나 나를 훨씬 성숙한 아이로 키워줬지. 눈빛처럼 흰 여학생 칼라 뒤로 얌전히 빗어 묶은 머리를 길게 땋아 늘였고, 목소리가 노래하는 듯 다정한 분이었어.

우리를 위압하고 공포로써 속박하는 어떤 대상이든지 면밀하게 관찰하고 그것의 본질을 알아챈 뒤, 훨씬 수준 높은 도전 방법을 취하면 반드시 이긴다.

그이를 사랑하게 되면서 나는 분명히 무엇인가를 배웠는데, 그 무렵엔 꼭 집어내서 자각할 수는 없었지. 이제 와 생각하니 그이는 진보進步의 의미와 사랑의 가치를 내게 가르쳐주었던 거야.

나는 피난지 부산의 학교에서, 수복되고도 수년이 지난 서울로 전학을 해왔던 첫날, 기분을 잡쳐버리고 말았다.

우리 학교에 미군 부대가 들어와 있어서 학년별로 여러 곳에 뿔뿔이 흩어져 빈 창고나 들판에서 공부하고 있는 실정이었다. 흙바닥에 가마니를 깔았고 책상 대신 화판을 받쳐 글씨를 썼다. 어둠침침한 창고 교실에서 백 명이 넘는 아이들이 우글거렸으니 언제나 먼지가 뿌옇게 일어나는 게 보였다. 교실이 엉망인 것뿐만 아니라 우리 학교 애들은 질이 나빴는데 전쟁통에 몇 년씩 학년을 묵은 큰 애들이 열 명쯤 되었다. 백여 명의 아이들을 키 순서대로 세워놓으면 나 같은 건 겨우 앞줄에서 몇 번째가 될 만큼 작았다. 애들은 내게 아무런 관심도 돌리지 않았으나, 첫번 일제고사에서 수석을 차지하고 나자 친구가 더러 생기게 됐던 거였다.

나는 담임선생님도 마음에 들지 않았다. 그는 메뚜기라는 별명을 가졌는데, 머리 가운데가 쭉 벗어지고 양쪽 관자놀이 부근에만 곱슬털이 부성부성한 모습이었다. 그는 국민학교 선생님 노릇에 별로 흥미가 없는 것 같았다. 무슨 가게인지를 부업으로 벌여놓고 있었는지라 그는 툭하면 자습 시간을 주고선 하루 온종일 밖으로 나돌아다녔다. 각 학년의 교실들이 서로 멀리 떨어져 있었고, 교장선생님도 일학년부터 육학년까지 모든 학급을 한 바퀴 돌아보려면 큰맘을 먹어야 했으니 메뚜기씨께

선 만판이었다. 메뚜기가 요행히 교실에 붙어 있게 되는 날도 오후에는 모두 야외로 끌고 나가서 몇 시간씩이나 풍경 사생을 그리게 해놓고는 공부 끝이라는 거였다. 내가 전학 가기 전인 일학기까지도 석환이가 반장 노릇을 했으나. 나처럼 몸집이 작고 약골이었던 그애는 큰 아이들이 득실대는 교실의 기강을 잡을 도리가 없었다. 첫째 가다 장판석, 둘째 가다 임종하, 셋째 가다 박은수, 그 이하는 그애들에게 붙어서 알랑대던 떨거지 몇 명이 있었다. 모두 중학 이삼학년씩은 되었을 나이배기들이었다. 내가 입학할 무렵에 세력의 판도가 바뀌게 되었는데 이 영래라는 새로운 가다가 신입해왔던 것이다. 영래는 미군 부대 하우스 보이로 싸젠이 기른다는 아이였다. 술이 주렁주렁 달린 인디언식 가죽 저고리에 청바지를 입고 시계까지 차고 다녔다. 눈이 가늘게 찢어지고 어깨가 바라진 영래는 벌써 다리에 털이 돋은 열다섯 살배기였다. 미군 지프가 신입생과 선물을 싣고 제분회사 창고 앞마당을 돌며 클랙슨을 뿡뿡 울리니까 애들이 모두 환호성이었다. 배불뚝이의 맘 좋게 생긴 싸젠이 초콜릿과 도넛을 애들에게 공평하게 나눠주었다. 그날로 영래를 찬양하며 그애의 가방을 들어다주는 아이가 생겼고, 얼마 안 가서 둘째 셋째 가다인 은수와 종하까지 그애 편으로 붙었다. 영래가 드디어 첫째 가다 장판석이를 빈 발전실로 유인해다가 몽둥이로 습격해서 항복을 받았다. 판석이는 아예 권외로 밀려나고 영래가 하루아침에 첫째가 되었는데도 아이들은 그런 일에 별로 아랑곳하지 않았다. 왜냐하면 큰 애들은 뒷전에서 저희끼리 킬킬대며 우리가 모르는 얘기만 지껄이며 따로 놀았으니까.

어느 토요일 아침, 메뚜기가 셔츠 바람으로 들어와 바께쓰에 물을 떠다 교실에서 세수를 했다. 그는 팔목시계를 연방 들여다보며 아이들에게 말했다. "에 또…… 내가 급한 볼일이 생겨서 나갔다 올 테니까 자습하도록, 어이 급장." 맨 앞줄에 앉았던 석환이가 엉거주춤 일어나려니까, 메뚜기는 그애를 힐끗 바라보고는 곧장 교실 뒷전만 두리번댔다. "장판석이, 판석이 어딨나?" 아이들이 일제히 뒤를 돌아보았고 누군가 웃음을 참는 소리도 들렸다. 판석이는 괜히 뒤통수를 긁적였다. 그애 바로 앞에 앉은 임종하가 들릴까 말까 한 소리로 "얘는 나한테두 져요" 중얼거리자 아이들이 까르르 웃음을 터뜨렸다. 메뚜기가 그 소리를 놓쳤을 리 없었다. "에 또, 학기두 바뀌구 했으니까…… 오늘은 자습 후에 반장 선출을 해보는 것두 학습이 될 거다. 상급생이 됐으니까 그만한 자치 능력도 생겼을 줄 믿는다. 그런데 석환이 말고 누가 의장 노릇을 했으면 좋을까…… 누가 좋겠니?" 메뚜기가 묻자 앞에 꼬마들이 요란하게 떠들어댔다. "이영래요. 걔가 잘해요." 메뚜기가 영래를 불러내어

"반장과 함께 조용히 자습을 시킨 뒤에, 자치회의를 해라" 이르고 훌쩍 나가버렸다. 선생님이 나간 뒤에, 머쓱하게 서 있던 영래가 교탁 앞에 비스듬히 걸터앉았고 애들은 다음 행위에 잔뜩 기대를 가지면서 그애를 올려다보았다. 영래가 말했다. "전부들 책을 집어넣어. 오늘 오전에는 씨름 대회를 연다." 애들이 손뼉을 치며 와글와글 책보를 쌌고 영래는 교탁에 발을 올려놓고 의자를 흔들며 말 타는 시늉을 했다. "헌병대장 사령부, 짜가닥 짜가닥 팡팡, 이 새끼들 조용해." 영래가 은수에게 몽둥이를 주워오라고 명령하니 그놈은 잽싸게 뛰어나가 각목 하나를 주워왔다. "종하, 일루 나와." 비실비실 웃으며 앞으로 나온 종하에게 영래가 말했다. "웃지 마, 인마, 이걸 갖구 수틀리게 놀면 무조건 조기는 거야. 알았지?" 종하는 가마니를 깔지 않은 흙바닥 통로를 각목을 들고 어슬렁어슬렁 돌아다녔다. "오늘부터 너는 기율부장이다." "뭐야 그게…… 반장하군 다른가?" "인마, 중학교 교문 앞에두 못 가봤어? 완장 차구 서서 잘못한 애들 벌주는 거 말야." 은수가 항의했다. "그럼 나는 뭐야, 넌 뭐구……" "이 새끼, 나는 의장이잖아. 종하는 기율부장, 너는 말이지 총무다." "반장보다 높은 거냐?" 아이들이 킥킥.

종하는 내 앞을 지나며 공연히 똑바로 앉으라면서 허리께를 각목으로 꾹 찔렀다. 나는 등에 힘을 주고 빳빳이 긴장해서 앉아 있었다. 그때 석환이가 안으로 폭삭 기어들어간 목소리로 중얼거렸다. "나는 말야…… 씨름 대회는 반대한다." 아이들이 와자지껄하며 석환이 쪽에다 불평을 제각기 터뜨렸다. "혼자 잘난 체하지 마라, 짜식." "누가 네 명령이나 듣겠다누." "영래야, 때려줘라." 영래가 교탁을 쾅 때리며 말했다. "새끼들, 조용하라니까." 임종하가 각목을 땅에다 쿵쿵 찧으며 주위를 둘러보았고 아이들이 잠잠해졌다. 석환이는 가까스로 말할 기운이 났는지 아까보다 더욱 또렷하게, "선생님이 자습을 한 다음에 자치회를 하라구 그랬어. 또 혼자서 마음대로 학급 간부를 지명해서도 안 된다구 생각해." 바보 같은 놈들이 설쳐대는 꼴을 보니 나도 뭐라고 말하고 싶었지만 영래만한 통솔력도 없는 터에 모두들 나더러 공부 좀 한다구 으스댄다고 할 거였다. 그전 학교에서처럼 발언권을 얻어 동의와 재청을 받고 의견이 받아들여지고 하는 재미있던 판국과는 전혀 딴판이어서, 까짓거 입다물고 구경이나 하겠다는 마음이 생겼다. 몇몇 줄반장 애들은 불만이 있어 보였으나 교실 뒤에 버티고 선 종하 쪽을 연방 돌아보기만 하는 거였다. 영래가 씨익 웃었다. "응 좋아, 애들한테 물어보자. 애들아, 씨름 대회를 뒤로 미루고 자습할까?" 반 아이들이 웅성대며 항의하거나, 재삼 석환이를 욕하기 시작했다. "대신에 자치회를 먼저 하자. 너희들 석환이가 반장 노릇 하는 걸 찬성하는 사람 손들어." 한 사람의 손도 올라가지 않았고 뒤늦게 들었던 애들도 대부분 아이들의 드높은 불만의 분위기에 위축되어 슬금슬금 내려버렸다. "다음은 내가 하는 걸 좋아하는 사람." 절반 이상이 손을 들었고 두 번 다 손을 안 든 애들도 많았다. "봤지? 자치회는 이걸루 끝났다." "그래, 이영래가 오늘부터 우리 반 급장이다." "반대하는 놈들은 우리 반이 아니야." 영래는 만족에 가득차서 고개를 끄덕였다. "모두들 밖으로 집합. 야 좋하야, 집합시켜서 오목내 다리 밑으루 내려가." 나는 환성을 올리며 밀려나가는 애들의 뒤를 따라 나갔고, 우리 뒤에서 종하가 "빨리빨리 움직여" 어쩌구 하며 고함치는 소리가 들렸다. 석환이와 몇몇 아이들이 꾸물거리는 걸 보고 영래가 뒷짐을 지고 서서 종하에게 말했다. "야, 단체행동에서 빠지는 애는 잡아다 조겨." 은수도 말했다. "그래 영래 말이 옳다. 개인적으루 놀면 혼을 내야 해. 우리 반 애들이라면 다 함께해야 한다."

바깥일에 분주한 메뚜기가 돌아왔을 때, 아이들은 영래의 지시에 의하여 자발적인 대청소를 하는 중이었다. 메뚜기는 학급에 기강이 서고 자치 능력이 향상된 데 대하여 만족했고, 아이들이 영래를 급장으로 선출한 것에도 별로 이의가 없어 보였다.

우리 부모는 내 상급학교의 진학 문제 때문에 걱정을 하고 있었는데, 마침 동네에서 어느 대학생이 개인교사를 한다며 애들을 모으는 중이었으므로 나를 그리로 보냈었다. 거기서 치른 학력 테스트의 결과를 알고 어머니는 깜짝 놀라고 말았다. 대학생의 말에 의하면 이런 실력으로는 중간급인 사립 중학교에 들어가는 것도 불가능하다는 거였다. 그때부터 밤늦게까지 입시 공부에 시달리지 않으면 안 되었고, 자습 시간이 많았던 학급 실정이 오히려 내게는 다행이었다. 따라서 나는 전입생으로서 서먹서먹하던 그전보다 더욱 학급으로부터 멀리 떨어져나가게 되었던 것이다. 영래가 반장이 되고 나서 나는 학교에 가는 일이 시큰둥해진 느낌이었다. 무관심했던 내게도 불편한 사태가 자주 벌어지게 되었는데, 영래가 너무 자기 마음대로만 하려고 그랬기 때문이다. 은행 지점장의 아들이나 공장장 아들, 극장, 양조장집 아들 같은 네댓 명의 부잣집 애들은 특히 괴로움을 많이 받았었다. 그애들은 뭔가 좋은 것들, 이를테면 장난감, 극장표, 돈 같은 것들을 갖다 바치지 않을 도리가 없었다. "내일까지 가져와" 한마디면 통하는 모양이었다. 대부분의 다른 애들은 평소부터 그애들에게 반감을 많이 갖고 있어서 영래나 종하나 은수의 명령이 이행되지 않았을 때에 그애들이 교실 뒤에서 엎드려뻗쳐를 하고 궁둥이를 맞는 걸 통쾌해했던 것이다. 그러나 부잣집 애들도 나중에는 그리 불만스러워하는 것 같지 않았는데, 청소 당번을 제외받았기 때문이었다. 뿐만 아니라 그애들은 자기가 싫어하는 애들을 혼내주도록 저 세 아이들 중 아무나에게 선물을 하면 되었던 거다.

있으나마나 한 부반장으로 영락한 석환이도, 나도, 하여간에 좀 영리한 애들은 끼리끼리 소곤소곤 어린이 잡지나 돌려보면서 그애들의 노는 꼴에 전혀 상관하지 않으려 애썼다. 대부분의 아이들은 어느 정도 기가 죽었으나 그래도 아직은 영래를 신뢰했는데 그는 아이들을 재미있게 하고 동시에 무서운 존경을 일으키게 하는 데 재주가 비상했던 것이다. 영래의 제의로 우리는 두어 차례의 모금을 했었다. 한번은 담임선생 메뚜기네 아기의 돌 선물을 마련하기 위해서였고, 다음엔 청소 도구를 마련한다는 구실이었다. 판단이 부족했던 우리가 어렴풋이 느끼기에도 금액이 좀 과했던 것 같았다. 제삼분단장인 동열이의 머리가 터졌던 건 바로 그 일 때문이었다. 그애가 쑤군거린 얘기를 들어보면 거둔 돈의 절반을 그애들이 쓱싹해서는 학교 앞 찐빵 가게에 맡겨놓고 까먹고 있다고 했다. 얘기를 들은 다섯 아이들 중 누군가의―아마도 영래와 방향이 같은 기지촌에 사는 아이가 그랬을―고자질에 의해서 폭행이 벌어졌다. 예의 메뚜기가 자리를 비운 자습 시간에 영래가 무조건 동열이를 불러내어 "인마, 너 나한테 잘못한 거 없어?"하고 따지면서 다짜고짜 발길로 걷어찬 다음 막대기로 그애 머리를 깠다. 아이들은 숨을 죽이고 침을 삼키며 그애가 머리를 움켜쥐고 죽는소리로 우는 걸 바라보기만 했다. 종하가 옆에서 을러댔다. "짜식들 누가 돈을 떼먹었냐, 얘 맞은 거 담임한테 찌르면 알지?" 영래는 역시 화를 발칵 내고 "쓸데없는 소리 하지 마, 새꺄" 종하를 윽박지른 다음에 우리에게 씩 웃어 보였다. "돈이 남은 건 맞다. 그걸 말이지 나는 다음에 쓸라구 남겨뒀던 거야, 축구부를 만들기루 했지. 다른 반과 시합을 갖구 다음번엔 저쪽 오목내 학교 패들하구두 붙는다." 아이들이 와글와글 손뼉 치는 소리. "그러구 얘가 맞은 건……" 영래가 공포에 질려 꿇어앉은 동열이를 거만하게 내려다보며 잠깐 사이를 두었다. "우리 반을 배반했기 때문야." 은수가 맞장구를 쳤다. "그래 영래 말이 옳다. 짜식이 배반자야." 서부영화에 많이 나오는 씩씩하고 멋진 얘기 같았으므로 교실의 이곳저곳에서 낱말 외우기나 하는 듯 아이들의 "배반자, 배반자" 하는 중얼거림이 퍼져나갔다. 그들은 으쓱해진 느낌이었고 앞에 적발되어 꿇어앉은 이 새로운 적을 새삼스럽게 관찰했다. 영래가 아이들을 휘둘러보고 나서, "누구든지 고자질을 하거나 쑤군대두 좋다. 치만, 우리 반 애들 중엔 내게 그런 걸 알려주는 좋은 친구들이 많으니까…… 이런 간신 같은 짓을 못할 거야."

    토요일 방과후에 우리는 남아서 오목내 패들과의 축구 시합을 구경해야만 되었다. 물론 연습 시간이 잦았던 우리 선수가 이겼다. 아이들은 그날 유쾌한 오락 시간과 선수들이 보여준 무용武勇에 의해서 열이 올라 노래를 부르며 돌아갔다. 나는 제분회사의 뒷문으로 해서 철길을 따라 군대 피복창을 가로질러 공장의 벽돌담 아래로 나서는 지름길을 다녔는데, 그날은 피복창 입구에 가시철망이 쳐져 있었다. 하는 수 없이 우리 학교 본관 건물이 있는 시가지 쪽으로 빙 돌아서 가야만 했다. 한길을 건너려고 차가 뜸해지기를 기다리고 있는데 우리 학교 교무실이 어느 쪽에 있느냐고 누가 말을 걸어왔다. 여학생 교복을 입은 아주 예쁜 누나였다. 학교 교무실은 부대가 들어선 본관 건물 옆의 빈터에 지어진 기다란 반달형 퀸셋에 있었으므로 거기를 손가락질해 보여주었다. "어린이 고맙습니다" 하며 그이가 공손히 절을 했으며 나는 웃을 때 보여준 그의 희고 고운 치아와 깊숙해 뵈는 속쌍꺼풀 때문에 가슴이 뻐근하게 아플 지경이었다.

    다음날, 학교에 가니까 아이들이 술렁대고 있었다. 여자 선생이 오게 되었다며 방금 메뚜기랑 같이 제과점에 얘기하러 갔다는 것이다. 나는 공연히 어제 본 그 누나가 아닐까 하는 기대로서 가슴이 두근두근했다. "온다. 와." 언제나 파수를 보는 아이가 호들갑을 떨며 창고 교실로 뛰어들어왔다. 메뚜기가 훨씬 앞서서 들어오고, 한참이나 지루하게 기다린 느낌 뒤에 여선 생이 들어왔으며 그이는 약간 수줍어하듯 보였다. 입구에 어깨를 동그랗게 움츠리고 섰는 분은 역시 어제의 그 누나였다. 나는 나를 알리고 싶어 안달이 날 지경이었다. 매일같이 아무 생각 없이 들었던 영래의 "차렷" 구령 소리가 그날따라 나를 수치에 떨게 만들 줄은 몰랐다. 나는 "경례"에 따라 머리를 숙이면서 처음으로 굴욕감을 느껴야 했다. 메뚜기가 그이에게 좀더 앞으로 나오시라는 손짓을 해 보였다. "에 또, 이번에 사범학교 졸업반에 계시는 여러 선생님들이 교생실습을 나오셨다. 내가 교장선생님께 간청해서 상급 학년에서는 우리 반만이 그모범 학급으로 뽑혀 모셔오게 된 것이다." 메뚜기는 이어서 교생선생님의 성함과, 일주일의 반쯤을 그분이 담당할 것이라고 말했다. 아마 메뚜기가 게으른 자기의 수업 공백을 메워보려는게 틀림없었다. 누군가 "교생이 뭐야. 선생하군 다른가……" 하자마자 그이는 청아하고 똑똑한 발음으로 "네, 다릅니다. 여러분이 학교에서 배우는 것처럼 나도 선생님 되는 공부를 하러 온 것입니다. 닭이 알을 품으면 뭐가 되지요?" 엉뚱한 질문에 아이들이 불규칙하게 "병아리요." "병아리는 커서 뭐가 되나요?" 아이들은 이번에는 일제히 "닭이요." "옳습니다. 저는 말하자면 병아리 선생님인 셈이죠, 호호호." 아이들이 와 하고 웃었으며 메뚜기도 껄껄 웃었다.

나는 병아리 선생님이 나오시는 학교에 가는 일이 한편으로는 즐거웠으나, 학급 분위기가 나를 전보다 더욱더 부끄럽게 만들었던 게 사실이었다. 그리고 특히 토요일 방과후는 지겨웠다. 영래가 아이들을 오목내 다리 밑의 모래펄로 집합시켜서는 축구 시합을 응원하도록 하는 거였다. 반을 위한 단체행동이었으므로 혼자 빠져나가게 되면 혼이 날 게 두려웠다. 아마 일주일 동안의 벌청소 당번을 지명받기가 십상이었을 게다. 아이들의 불평불만이 은연중에 조금씩 무르익어가게 되었던 것은 자칭 기율부장이라는 임종하와 총무 박은수의 횡포 때문이었다. 은수가 선수 유니폼과 병아리 선생님에 대한 '성의의 표시'를 구입한다며 학급비를 거두었고, 종하는 아이들을 매로써 징계하는 횟수가 잦아졌다. 또한 영래와 귀가 방향이 같은 기지촌 애들 몇 명까지 덩달아 으쓱거리게 되었다. 그들 중 하나라도 반 애와 싸움을 하게 되면 권투 시합 십 회전을 시켜놓고 죽 둘러서서 구경하다가 불리해질 경우 몰매를 놓는 거였다. 기지촌에 사는 가난한 그애들은 다른 애들의 점심 도시락을 빼앗아 먹는 일도 있었다. 그애들이 영래의 지시에 어긋나는 일을 저지른 애들을 꼬박꼬박 일러바쳤기 때문에 반 애들 모두가 우선 그애들 비위를 상하지 않게 하려고 조심했다. 나는 영래를 마음속에서도 찬양하는 아이들이 이젠 거의 없다는 걸 알았다. 새로 오신 교생선생님은 무엇이나 열성을 다해 가르치려고 애쓰는 것 같았다. 어느 때는 우리가 모르는 어려운 얘기까지 꺼내어 학과의 분명치 않은 곳을 밝혀주려고 했었다. 우리 실력을 향상시켜주느라고 벼락시험도 자주 치르었다. 나는 그 무렵에 밤 서너시까지 과외공부로 시달렸던 때였으므로 다른 애들과 현격한 차이로 거의 만점을 맡곤 해서 그이의 주의를 끌 수가 있었으나, 그이는 나를 영래나 그쪽 떨거지 놈들과 하나도 구별 없이 대할 뿐이었다. 나는 야속했다.

한번은 선생님이 청소 감독을 끝내고 돌아가는 시간까지 기다렸다가, 가만가만 뒤쫓아가본 적도 있었다. 멀리서 앞서가는 선생님의 뒷모습은 아직 어른이 아니었다. 키가 작아 어른들 틈에 끼이니까 우리와 동년배의 소녀처럼 보였다. 내가 일부러 다른 델 보면서 선생님을 질러갔다가 뒤돌아보고 인사를 했더니, 그이는 내 손을 잡으며 반가워했었다. "김수남, 왜 이제 집에 가지요?" 나는 눈물이 핑 돌았다. "저…… 친구 집에 들렀다가 늦었어요." "집에서 걱정하실 텐데요. 다음에 그런 일이 있으면 미리 말씀드려야 합니다." 나는 선생님이 시내로 들어가는 전차를 타야 할 역전 네거리 앞 종점까지 함께 걸었다. 말없이 걷던 그이가 "김수남 어린이는 이번 시험에도 성적이 아주 뛰어나더군요" 말했으므로 나는 얼굴이 새빨개졌고 얼떨결에 "반장은 어때요, 선생님?" 하며 내 속마음을 드러내고 말았다. "이영래…… 어린이 말인가요." 그이는 뭔가 곰곰 생각해 보는 듯한 표정이다가 "어떻게 생각해요, 김수남 어린이는 혼자서 살 수 있나요?" 물어왔다. 나는 동생 없이 엄마 없이, 누구보다도 선생님 없이는 살 수 없다고 생각했고 혼자서는 못 산다고 대답했다. 그이가 말했다. "혼자서만 좋은 사람이 될 수는 없다고 생각합니다. 또 한 사람이 잘못 생각하고 있었다면 여럿이서 고쳐줘야 해요. 그냥 모른 체하면 모두 다 함께 나쁜 사람들입니다. 더구나 공부를 잘한다거나 집안 형편이 좋은 학생은 그렇지 못한 다른 친구들께 부끄러워할 줄 알아야 합니다." 나는 무슨 얘기인지 잘 알아들을 수는 없었지만, 선생님께서 나를 책망하고 있다는 느낌이어서 풀이 죽어버렸던 것이다.

며칠 후에 선생님은 처음으로 우리에게 노한 모습을 보여주었다. 그이는 교실에 들어오자마자 책을 펴지도 않고 몹시 슬퍼 뵈는 얼굴로 말했던 거였다. "어른들이 제일 나쁜 점은 자기 잘못을 애써 감추려 하는 그것입니다. 천박한 속을 드러내지 않으려고 겉으로만 번지르르하게 내세우는 건, 스스로 자신이 없기 때문이에요. 나는 여러분들이 이 혼란한 시기에 이런 창고에서 책상도 없이 공부할망정 마음씨와 배우려는 자세가 소박하고 고울 줄로만 여겨왔습니다. 여러분은 못된 어른들의 본을 받아서는 절대로 안 됩니다. 선생님은 선생님다워야 하며 어른은 어른다워야 하고, 어린이는 어린이다워야 합니다. 어제 방과후에 학급 대표들을 돌려보내고 나는 참으로 슬펐습니다. 물론 그것이 학급 전체의 뜻이 아니었기를 나는 믿으려 합니다." 나중에 알게 된 건 선생님이 영래네 패들의 '성의 표시' 때문에 화가 났다는 것이다. 저 깡패 같은 더러운 자식들이 내 선생님께 허벅지까지 올라가는 외제 나일론 스타킹을 드렸었다는 것이었다. 나는 불같이 성이 치밀어올라 잠들기 전에는 그 녀석들에게 수십 번씩 욕을 되풀이 퍼붓고야 마음이 가라앉곤 했다.

한번은 기지촌 아이들 중의 하나가 양조장집 아들의 도시락을 빼앗아 먹고 있는 것을 선생님이 우연히 알아채게 되었다. "어린이는 왜 점심을 안 싸오지, 배고프지 않아요?" 울먹울먹하며 그애는 연방 빼앗아간 쪽을 바라보았고, 그놈은 입가에 손가락을 대며 주먹을 쥐어 흔들어 보였다. "자, 이리 와 나하구 같이 먹어요." 빼앗긴 아이가 수줍어하며 가까스로 말했다. "선생님…… 싫어요. 진짜는 저, 도시락을 가져왔어요." "그런데 왜 안 먹을까, 몸이 아픈가요?" "아니에요……" 선생님이

웃음을 방긋 머금고 말했다. "아, 착한 어린이군요. 누구를 위해 주었군요, 그렇죠?" 그애가 더욱 울상을 짓더니 고개를 끄덕였다. 선생님이 재빨리 말했다. "네 좋습니다. 저는 여러분의 이렇게 서로 돕는 정다운 행동에 마음이 한없이 기뻐요." 남의 도시락을 앞에 놓고 있던 아이는 고개를 푹 숙이고 있었다. "아마 나보다도 여러분이 학급 친구의 사정을 훨씬 더 잘 알고 있겠지요. 도시락을 못 가져오는 어린이가 몇 사람 더 있을 줄로 압니다. 내일부터 누구든지 그런 친구의 도시락을 함께 싸올 어린이가 많았으면 좋겠어요. 너무 무리를 하지 말고, 어머님께 여쭤봐서 허락을 얻으면 말이에요." 나는 영래랑 어울려서 으쓱대던 그애들이 미웠지만, 내 아름다운 선생님의 말씀을 언제라도 거역할 수가 없었으므로 어머니에게 여쭈어보았다.

어머니가 처음엔 걱정을 했다. "글쎄 너두 딱하구나. 난리통이라 살기 힘든 세월인데, 하루이틀도 아니고 매일 어떻게 둘씩이나 싸달란 말이냐." 내가 그럼 저녁마다 조금씩 먹으면 되잖느냐 졸라댔고, 나중에 아버지가 돌아와 얘길 듣고는 유쾌하게 응낙했다. "좋은 일이다. 선생님이나 급우들을 실망시켜선 안 되지. 중요한 건 네가 도움을 받는 친구보다 훌륭하다는 생각은 절대로 하지 말아야 한다. 또 있어. 조금치도 그 친구를 전과 달리 대하지 말고, 당연한 것으로 받도록 노력해라." 나는 일찌감치 학교에 가서 그애의 자리에다 도시락을 갖다두었고, 노트를 찢어 "변또는 나중에 돌려줘. 김수남"이라고 써두었다. 그런 다음부터 도시락을 빼앗기거나 누가 점심을 굶는 일이 없어졌다. 나는 그쪽에서 쑥스럽게 내미는 도시락을 아무 말 없이 슬쩍 받아 넣어갖고 돌아오곤 했었다. 석환이도 동열이도 서로 내색은 않고 있었지만, 선생님을 무척 좋아하고 있는 눈치였으며 점심을 둘씩 준비해오는 게 뻔했다. 기지촌에 사는 세 아이들은 한결 양순해졌고 적의를 갖고 대하던 우리에게도 욕을 넣지 않고 말을 건네오곤 하였다. 아이들이란 참으로 단순한지라 전과 달리 서로를 알게 되어 집을 방문하기도 하며 친해질 수가 있었다. 그애들은 차츰 급우들을 미워하지 않게 되었다.

동열이를 배반자로 몰아세웠듯이 영래는 자치회 때에 눈에 난 아이들을 앞으로 불러내서는 벌을 가했다. 신발주머니를 까먹고 안 가져왔던 애들은 벌청소를, 청소가 불량했던 분단은 몽땅 손들고 오리걸음으로 걷게 한다거나, 전 반원이 참가하여 다른 반 애들과 붙었던 시계불알 땅뺏기에서 빠졌던 애들은 코 잡고 맴돌기 오십 번을 시키는 식이었다. 아이들은 이젠 그런 일에 전처럼 열광하지도 않았고 시들해 있었으며 전보다는 오히려 서로가 화목해진 편이었다. 모두들 축구라거나 땅뺏기에 이겨야 한다는 핑계로 마구 다루는 데 휩쓸리고프지도 않았다. 애들이 앞에 나가서 코끼리 맴돌기를 하고 있을 때, 자치회를 위하여 자리를 피해주었던 선생님이 눈을 휘둥그레 뜨며 놀랐다. "뭘 하구 있는 거예요." 아이들은 입을 꾹 다물었고 영래가 자신만만하게 말했다. "벌을 주고 있습니다." "무슨 벌을?" "애들이 단체행동에서 빠지려구 합니다." "단체행동이라니……" "애들 때문에 우리가 졌어요. 우리 반의 명예를 위해서 전부 놀이에 참가할 작정이었습니다." "네, 그런가요. 언제 그 놀이를 해보자구 여럿이서 의논을 했었나요?" 선생님의 한결같이 부드러운 질문에 영래가 대들듯이 거칠게 대답했다. "아뇨, 하나마나죠. 우리 반을 위해서 나는 모두 참가해야 된다구 생각했습니다." "물론 여럿이 하는 일에 마음이 모두 맞기란 어려운 일입니다. 그렇지만 각자의 의견도 묻지 않고 혼자의 생각만 주장해서는 절대로 무슨 일에서건 이길 수 없을 거예요. 급장은 책임이 중할수록 누구에게 불만이 없는가를 살피고, 있다면 그 불만이 자기가 저지른 어떤 잘못 때문이 아닌가 스스로 반성해보아야 합니다. 마음을 모으겠다는 핑계로 제 잘못을 감추려는 일이 있어서도 안 됩니다."

그러나 자치회 때의 일로 영래와 종하, 은수 그애들은 선생님을 점점 미워하게 되었고, 자기네와 별로 나이 차이가 많지 않은 소녀라고 눌러보려 했던 것이다. 그애들은 병아리 선생님에 관한 음탕한 욕지거리를 지껄이거나 그이가 돌아서서 칠판에 글씨를 쓸 때 일어나 쑥떡을 먹으며 이상스런 몸짓을 하는 거였다. 나는 이 공공연한 모독에 의한 아이들의 수치심이 점차로 깊이 만연되어가고 있었던 상태를 전혀 느끼지도 못했었다. 어느 산수 시간에 뒷자리 아이로부터 내게까지 작게 접은 종잇조각이 건네져왔으며, 펴보고 나서 나는 드디어 더이상 두려워해서는 안 된다고 결심했다. 종잇조각에는 "본 다음에 앞으로 돌릴 것, 임종하"라고 쓰여 있고 밑에다 그이에 관한 욕설에 곁들여 변소에서도 간혹 볼 수 있는 추잡한 그림이 그려져 있었다. 나는 그림을 책갈피에 끼워넣고 시간이 끝나기를 애가 달아 기다렸다. 그동안 나는 별의별 무서운 공상에 시달렸다. 나는 얻어터진다. 머리가 깨어져 다 죽게 된다. 그이가 나를 업고 간다. 몇 날 몇 달을 끝없이 간다. 시간이 끝나고 선생님이 나가자마자 뒤에서 종하가 대견한 짓이라도 해냈다는 듯이 "얘들아, 그 쪽지 어디까지 갔는지 이쪽으루 다시 돌려라" 하며 떠들었다. 나는 벌떡 일어나 겁내지 않으려 애쓰면서 말했다. "내가 가졌다 왜. 정말 너 이따위 장난만 하기냐?" 종하와 은수가 얼굴을 마주보더니 어이없다는 듯 낄낄 웃어댔다. "그게 니 깔치니?" "구경했으면 고맙다구 그럴 게지, 이 새 끼가⋯⋯" 나도 지지 않고 말했다. "너희들 사과 안 하면 그 냥 안 둔다." 그에게로 가서 종잇조각을 내밀어주었다. "사과 해, 너는 선생님을 욕보인 나쁜 놈이다." "그래 병아리 선생님 은 좋은 분이야" 하고 석환이가 잇달아 말하는 소리가 들렸다. "자, 이걸 네 손으로 찢어버려." "이 새끼가⋯⋯ 맞아볼래?" 종하가 내 먹살을 잡아 앞뒤로 흔들다가 바닥에 쓰러뜨렸다. 은수와 영래가 "밟아버려, 밟아" 외치는 소리도 들렸다. 아이 들이 뒤로 한꺼번에 몰려들어 제각기 떠들었다. "너희들이 잘 못이다." "우리는 병아리 선생님을 좋아한다." "그분은 훌륭 한 사람이야." 기가 죽어 지내던 장판석이도 종하를 내게서 떼 어 밀치면서 말했다. "애들 때리면 재미적다." 은수와 종하는 아직도 영래의 행동을 기다리며 씨근거렸다. 아이들이 사방에 서 한마디씩 했다. "학급비를 거둬다 우리한텐 알리지두 않구 맘대로 쓴 건 잘못이다." "요전에 동열이를 때린 것두 잘못이 라구 생각한다." "한 번도 자치회에서 물어보지도 않구 혼자 맘대로 한 건 더욱 잘못이다." 영래는 자기가 반 아이들에게서 완전히 고립되어 있다는 걸 알았는지 얼굴이 샛노랗게 질려 있 었다. "너희들 반장에게⋯⋯ 이러기냐?" "너는 반장 자격이 없어." "그만둬라." 나는 종하에게 종이쪽지를 내밀었다. 종하

266

가 어떻게 했으면 좋겠느냐는 듯이 영래를 바라보자 그애는 의
외로 나약해진 목소리로 중얼거렸다. "찢어, 인마." 종하가 그
걸 찢었다. 나는 그것으로 충분하지는 않다고 생각했다. "내게
사과 안 할 테냐?" 아이들이 거칠어지고 있었다. "그래 사과하
란 말야, 짜식들아." "사과 안 하면 몰매를 놓아서 쫓아내라."
종하가 아주 비굴하게 들릴까 말까 한 음성으로 말했다. "미안
하다." 우리는 모두가 그애들이 너무나도 초라하게 풀이 죽은
걸 보고서 어리둥절해질 지경이었다. 나의 들끓던 수치감은 그
때에 꽉 몰려 있던 오줌이 방광을 비집고 쏟아져나올 때처럼
외부로 터져나갔고, 가벼운 몸서리를 흠칫 느꼈던 것이었다.

나는 노깡 속의 어둠을 생생히 기억하구 있다. 선생님과 혜
어지기 며칠 전에 어머니에게 졸라서 그분을 집으로 초대한 적
이 있었지. 그날 나는 부끄러워하면서 내 악몽의 비밀을 말씀
드렸더니, 선생님은 말했어. "애써보지도 않고 덮어놓고 무서
워만 하면 비굴한 사람이 됩니다. 그래서 겁쟁이가 되어 끝내
무서움에서 놓여날 수가 없는 거예요." 나는 그뒤 몇 번이나
벼른 끝에 모험을 감행하게 되었고, 노깡 속에 다시 한번 들어
갔더랬지. 나는 그 속의 뼈다귀가 개뼈, 소뼈, 사람 뼈다귀인지
몰랐지만 어쨌든 아무렇지 않게 길을 들였던 것이다. 나는 그

이가 어린이들끼리의 일들을 미리 알고 있었는지 아니면 모르거나 모른 체했었는지 아직도 알 수 없구나. 다만 아이들이 존경하는 그이가 옆에 계시니까 욕스럽게 하지 말아야겠다고 스스로 깨달았던 것만은 분명하다.

여럿의 윤리적인 무관심으로 해서 정의가 밟히는 일이 있어서는 안 될 거야. 걸인 한 사람이 이 겨울에 얼어죽어도 그것은 우리의 탓이어야 한다. 너는 저 깊고 수많은 안방들 속의 사생활 뒤에 음울하게 숨어 있는 우리를 상상해보구 있을지도 모르겠구나. 생활에서 오는 피로의 일반화 때문인지, 저녁의 이 도시엔 쓸쓸한 찬바람만이 지나간다. 그이가 봄과 함께 오셨으면 좋겠다. 보이지도 않고 만질 수도 없어, 그이가 오는 걸 재빨리 알진 못하겠으나, 얼음이 녹아 시냇물이 노래하고 먼산이 가까워올 때에 우리가 느끼듯이 그이는 은연중에 올 것이다. 그분에 대한 자각이 왔을 때 아직 가망은 있는 게 아니겠니. 너의 몸 송두리째가 그이에의 자각이 되어라. 형은 이제부터 그이를 그리는 뉘우침이 되리라.

우리는 너를 항상 기억하고 있으며, 너는 우리에게서 소외되어버린 자가 절대로 아니니까 말야.

(1972)

배운 사람

그는 앞으로 쭉 뺀 목덜미에 보통 사람보다 훨씬 커다랗게 뵈는 머리를 가지고 있었다. 거의 귓가에 닿을 만큼 치켜진 어깨며 기다란 팔 때문에 그자는 고고인류학 서적에 나오는 유인원 같았다. 등뒤 허리께쯤에서 어깻죽지 가운데까지 둥그스름한 혹의 돌기가 솟아 있었는데, 짧은 다리가 바깥쪽으로 휘어져 있었다. 한쪽 눈은 크고 다른 한쪽은 실눈으로 일그러진 짝짝이에다 이마와 광대뼈, 앞이빨이 툭 불거져나와 있다. 꼽추라는 신체조건만으로도 충분히 불쾌감을 주는 꼴이었고, 얼굴마저 흉하게 일그러졌으니 동석하게 된 사람이면 누구나가 그리 기분좋게 여겨질 리가 없었다.

  "자네 인사드리게. 내 수제자일세."

길告씨가 나를 가리켜 수제자라 말했고 윗목에서 송구스런 듯이 무릎을 꿇고 앉았던 꼽추가 공손하게 절을 했다. 나도 얼떨결에 덩달아 인사를 받는 시늉을 했지만, 이 정도로 세뇌가 잘되어 있었으리라고는 미처 짐작하지 못했던 거였다. 길씨는 두 사람의 하는 양을 바라보며 느긋하게 눈을 스르르 감고 어깨를 좌우로 천천히 흔들면서 담배를 피웠다. 그는 입술을 가로 늘여 얇게 해서 꾸욱 다물고 목에 힘을 준 채 혼자서 고개를 끄덕이곤 하였다. 그의 시늉인즉, 나는 자네들 같은 사람에게 무엇이 최선인가를 잘 안다 하는 뜻으로 보여졌다. 그가 나직하고 신중한 어조로 말했다.

"장차 세상의 불행을 구제하기 위해 내 능력을 구사할 때가 오긴 오겠네마는, 정말 자네는 나를 만나 더불어 기거하게 된 걸 영광으로 생각하게."

"네 그러믄요, 대사님."

합장과 함께 머리를 방바닥에 박을 것처럼 황급히 조아리며 꼽추가 말했는데 나는 웃음이 터질 것 같아 큰기침을 여러 번 뱉어놓지 않을 수가 없었다. 길씨가 팔꿈치로 내 갈빗대 부근을 찌르지 않았던들 나는 굳힌 표정을 풀고 웃기 시작했을 거였다. 길씨가 내 시선을 애써 피하며 말했다.

"내 계룡산에서 십여 년간 수도하면서 수많은 사람의 병을

272

고쳐주었지. 그러나 그게 대수가 아냐. 사람의 육신 같은 거야 아무러면 어떤가. 문제는 마음이야, 마음. 중생을 바로 제도하려면 먼저 나를 무조건 믿고 따라오게 해야 된다 그걸세."

길씨는 희미한 웃음을 입가와 긴 눈꼬리에 떠올렸는데, 두 사람의 정반대되는 반응을 즐기고 있음이 분명했다. 꼽추가 연신 합장한 채 머리를 조아렸다.

"따라서…… 자네두 내게 제자로서의 믿음을 가지고 열성으루 정진 수도하게. 이 사람두 전에는 실성해서 벌거벗고 거리를 오가던 사람일세마는 지금은 이렇게 멀쩡하지."

나는 길씨에게 험상궂은 얼굴을 해 보였으나 그는 기죽지 않고 내 대답을 재촉했다.

"그렇지 않은가, 이 사람아."

"네네, 계룡산에 길형…… 아니 대사님을 찾아가 뵈온 즉석에서 귀싸대기를 한 대 맞고 온정신이 들었지요."

"나는 그런 권능을 가진 사람이지. 내가 뭐든지 원하는 바를 성취할 수가 있단 말일세. 모두들 나만이 대사로서의 조건을 갖춘 유일무이한 사람이라고들 소문이 났어요. 소문이 많이 퍼지니깐 곤란하더군. 모두들 마음적으루다 다만 의지할려구 그런단 말야. 세상을 위해 좋은 일을 하려면 좀 조용히 생각할 시간을 가져야지. 그래서 잠깐 쉴 겸해서 여기에다 하숙을 정했던 게 아닌가."

나는 별수없이 길씨의 장난질에 동조하기로 작정하고서 곁바람을 넣기 시작했다.

"암, 물론이지요. 그리구 정계인사들두 차차 접견을 하셔야죠."

"까짓것 그애들 만나봐서 뭘 하겠나. 수년 전에두 지금 사람들 선배뻘 되는 고관이 날 찾아와서, 정치 고문을 맡아달라는 걸 한마디로 거절했었지. 옥은 감출수록 광이 나는 법, 충고를 해달라면 적절히 해줄 용의두 있다 그 말일세."

꼽추는 존경과 감탄이 가득찬 얼굴로 길씨를 건너다보았다. 누가 보기에도 둘은 매우 적합한 배역이었으며, 특히 길씨의 연기는 거의 천재적이라 할 만했다. 길씨가 당당하게 꼽추에게 일렀다.

"에 또, 내 발을 좀 씻어야겠네. 물 좀 데워놓도록 하게."

꼽추가 이제 기회를 잡았다는 듯 황급히 방을 나가려다 말고 길씨의 벗어던진 양말을 집어들고 물었다.

"대사님, 이것 빨 겁니까?"

"그냥 놔두지 그래."

"아닙니다. 제가 빨아서 널어놓겠습니다."

길씨가 고개를 끄덕이며 꼽추의 혹을 토닥토닥 두드려주었다.

"그래그래, 거참 기특한 생각일세. 수도라는 게 일상사에서부터 한 가지씩 실천해나가는 데 의의가 있는 거니까."

나는 이제는 바람 넣는 데 재미를 들이고 있었다.

"대사님 말씀이 지당하십니다."

꼽추가 그의 양말과 내의를 꿍쳐갖고 나가며 쾌활하게 말했다.

"옳으신 말씀입니다."

꼽추가 나가자마자 길씨는 조심스럽게 미닫이 틈으로 바깥을 엿보고 나서 다리를 펴고 목을 휘저은 다음 어깨를 두드렸다.

"어휴, 미치겠다. 한 녀석 요리하기가 요렇게 어렵구만."

"길형 소문대루 기가 막힌 훈련입니다. 연기가 좋았어."

"아냐, 오늘은 보통이라니까. 이제 며칠 동안 두고 보라구. 나는 저치의 신이 될 거니까."

길씨는 씽긋 웃고 나서 정치학 원서 갈피에 끼워둔 춘화를 한 장씩 꺼내어 화투점이나 치는 것처럼 방바닥에 늘어놓았다.

내가 최선배에게서 길씨의 동숙인同宿人 얘기를 듣고 나서, 선물로 춘화를 택했던 것은 꼭 들어맞은 판단이었는지도 몰랐다. 나는 그의 급전직하하는 자기혐오감을 적당히 긁어주리라 생각했던 것이다. 최선배는 길씨의 근황을 말하면서 "야, 정말 끔찍했어. 사람끼리 어디 그럴 수가 있나. 그자는 자기 좌절감을 그따위 식으로 자위하는 모양이던걸" 하고 분개해하였으나 나는 길씨의 장난이 "사회에 대한 부적응의 신경증적인 해소 방법"이었을 게라고 생각했다. 심리학 책에서는 간단히 '과잉 보상'이라고 적혀 있는 그런 점을 길씨에게서 느낄 수 있었다. 내게는 그가 자신을 증오하고 있으며 자기를 불신하고 세상에 서의 스스로의 가치에 대하여 지나치게 기대하는 나머지 이제 는 전적으로 세상 쪽을 부정하고 있는 사람처럼 여겨졌던 것이 다. 호리병 속에서 뛰어나온 마왕이 뚜껑을 열어준 농부를 죽 이려 하듯이 말이다. 그는 타인과의 관계를 정상적으로 갖기를 원하는 게 아니라 남을 잔인하게 지배하거나 아니면 반대로 처 참하게 굴종하는 둘 중의 하나를 택하는 거였다. 그는 주위 사 람들의 표현에 의하면 논리의 천재였다. 동서고금을 통하여 모 르는 일이 없달 만큼 박학했고 명석하게 판단할 줄도 알았으나 치명적인 결함은 지독하게 권위주의적인 성격을 지닌 점이었 다. 길씨는 당년 삼십사 세에다 사법고시에서 다섯 번 떨어져 본 적이 있고 세무서의 주사 노릇을 하던 '한창 좋은 때'도 있 었으며 지금은 학술지를 발간하겠다는 소망을 가진 무일푼의 백수 신세였다. 운이 나빴는지 아니면 세상이 그를 몰라주었는 지, 좌우지간에 그가 머리 우수한 사람임엔 틀림이 없을 것이 다. 그는 성경의 아무 장 아무 절이나 지적하면 그만두라고 할 때까지 삼 개 국어로 줄줄 외울 정도였다. 내가 길씨와 알게 된 건 최선배를 통해서였는데, 그들은 일주일에 한 번씩 수요일 마다 모임을 갖고 있었다. 그들은 모여서 그때그때 정해진 제목으로 세미나 비슷한 토의를 한다는 것이었다. 역시 길씨의 천부적인 말솜씨가 거기서도 엔간히 먹히었던지 최선배도 그에게 매혹되었던 무렵이었다. 나는 길씨를 만나 가까이 사귀게 될수록 어쩐지 자꾸만 꼴찌 삼촌(아버지의 막냇동생)이 생각났다. 꼴찌 삼촌은 일류 국민학교를 나와 일류 중학교를 거쳐 일류 고등학교에서 일류 대학에 입학하여 졸업하고 서른 남짓한 나이에 미국에 가서 학위를 받아온 수재였다. 대학까지는 나도 그와 똑같은 경로를 거쳤다. 삼학년에서 사학년으로 올라가는 그사이에 수년이 지나갔고 입학한 지 팔 년째나 된 올해도 졸업을 못하고 있는 꼴이지만…… (사실 나는 아무데도 쓸모없는 건달이다.) 나는 성공에의 길이 그런 식의 탄탄대로였던 꼴찌 삼촌 덕분에 아버지로부터 핀잔을 많이 받았던 걸로 기억한다. 그런데 그의 결점은 역시 인간성 자체가 빈틈없는 권위주의자였다는 데에 있다. 음으로 양으로 가족 친척들에게서 삼촌과 비교되어 받았던 수모를 앙갚음해보려는 심리가 없지 않겠으나 나는 그를 마음속 깊이 경멸해왔고 지금은 약간 애석해한다. 그는 창의 대신에 악용을, 연대감 대신에 냉소를,

양심 대신에 처세술을, 비판 대신에 추종을 택하였고 혁명과 함께 그가 누렸던 모든 외부적 힘을 박탈당하였다. 이를테면 그는 데모 진압에 관한 새로운 안, 여론 조성의 방법, 부정선거의 효과적 운영 따위에 대해 머리를 짜내다가 물러났던 것이다. 삼촌은 그때에 분개하며 말했던 거였다. "개자식들, 내가 무슨 죄가 있나 말야. 시키는 대루 일해주고 월급 받아먹은 것두 죄냐 이거야." 꼽찌 삼촌의 그러한 행적을 길씨와 연관하여 떠올릴 아무 근거도 없긴 하다. 다만 두 사람 모두 어딘가 잘못되어 있는, 배운 사람이란 점에서 그렇단 얘기다. 한쪽은 제법 풀렸던 쪽이고, 또 한쪽은 좌절되어 있다는 점만이 다르다면 다를까. 퇴관한 양반이 종년이나 덮치며 세월을 보내듯 길씨는 꼽추의 혹 뒤로 달아나 숨어버렸는지도 몰랐다.

그가 모처럼 공부해보려고 하숙을 정했는데 하필이면 선참자가 괴상망측하게 생겨먹은 꼽추였다는 것이다. 심심파적으로 그를 건드려보았던 길씨는 차츰 재미가 들어 이제는 밤마다 잠자리 속에 누워서까지 꼽추를 우롱할 각본을 짜느라고 골몰한다는 거였다. 주위 친구들은 길씨 소문을 듣고 기이한 호기심으로 설마 하며 찾아갔다가 목구멍까지 가득 치밀었던 웃음보를 짓누르며 나오고 보면 불쾌감으로 세상 살고 싶지가 않다는 거였다. 불쾌감을 가지게 되는 까닭은 꼽추에 대한 연민에서가 아니라 그의 왜소한 신체와 아둔함과 저것도 사람이냐는 의문에 대한 혐오 때문이었고, 차라리 죽어버리고 싶더라는 얘기들이었다. 나는 이 참혹한 연극이 진행되는 동안 유일한 충실한 관객으로서 길씨의 하숙집에 자주 찾아갔다.

연탄불이 골고루 들지 않아 냉골이나 다름없는 윗목에 꼽추를 밀어붙이고 길씨와 나는 따뜻한 아랫목에 자리를 깔았다. 길씨는 베갯머리에다 춘화를 펼쳐놓고 열중해서 들여다보고 있었으며 꼽추는 동그랗게 몸을 구부리고 벽을 향해 모로 누워 있었다. "허어, 그 참" 하면서 길씨가 입맛을 다시고 나서 잠든 것처럼 보이는 꼽추에게 물었다.

"자네 어느 빠에서 일한다구 그랬지?"

밑도 끝도 없이 불쑥 묻는 길씨의 말에 꼽추가 화닥닥 놀라며 우리 쪽으로 돌아누웠다.

"네? 뭐라구 하셨습니까, 대사님."

"어느 빠에서 일하냐구 그랬네."

"네, 마이아미 나이트클럽이에요."

"게서 뭘 하나?"

"붉은 예복을 입구선 문에 나가기두 하구요, 안에서 웨이터 노릇두 합니다."

나는 꼽추가 그렇지 않아도 굽은 허리를 수십 수백 번 자동인형처럼 깊숙이 숙이며 서 있는 꼬락서니를 그려보았다. 혹을 만지며 가는 자, 머리를 두드려주는 자, 목덜미를 쥐어 흔드는 자, 번쩍 들어 빙빙 간질밥을 먹여보는 자, 돈을 찔러주며 여자를 호텔로 꾀어다달라는 자, 여자와 그 짓 하며 시중들게 하는 자 등등의 수많은 주정뱅이며 치한들과 살아 있는 마스코트. 길씨가 춘화를 베개 밑에 찔러넣고 천장을 향해 누우며 또 입맛을 다셨다.

"거참, 자네는 여자들 속에 싸여 지내겠구먼."

꼽추가 오만상을 찡그리며 소리도 없이 웃었다.

"그럼은요. 여자들은 왜 그런지 절 좋아하거든요. 제가 손님을 잘 물어다주니까 그런지요. 어떤 애들은 저를 꼬실려구 하지요."

길씨가 불만에 가득차서 입바람 소리를 냈다.

"자넬 꼬신다? 허허, 자세하게 얘길 할 수 없겠나."

"어유, 그런 얘길 대사님께요? 당치두 않습니다."

길씨가 화를 발칵 냈다.

"이런 고이헌! 이 사람아, 당치 않다니…… 내가 뭐 까짓 얘길 농 삼아 들으려는 줄 아는가. 자넬 구제하는 데 다 참고가 될 거 같아서 물은 게야."

"어이 참…… 그래두."

나도 옆에서 재촉했다.

"대사님께 모두 고백하쇼. 그렇지 않으면 선도를 하실려고 매를 드실 거요."

꼽추가 눈을 크게 떴다. 그는 방구석에 꾸겨박힐 듯이 몸을 더욱 조그맣게 도사렸다.

"일찍 출근한 애들이 말이죠, 심심하니까 절 갖구 놀자는 눈치예요. 어떤 때엔 여럿이서 나를 깔아뭉개놓구 화장두 시키구요, 저희들 벗어던진 스커트랑 브라자를 걸쳐놓기두 하지요. 어떤 애는 탈의실에서 날 불러요. 가보면 앉아라, 이거 먹어라, 저거 잡쳐라 하면서 시작하죠. 어른인가 앤가 알아보겠다구 내 걸 만지거들랑요. 헷…… 처음엔 그냥 놔두죠. 내 그쪽 속셈을 모르나요. 몸이 구부러졌다구 골까지 빈 건 아니니까요. 공연히 기분 내려가다 병신 되지요. 한창 그러구 있을 때 아주 쬐끄만 목소리를 해갖구선 말입니다. '나는 강아지가 아녜요' 하구 귀에다 소곤거리죠. 어떤 애는 좋았어, 하며 내 혹에다 입을 맞추구 다른 애는 금방 울 듯이 눈이 핑 젖는 애들두 있지요. 나는 그런 애들 똑같이 싫어합니다. 왜냐구요? 그애들은 내 혹만을 좋아하니까요. 만져보시면 아시겠지만 이건 그냥 척추가 약간 굽었달 뿐입니다. 폐병이나 암처럼 뵈지 않는 병을 앓구 있는 건 아니라구요."

꼽추의 그럴듯하게 조리 있는 말을 들으며 나는 좀 불안해졌다. 그는 자기 말대로 극히 정상이었고 신체는 다만 그의 삶에 대한 태도를 결정지어주었던 전제조건에 지나지 않았다. 그렇다면 그는 진짜로 연기를 하고 있는 배우인지도 모르는데, 양쪽 다 연기라면 이것은 진실과 허위의 이중주라고나 할 수 있을 것이다. 그러나 나는 이런 생각이 마음에 들질 않았다. 그들은 서로 사악하고 서로를 구제하지 못할 법했다. 돼지보다도 사람은 더욱 평등하다는 말이 있는바, 누구나 영혼을 매한가지로 품고 있는 게 정한 이치였다. 길씨가 꼽추를 바걸이나 치한들보다도 더욱 잔인하게 우롱하고 드디어는 낌새를 알아채는 꼽추가 사생결단을 내는 것으로 끝장을 보고 싶었던 것이다. 그러기 위해서는 우선 꼽추가 자신의 순수한 경험으로 철저히 속고 비인간적인 모욕을 받아야만 하며 스스로 깨달아 길씨를 혼내려 할 즈음에 나는 이 하숙집에서 발길을 돌릴 셈이었던 것이다.

"사랑두 해봤지요."

꼽추가 말을 끊고 한숨을 쉬었다. 길씨는 드디어 참지 못하고 본색을 드러냈다.

"그 짓두 했겠지."

"사랑을 했습니다요. 사랑 말이에요."

꼽추의 얘기에는 미묘한 리듬이 있었다. 이야기는 날개옷처럼 감춰두었던 저금통장을 훔쳐갖고 선녀가 날라버렸다는 걸로 끝이 났는데, 꼽추는 마지막 한마디를 되씹고 또 씹었다.

"그래두 돈이나 빼먹고 달아난 여자가 젤 착한 여자였죠."

그는 음질이 좋은 악기가 되어, 때로는 격하고 때로는 낮아지며 때로는 사이를 끊고 때로는 되풀이했다가 그러곤 잠이 들어버렸다. 꼽추의 역사는 이윽고 드높게 코를 고는 소리로 바뀌었다.

아침상이 들어왔을 때 꼽추가 밖에서 세면을 하는 중이었으므로 길씨는 푸근하게 긴장을 풀고 있었다.

"좋은 수가 있다. 어쩌나 꼴을 보게…… 모른 척하구 저 녀석 밥을 먹어보라구. 나는 무조건 잠자코 있을 테니깐."

"글쎄, 뺏기구 가만있을까 모르겠수."

"가만 안 있으면 제까짓 게 어쩔 테야. 아냐, 아니지. 짐을 챙겨갖구 나가버리면 길들인 공이 다 무너지지. 그담엔 요 긴 긴 세월을 어찌 보낸다?"

내가 빈정댔다.

"사색을 하쇼. 생산적인 걸루다."

"글쎄 그게 자꾸 어려워진단 말야. 저 녀석이 방에서 나가면 내 사고두 멈추고, 저 녀석이 들어오면 다시 활발하게 움직이거든."

셋이서 밥상에 둘러앉자마자, 나는 놀라버렸다. 꼽추가 날
쌘 동작으로 밥그릇을 손바닥 위에 받쳐들고 형식적인 인사말
조차 없이 맹렬하게 퍼먹기 시작했던 때문이었다. 길씨와 나는
수저를 떨구고 멍하니 바라보았다. 꼽추의 등은 상 가까이로
굽혀져 가슴에다 껴안은 밥그릇을 위로 치솟은 어깨로 방어라
도 하는 듯이 가리고 있었다.

"아, 죄송합니다."

그는 자기의 몫에 두 사람 모두 관심을 보이지 않고 다만 어
처구니없어하는 걸 깨달았는지 밥그릇을 상 위에 내려놓으며
말했다.

"제가 볼일이 있어서 일찍 나가려구요. 시간이 촉박해서
요."

길씨는 수저를 상 위에 쾅 내려놓고 눈썹을 치켜세웠다.

"이런 배워먹지 못한 사람 같으니라고. 어느 앞이라구 감히
이따위 행색을 보이는가. 내 평소에 그리하라구 가르쳤던가.
더욱이나 내 제자 앞에서 말일세."

꼽추는 연신 길씨를 힐끗거리며 최후로 계란프라이를 후루
룩 입속에 말아넣고 꿀꺽 삼켰다. 그는 무릎을 꿇어 정좌를 하
고 길씨를 애처로운 시선으로 바라보며 합장했다.

"대사님, 제가 워낙 허기가 져서 실수를 했습니다."

나는 뱃속에서 밥알이 곤두서는 느낌이었다. 이제 시작이구나 하는 긴장감으로 이마와 볼따구니가 따끔따끔할 정도였으므로 길씨의 기분을 더욱 고조시켜주기로 했다.

"대사님, 나두 초면에 이런 꼴은 처음이오. 우리가 모실 땐 최소한도 이런 일은 없었지요. 따끔하게 본때를 보이지 않으면, 나는 사제지간을 파하고 대사님하군 절대로 다시 면대하지 않으렵니다."

길씨가 내 격려에 힘입어 강경하게 말했다.

"나는 자네를 사람으로 만들어야 될 책임이 있는 입장일세. 그런 의미에서 벌을 좀 서야겠어. 면벽 수도를 한 시간만 하게. 그렇지만 오늘은 그 밥그릇을 등 위에 올려놓고 해야 되네."

꼽추가 합장했던 두 손을 마주 비벼대기까지 했다.

"대사님, 제발…… 저는 갈 곳이 있습니다."

"도인의 지시엔 추호도 어긋남이 없는 거야."

"제발 대사님."

"정 못하겠나?"

꼽추가 벽을 향해 돌아앉았다. 그는 두 팔을 뒤로 젖혀 밥그릇을 등에 올려놓으려 애썼으나 그릇은 혹 위에 곧바로 서지 못하고 방바닥에 자꾸만 떨어졌다. 나는 그 소리에 조바심이 나서 오줌을 쌀 지경이었다. 몇 분 뒤에 꼽추가 마침내 이 우상의 얼굴을 향하여 밥그릇을 내동댕이치게 되리라 믿으면서 나는 냉정하게 지켜보았다. 그러나 십 분이 지났어도 꼽추는 그릇 올려놓기를 계속하고 있었다. 그 동작은 탄복하리만큼 침착하고 안정된 동작이었다. 삼십 분이 지나자 길씨의 얼굴에도 동요의 빛이 역력하였다. 연달은 첫소리에 신경이 곤두선 길씨는 애써 자제하느라고 눈까풀을 찡그렸다 폈다 하며 헛기침만 뱉었다. 꼽추는 그릇을 자기 혹 위에 올려놓는 작업을 멈추지 않고 끈질기게 해냈다. 그때 나는 그가 정말 도를 닦고 있는 게 아닐까 하는 착각이 들었던 것이다. 그의 한결같은 동작을 바라보는 일은 고문이나 다름없었다. 나는 담배만 공연히 뻑뻑 빨아댔고 길씨는 초조하게 손톱 끝을 물어뜯었다.

"그만, 그마안!"

스스로를 이겨내지 못한 길씨가 발작적으로 소리쳤다. 꼽추는 그릇을 쳐들어 보이며 고개를 갸우뚱했다.

"아직 한 시간이 안 됐을 건데요."

길씨가 말을 더듬었다.

"조, 좋다구. 그…… 그걸루 충분해."

꼽추는 그릇을 밀어놓으며 길씨에게 합장을 했다. 꼽추가 고개를 숙이기 직전, 잔바람이 나뭇가지 끝을 간들거리며 지나가

듯 입가에 야릇한 미소가 얹혔다가 사라지는 순간을 나는 놓치지 않았다. 꼽추가 외출하기 전에 방문 앞에 서서 또 한번 합장하며 말했다.

"수도시켜주셔서 감사합니다."

나는 그가 말끝에 입속으로 삼켜버린 소리를 마음으로 듣는 느낌이 들었다. 가령 엿먹어라라든가, 또는 똥 같은 놈아, 픽, 쳇, 그런 따위의 말들이 그의 혀뿌리 부근에서 나풀대고 있었는지도 몰랐다.

꼽추가 나가버린 뒤에도 한참 동안이나 길씨는 멍청히 앉아서 천장 도배지의 무늬를 올려다보고 있었다.

"들었지? 새벽에 말야."

길씨가 말했지만, 나는 꼴찌 삼촌을 생각하고 있었다.

"저 녀석…… 울었어."

나는 다분히 보복하는 심정으로 말했다.

"울음도 안 나오게 최면을 시켜야죠."

"아냐, 나는 그냥 장난이었어."

"그치가 말하더군. 나는 강아지가 아녜요, 라구 말이오."

길씨는 한숨을 푹 내리쉬고 나서 고개를 흔들었다.

"아무래두 안 되겠어. 보따리를 싸야지. 이젠 더이상 감당할 수가 없겠는걸. 진절머리가 나는군. 무섭도록 침착한 동작이었어."

나는 낚시터에 나가 앉았다가 주위가 어두워서야 남의 눈을 피하며 돌아오던 꼴찌 삼촌을 생각했다. 할아버지 댁 소작 일꾼이 일을 끝내고 둑을 지나다가 조롱조로 "그 못에 아직두 잡힐 고기가 있는지 모르겠수" 또는 "낚시에 미끼나 끼우셨는지요?" 던지고 가는 말이나 들으며 시골 생활을 보냈던 삼촌이었다. 그는 권력이 아니라 그다음엔 더 큰 나라로 숨기 위해 미국으로 갈 때까지 낚시 도구를 손에서 놓지 못했다.

"짐을 싸야지."

손톱을 물어뜯고 있던 길씨가 중얼댔고, 나도 탐탁지 않게 물었다.

"어디루 가실 거요?"

"씨팔, 진짜 입산이나 할까부다."

우리는 자괴감 때문에 그날 하루종일 시원찮은 기분이었다. 나는 길씨의 이사를 도와야 했다.

별 할일도 없던 내가 나중에 그 일을 곰곰이 분석해보게 되었는데 꼽추란 마치 돌을 비껴 흐르는 시냇물같이 생겨먹은 게 아닌가 추론해냈다. 꼽추의 신체는 이미 숙명이었으며 그가 세상에 나와 등에 혹을 지고 걷게 되면서부터 참을성을 그의 삶에 대한 방어 방법으로 체득했을 거였다. 남녀 어른은 물론 열

살짜리 소년이라도 왜소하고 허약한 그를 짓눌러버릴 수가 있었기 때문이다. 검도나 궁도가 수련을 쌓을수록 세련되어지는 것과 꼭 같은 이치로 그는 누구에게나 꿀리고 밟히는 동안에 그의 인내를 반항과 구분할 수 없도록 적당히 희화화시킬 수가 있었던 모양이다.

어느 날, 어둑어둑한 땅거미가 도시의 빌딩들 위에 기어 내려오고 있을 무렵에 나는 낮술이 아직 덜 깨어 알딸딸한 기분으로 무교동을 걷고 있었다. 밴드 소리가 요란한 술집들이 다닥다닥 붙은 길 앞을 지나려는데 어디선가 손님을 불러대는 낯익은 사내의 목소리가 들려왔다. 두리번거리다가 '마이아미'라는 네온 불빛을 보았고, 거기 도어 앞에 서서 외쳐대고 있는 꼽추를 나는 발견했다. 나는 그 앞으로 바짝 다가붙어 지나가보았다. 역시 그는 나를 알은척할 필요가 없었던 모양이었다. 하나 못 보았을지도 모르는 일이어서 다시 한번 그 앞을 되돌아 지나가보았다.

"선생…… 선생님."

바삐 뛰어나온 꼽추가 나를 막고 서 있었다. 그는 붉은 저고리에 금실로 싼 단추가 여러 개 달린 멋진 상의에 붉은 줄이 쳐진 흰 바지를 입고 있었는데, 그의 모습은 불란서의 장군 같았다.

"선생님, 안녕하십니까?"

다시 한번 구십 도 각도의 인사를 하면서 꼽추는 내게 경계의 빛을 가득 띤 눈초리를 보내왔다. 나도 답례했다.

"잘 있었수?"

"대사님두 안녕하시겠죠. 저는 그분이 정말 염려가 됩니다."

나는 이건 의외라고 여겼다.

"댁이 그 사람을 염려해줄 이유가 뭐 있소."

꼽추는 잠깐 망설이다가 마치 이빨 사이로 멋지게 침이라도 내쏘는 식의 명쾌한 투로 말했다.

"대사님 가엾은 사람이지요."

(1972)

낙타누깔

개선식이 진행되던 때만 해도 나는 미열이 약간 올랐다고 느꼈을 뿐이었다. 군가를 소리 높이 불렀고, 전우에 대한 묵념을 올렸으며, 만세도 우렁차게 불렀었다.

지금 나는 텅 빈 호송 열차의 의자에 백을 베고 누워서 앓고 있다. 밖에서는 모두들 웃통을 벗어던지고 짐 싣는 작업을 하고 있는데, 부두의 하역장은 불빛으로 휘황했고, 수송선의 기중기 움직이는 소리가 요란했다. 귀환병들은 수송선에서 내려진 여러 무더기의 상자들을 소속대 구분에 따라 화차 칸에 운반해다 싣고 있었다. 상자가 도난당할 우려 때문인지, 아니면 보안 조처를 위해서인지 경비대 소속의 병사들이 부두 주변을 지키고 있었다. 나는 호송 열차가 어서 떠나기만을 바라고 있

었으나, 하역작업이 끝나려면 새벽까지 아직도 대여섯 시간
은 더 기다려야 할 모양이었다. 목이 말라 견딜 수가 없었으므
로 주위를 두리번거렸다. 작업중인 동료들의 소지품을 지키느
라고 남아 있는 어느 사병의 담뱃불이 열차 끝자리에서 반짝였
다. 나는 머리를 그쪽으로 쳐들고 말했다.

"야, 나 좀 보자."

"말하쇼."

담배 불빛이 그 자리에서 여전히 오르락내리락하며 대답해
왔다. 나는 잠깐 망설였다.

"사이다 한 병만 사다줄래?"

"안 되겠음다, 중위님. 자리를 뜰 수가 없는데요."

그 녀석이 GI 흉내를 내는 거라고 나는 생각했다. 그러나 뒤
이어 "좃도, 나두 열흘 뒤엔 옷을 벗는다구" 하며 들으라는 듯
이 사병이 투덜거렸다. 군무 외에는 장교의 명령을 받을 필요
가 없다는 원칙은 신사적으로 느껴지기도 하지만, 제대한다는
걸 이유로 개인적인 부탁마저 거절하는 게 어쩐지 야박스럽게
여겨지는 거였다. 차창 밖을 내다보니 군·경·세관의 합동조
사대 사람으로 뵈는 사복 차림의 사내가 불빛이 환한 각 하역
처를 뛰어다니며 상자를 소지품 목록과 대조하고 점검하는 게
보였다. 그는 우선 귀국 보충대의 검인표가 붙어 있는가를 살

피고 작대기로 상자를 두드려보거나 들기도 했고, 미심쩍은 것은 뜯어 보이라고도 했다.

금수품은커녕 내가 가진 거라고는 지금 머리 아래 짓눌려 있는 푸른색의 보스턴백뿐이었다. 백 안에 있는 물건은 사진첩, 세면도구, 타월 한 장, 안전면도기, 킹 사이즈의 팔말 담배 다섯 갑이 그 전부다. 귀국한 병사들 중 나와 함께 근무했던 몇몇은 알고 있지만, 사정을 모르는 다른 장교와 하사관들은 내가 요령이 형편없는 고문관이라고 여기는 눈치였다. 아무리 전투 병과의 소대장을 지냈다손 치더라도 도대체 휴양 나갈 기회도 없었느냐, PX 앞을 지키며 한 사날 장사하면 까짓거 귀국 준비로 두어 상자 못 채워오겠느냐 거였다. 그러나 실상 나는 오 개월 동안의 연달은 작전 뒤에 수용중대에 삼 개월 동안 입원했다가, 총 근무 기간 중에서 사 개월이 미달된 채로 조기 귀국 조처를 당했던 것이다. 군의관의 진단으로는 내가 정신신경성 노이로제 환자이며, 전투 부적격자라고 카드에 적어놓았었다. 입원 기간에 나는 하루종일 침대에 누웠다가 더워지면 샤워를 했고, 오락실에서 텔레비전을 보거나 대중잡지를 뒤적이며 삼 개월을 보냈었다. 모두들 황금의 시절이라고 일컫는 귀국 말기를 멍청히 누워 지냈으니, 남은 거라곤 송금했던 수당 통장밖엔 없었다. 내게도 닷새의 휴양 허가가 나왔었지만, 나는 도회지의 중심가에서 사진을 몇 장 찍고 나서, 노천카페에서 소다수를 한 잔 마시고는 그날로 귀대해버렸던 것이다. 입원 생활로 얼굴이 허여멀쑥해진 나는 귀국 보충대의 동료 장교들을 대하기가 면구스러웠다. 오랜 작전에 시달렸던 그들의 강인해 보이는 몸은 새까맣게 그을렸는데 눈에는 핏발이 곤두선 듯했다.

레이션으로 살찐 근육은 고국 땅을 밟는 날부터 고스란히 반납하게 된다던 귀환병들의 농담이 생각났다. 백을 의자에 남겨놓은 채로 일어섰다. 머리가 무거웠으며 온몸이 뜨거웠다. 어두운 열차의 승강구를 더듬으며 내려갔다. 한참 동안 심호흡을 하며 철로가의 자갈 위에 쭈그리고 앉아 있었다. 골치가 쑤셨고, 열이 올라 땀이 나는데도 등은 오싹거렸다.

"소대장님이세요?"

병장이 거친 숨을 헐떡이며 내게로 다가왔다. 그는 쭈그리고 앉아 있는 내 꼴을 보자 딱하다는 듯이 혀를 찼다.

"가을 날씨치군 무척 더운데요. 일을 하세요. 짐을 날랐더니 땀이 나요."

병장은 내가 소대장 시절에 선임조장 노릇을 했었는데, 수송선 안에서도 내 잔심부름을 도맡아 해주었으며, 아직도 내가 소대장이라 믿고 있는 모양이었다.

"컨디션이 안 좋아."

"기후가 갑자기 바뀐 것도 아닌데…… 거기 우기 날씨가 꼭 요렇잖아요."

"방역 주사를 괜히 맞은 모양인걸."

"밖에 나가요, 소대장님."

"밖이라니…… 시내엘?"

"말해 뭐합니까. 새벽까지 좀 놀다 들어와두 시간이 많이 남을 텐데요."

"헌병이 문 앞을 지키구 섰을걸."

"만사 요령이라구요. 담 터진 델 봐뒀거든요."

어째서 여태 그럴 생각을 잊고 있었는지 모를 일이다. 밖에 나가면 약을 지어 먹을 수 있을 테고, 뜨거운 차라도 마시면서 유행가를 듣거나 거리를 아무 생각 없이 싸돌아다니다가, 나하고는 상관도 없는 하역작업이 끝날 때쯤 되어 돌아올 수가 있잖은가. 더군다나 말이 통하는 민간인들의 틈에 끼어보기도 하고 아름다운 여자들을 먼발치서라도 보게 된다면, 어쨌든 컴컴한 빈 열차 안에 혼자 누워 앓느니보다 나을 거였다. 활기에 찬 거리를 돌아다니노라면 열과 오한도 그칠 것 같았다. 나는 승선 위험수당으로 받았던 미 본토불 십오 달러를 환전한 사천오십원을 갖고 있었다.

"네 짐은 다 실었나?"

"실어봤자 상자 하난걸요. 고 속에 뭐가 들었는지 아세요? 보급반에서 무공자용으루 내준 C레이션이랑, 소대원들이 남겼다가 거둬준 깡통이 들었어요."

"그건 갖다 뭘 하게."

"체면을 세워야죠. 돈 벌었다구 공갈두 좀 때리구요. 동네 어른들이 경사 났다구 모일 거예요. 소대장님은 본토불을 미군 송금수표루 왕창 바꿔왔다는 소문이던데…… 사실입니까?"

"송금수표?"

"암시장에서 바꾼다면서요."

나는 허허 웃었다. 위 호주머니를 두드려 보이며 병장에게 말했다.

"내 귀국 준비는 요 안에 몽땅 해놨단 말야."

"그러면 그렇지, 맨손 들구 오실 리가 있습니까."

나는 그의 가슴에 주렁주렁 매달린 종군기장과 무공훈장을 툭툭 건드렸다.

"이런 거보담 기가 찬 물건이다. 아주 환장할 기념품이지."

전리품이라고 말하는 게 더 좋았을 걸 그랬다고 나는 생각했다. 나는 그 요사스러운 물건 다섯 개가 들어 있는 비닐봉지 하나를 간직하고 있었다.

우리는 지껄이면서 하역장 앞을 지나 세관의 긴 담을 따라서 걸어갔다. 바깥바람을 쐰 탓이었는지 골치 쑤시던 게 열차에 누웠을 때보다 좀 나아졌지만 오한은 여전했다. 나는 차디찬 두 손을 양편 소매 속에 찌르고, 앞서서 성큼성큼 걷는 병장의 뒤를 따라갔다. 하역장의 끊임없는 기중기 소리가 멀어지자 주위가 한결 고요해진 듯했다. 풀벌레들이 울었다. 바깥 거리를 지나가는 자동차들의 클랙슨 소리가 들려왔고 자동차가 종을 울리며 지나가기도 했다. 가라앉은 듯한 차량의 소음은 태평한 것도 같았고, 한편으론 쓸쓸한 기분이 들게 했다. 우거진 잡초를 헤치고 담의 터진 구멍 앞에 이르렀다. 구멍은 무릎을 구부리고 겨우 빠져나갈 만했다. 나는 이러한 방심 상태가 좋았다. 담 안에도 밖에도 적은 없었다.

거리가 비어 있는 것처럼 느껴졌다. 우리는 불빛이 환한 쪽으로만 걸어갔다. 차량의 소음까지도 고즈넉하게 들리는 탓으로, 이 도시의 분위기가 평온한지 아니면 삭막한지 종잡을 수가 없었다. 나는 팔목시계를 들여다보고서 아직 초저녁임을 알고 놀랐다.

"지금 여덟시 반인데…… 맞는 거냐?"

"네, 맞습니다. 아직 멀었다니까요."

"한밤중도 아닌데 여긴 너무 조용하군."

구멍가게에서 냉각시켜둔 콜라 한 병을 우선 사 마시고 나니

갈증은 가셨으나, 속이 비어 있는 탓인지 더욱 메슥거렸다. 네거리 모퉁이 약국의 아크릴 간판이 보였는데, 앞섰던 병장이 나를 그쪽으로 이끌었다. 그가 유리문을 거칠게 여는 바람에 접객용 소파에 앉아 신문을 뒤적이던 남자가 놀란 얼굴로 우리의 아래위를 살폈다. 그러나 그의 시선은 곧 신문 위로 되돌아갔다. 약방 주인은 여자였으며, 한결같은 위장 무늬의 전투복에 시달렸던 내 눈에는 세상에서 가장 아름다운 여인의 하나로 보였다. 나는 얼결에 작업모를 벗고 정수리께를 긁으면서 말했다.

"몸이 아픈데……"

"아 네에."

여자가 재빨리 진열장을 열면서 말했다.

"조심하셔야죠. 고단위 항생제가 있어요. 물론 새로 입하된 거예요."

어리둥절해진 내가 뭐라고 대꾸하기도 전에 병장이 나섰다.

"재미 본 줄 아시는 거 같은데, 몸살이란 말요, 몸살."

"오한이 나구 열이 있습니다."

"감기 걸리셨군."

"예방주사 맞은 게 좋지 않았던 모양입니다."

"접종 직후에 냉수 목욕을 하셨나요?"

"했죠, 배에서."

여자가 머리를 끄덕이더니 여러 종류의 약을 섞어 조제하면서 소파에 앉은 남자를 향하여 말했다.

"요즘엔 군인들이 항생제를 많이 찾거든요."

병장이 그들 두 사람을 번갈아 바라보았다.

"우리는 전쟁터에서 왔다 그 말이오."

"알아요."

여자가 대수롭잖게 내뱉고 나서 말투를 은근하게 바꿨다.

"한 달에 한 번씩 본답니다. 혹시 처분할 물건 있으면 가져와요. 소개해드릴 테니."

"아주머니 여간 아니신데. 싸움하다 온 놈들이 뭐가 있겠수?"

"그러니까 하는 얘기죠. 공짜 고생이 어디 있나요?"

소파에 앉았던 사람이 다리를 포개 얹으며 고개를 흔들었다.

"그거야 초기 때 얘기구 다 직책 나름이지. 뭐라더라……
돈 버는 것두 이젠 종을 쳤다구 그럽디다."

병장이 말했다.

"종을 친 거까지는 좋았는데…… 요새는 종이 깨졌수다."

나는 일회분의 약을 입속에 털어넣고 나서 약방을 나섰다. 네거리 앞에 서서 어느 쪽으로 갈까 망설였다. 병장은 건너편 보도 위로 지나가는 여자들의 뒤를 눈길로 좇다가 내게 불쑥 물었다.

"돈 좀 있으세요?"

"승선 수당 사천오십원."

"나두 그것뿐예요. 생선회에다 막걸리 생각 안 나요?"

"안 되겠어. 헛구역질이 심하군."

우리는 지향하는 곳 없이 우선 한길을 건너갔다. 중심가에
가까워졌는지 거리를 오가는 사람들이 점점 더 많아졌고, 부두
를 빠져나온 게 틀림없을 정글복 차림의 병사들이 이따금씩 지
나쳤다. 여자들은 탐스럽고 건강해 보였지만, 아무도 우리에
게 주의를 돌리는 것 같지 않았다. 이제 우리가 들어선 거리는
너무나 밝고 번화한 곳이었다. 벌써부터 병장은 저고리 단추를
두 개나 헤쳤고, 작업모를 뒤로 비뚜름하게 제껴 쓰고 있었다.
병장이 오가는 사람들을 두리번대며 말했다.

"개새끼들, 한창 신나는구나. 여전하다, 여전해."

"난 아무래두 술 먹구 싶지 않군."

"소대장님 계급 따지기요? 한잔 안 들곤 못 배기겠어요. 딱
한 잔만. 나두 한 달 뒤엔 제대합니다."

술집은 퇴근한 민간인들로 초만원을 이루고 있었다. 우리는
젊은 축들이 둘러앉은 구석자리와 늙은이들이 차지한 조리대
앞자리의 중간쯤에 앉았다. 젊은 패들 틈에는 앳된 여자들이

반나마 끼여앉아 있었다. 이미 취기가 오른 그들은 기가 나서 떠들었다.

"아, 미치겠다. 전쟁이나 터져버려라, 옘병할."

"인구가 좀 줄어야 해. 절반쯤은 없어져야지."

"저봐요, 귀국 장병인가봐."

"한몫 잡은 치들인가."

"개선 용사라."

"개선 좋아하네. 누구는 수지맞구 어떤 놈은 골로 가는 짓이지."

병장이 술잔을 쾅 내려놓고 코끝을 덮을 정도로 푹 눌러쓴 모자의 챙 틈으로 그들을 노려보았다.

"저 새끼들 맞지 못해 환장을 했나?"

"왜 그래, 저희끼리 얘기하는 모양인데."

"아냐요, 우리 얘길 했습니다. 우릴 빗대놓구 비아냥거렸어요."

"글쎄 그런 게 아니라니까."

"저런 놈들은 언제나 저따위 식입니다, 소대장님."

젊은 민간인들은 이미 다른 화제에 열중해 있었고, 병장은 그들 사이에서 폭소가 터질 때마다 흠칫 놀라 의심스런 눈초리로 돌아보곤 했다. 그는 저고리 단추를 끄르고 가슴을 풀어헤

쳤다. 옆구리에 기다란 상흔이 보였다.

"술이나 마셔라. 신경쓰지 말구."

"관통상입니다. 창자를 삼각붕대루 싸쥐고 등밀이로 논바닥을 기었어요."

"너만 당한 게 아냐, 우린 모두 자원했었다."

"그랬어요. 대가리가 깨져라 하구 다퉈가며 자원했습니다. 거기두 특과라구요."

나는 주전자에서 술에 섞여 흘러나온 벌레가 잔 위에 떠 있는 걸 젓가락으로 건드리면서 병장이 지껄이는 말들을 귓가로 지나쳐버리고 있었다. 병장의 얘기 중에 고향, 훈장, PX를 사기업화한 장성, 암시장, 초목도 태워 없애는 불, 가난한 놈, 전사 통보서, 어쩌고저쩌고 하는 말들이 간간이 귀에 들어왔다. 술이 거나하게 오를수록 나는 이유를 알 수 없는 회한에 잠겨갔다. 가슴속에 미적지근히 괴어 있는 회한의 범위를 차츰 넓혀갔다. 잠깐은 기분이 나아지는 듯했다. 부끄러움의 범위가 커지면 커질수록.

"본대에서는 소문이 이상하게 났었죠. 소대장님은 전방서 빠질려구 일부러 그랬을 거라구요."

"미친 척했다 그건가?"

정찰에서 돌아온 어느 날 저녁부터 나는 주체할 수 없을 정도로 온몸을 떨기 시작했던 것이다. 머리를 벙커 바닥에 처박고 귀를 막았다. 누가 말을 걸어와도 대답이 혀뿌리에서만 미끄러질 뿐이었다. 사흘 동안이나 벙커에서 나오지 못하고 처박혀 있었는데, 발을 딛는 땅마다 의심스러워서 한 걸음도 떼어놓을 수가 없었다. 병장이 말했다.

"좀 보여주세요, 소대장님."

"뭘 말이야?"

"귀중품을 갖구 오셨다면서요."

나는 상의 주머니에서 비닐봉지를 꺼냈다. 봉지 안에서 가느다란 가죽 테에 잔털이 무수하게 달린 고리 모양의 물건 두 개를 꺼냈다. 빳빳이 선 털 위를 손가락으로 쓸어 보이며 나는 병장에게 내밀었다.

"귀국 기념으루 가져라."

"뭡니까, 이게?"

"낙타누깔."

병장이 손바닥 위에 그것을 올려놓고 살피다가 킬킬 웃었다.

"요것 참 희한한데."

그는 그 물건을 검지손가락에 끼워넣고는 더 크게 웃었다.

"요걸 감투 위에 씌우고 여자와 한판 얼리면…… 사족을 못 쓴다면서요?"

병장은 낙타누깔의 잔털을 코끝에 갖다대고 문질러보며 계속 웃어댔다.

"이거 미제죠? 진짜 낙타의 눈언저리를 도려냈을까요?"

"아냐, 가짜다. 개 꽁지를 잘게 끊어서 만들었을걸."

"원래 양키 애들이 써먹던 거 아닙니까?"

"그치들이 퍼뜨린 걸 주민들이 본떠서 만든 거야."

"귀중품치곤 치사한데."

병장은 그 기이한 선물을 수첩의 갈피에 소중한 듯이 끼워 넣었다. 그가 자꾸 술을 권해왔지만, 나는 더이상 마시고 싶지 않았다. 골치가 몹시 쑤셨고, 목덜미에 진땀이 났다. 술청 안에 곱창 지지는 매캐한 냄새가 가득차 있었다. 꼬마 하나가 우리 곁에 다가왔다. 그애의 턱이 탁자 위의 주전자 꼭지 근처에나 걸칠 만큼 작은 아이였다. 껌을 사라고 조르기 시작했으나, 우리는 둘 다 제각기의 생각에 골몰해 있었으므로 그애가 졸라대는 게 귀찮았다. 병장이 아이의 머리를 쥐어박고 가슴팍을 사정없이 밀쳐내며 말했다.

"조만한 애새끼들만 보면 진저리가 나요."

"안 사면 그만이지 왜 때려, 씨."

꼬마가 우리들 앞에 버티고 섰다. 병장이 애를 잡으려고 손을 뻗치자 그애는 울먹울먹하며 탁자 주위를 맴돌았다.

"요놈의 새끼 콱 밟아버릴까부다."

울컥해서 일어서려는 병장의 멱살을 꽉 움켜쥐며 나는 말했다.

"너 정신이 있나?"

내가 멱살 쥔 손을 죄어 거칠게 흔들자 병장은 얼떨떨해진 모양이었다.

"아니, 왜 이러세요, 소대장님."

나는 좀 지나쳤다고 후회하면서 잡아 비틀었던 그의 옷깃을 놓아주었다. 병장은 침울한 낯을 숙이고 잠잠히 앉아 있었다. 나는 그의 빈 잔에 술을 채웠다.

"사람이란 별로 변하지 않는 거다. 공연히 기분만 그렇지."

병장은 손님들의 탁자 사이를 돌아나가는 껌팔이 아이를 침울하게 바라보고 있었다.

"뭘 아득바득 산다구, 하여간에 큰 놈 작은 놈 할 거 없이 모조리…… 사람 같지 않습니다."

그는 자기 잔을 단숨에 비우고 험상궂게 뒤틀린 얼굴로 주변을 두리번거렸다. 병장이 말했다.

"내 자신두 물론이구요."

"제대하면 말짱 헛거 아니냐? 겪었던 모든 일이 말야."

얘기하면서 나는 군복에 신경이 쓰였다. 사람들 가운데 군인이 끼어 있더라는 표현이 실감되는 거 같았다. 나는 내가 속해 있는 조직을 혐오한다든가 바깥 사람들에게 적개심을 갖는 대신에, 오히려 양쪽을 다 부끄러워하고 있는지도 몰랐다. 군인의 명예란 언제나 국가가 추구하는 옳은 가치를 위해서 목숨을 거는 데 있다고 나는 믿어왔다. 그런데 전장에서 돌아온 나는 내 땅에 발을 디디면서 조금도 자랑스러운 느낌을 갖지 못하였다. 나는 갑자기, 국가가 요구하는 바는 언제나 옳은 가치인가를 스스로에게 묻고 싶어졌다. 자신이 이 거리를 본의 아니게 방문하고 보니, 마치 침입한 꼴로 되어버린 불청객인 듯 여겨졌고, 같은 기분이 들었던 그곳 도시에서의 휴양 첫날이 생각났다. 술집 안에 가득찬 민간인들의 잡담 소리가 어쩐지 낯선 이국어처럼 들려오는 거 같았다. 병장이 말했다.

"집에 간다는 실감이 안 납니다."

"너무 욕심내지 마라. 성해서 온 거만도 다행이다."

"빈손으루 왔다구 그러는 게 아녜요, 소대장님. 제대해서 가봤자 고향은 형편없을 테니까요."

"그래 하긴, 우리가 군인으로서 받았던 대우 중에 최고의 대우였다는 생각이 드는데…… 첫째 배불리 먹었거든."

"확실히 특과였다니까요."

"목줄이 켕기는 게 흠이긴 했지만 말이다."

"선배 기수 애들 말이 맞아요. 고국 땅을 밟는 날부터 고생이라더니."

"거기서 우린 정말 난처한 입장이었지."

"그치들 우릴 달갑잖게 여겼어요. 휴양 나가본 적 있으세요?"

"하루 만에 귀대해버렸지. 시가지에 머물러 어슬렁거리기가 솔직히…… 창피했다."

"어째서요?"

"어린애들에게서 조롱을 당했어."

"겪어봐서 알지만, 나는 작전지역에서 만났던 애새끼들은 지겨웠어요. 무서울 정도로 비협조적이죠."

"그전에도 애들이 싫었었나?"

"그전엔 어땠는지 잘 모르겠어요. 생각이 안 납니다."

병장은 귀찮다는 듯이 고개를 흔들고 나서 일어났다. 그는 어깨를 축 늘어뜨리고 안정되지 못한 걸음걸이로 술좌석 사이를 빠져나갔다.

휴양 갔던 첫날이었다. 해안을 따라 이어진 도끄랍 가로를 나는 서성대고 있었다. 화이트 엘리펀트로 불리는 미 해군 사령부의 아름다운 대리석 건물 앞에서 사진을 찍기도 했고, 인력거를 타고 가는 노인이나 오토바이를 몰고 지나가는 우아하게 기다란 옷을 입은 소녀들을 구경하기도 했다. 독일 병원선이 부두에 대어져 있었고, 벌거숭이 아이들이 간호원들에게서 적십자가 찍힌 종이접시에 음식을 받아먹기 위해 선창 주변에 모여들고 있었다. 열 살 남짓한 소년들이 조심스레 다가와 쪼그리고 앉아서 이 외국인 병정을 관찰하기 시작했다. 나는 그애들에게 백동화 한 개씩을 나눠주었는데도 그들은 흩어지려 하지 않았다. 그중 제일 큰 아이가 내게로 은밀한 눈길을 던지며 손바닥으로 주먹을 치면서 고개를 끄덕여 보였던가. 그랬지, 다른 놈들은 배실배실 웃고 있었다. 나는 그애가 연신 손바닥으로 주먹을 치는 의미를 알아차리고 고개를 저었다. 그들은 내게 춘화 몇 장을 보여주었고, 드디어는 콘돔과 여러 개의 비닐봉지를 꺼내어 내밀었다. 그애들은 거의 정확한 우리말로 "나타누갈 나타누갈" 하면서 내게 그 물건을 떠맡겼지. 나는 그날 시가지에서 소년들이 또렷한 음성으로 나타누갈이라면서 그걸 내밀어 뵈는 일을 세 번이나 겪었던 것이다. 지나가는 자들이 걸음을 멈추고 실실 웃음을 흘리며 구경하는 걸 보고 나는 얼결에 재빨리 집어넣고 말았다. 그래서 나는 결국 그 물건을 샀다. 아이들은 건너편 보도 쪽으로 물러가자마자 내게로 향해 팔뚝을 길게 늘어뜨려 흔들거나 이마를 주먹으로 두드리면서 음탕한 몸짓을 해 보였다. 그애들은 오랫동안 키들대며 뭐라고 떠들었는데, 따이한 따이한 하는 말만을 간신히 알아들을 수 있었다. 나는 처음엔 그런 게 야유라고 생각되질 않았다. 다만 그 물건을 억지로 사게 된 뒷맛이 얄궂고 떨떠름했으며, 그것의 고유명사가 낙타누깔이라는 우리말로 불려지는 것이 여엉 개운치가 않았다. 나는 이리저리 싸돌아다니다가 한국 장교 휴양소로 가는 연합군 버스를 기다리기 위해 르 로이 가로의 판자로 지은 상자갑 같은 정류소로 갔다. 직사광선을 가리기 위한 지붕과 기둥만이 서 있는 네 귀퉁이마다 나무 벤치가 놓여진 간이정류소였다. 내가 가 앉자마자 흑인 병사 한 명이 들어와서 맞은편에 앉았다. 그가 내게 가볍게 목례를 보냈다. 그는 만화책을 한 뭉치 사들고 와서 한 권씩 펴들고 열중해서 들여다보았다. 외국 군인을 상대로 목각이나 인형 따위의 기념품을 팔러 다니는 계집애들 여럿이 정류소 안으로 몰려들어왔다. 그들은 우리 두 사람에게 목판을 밀어 보이며 수다를 떨었지만, 우리는 무표정하게 고개를 흔들었다. 계집애들이 다리쉼이라도 하려는지 제각기 떠들면서 의자에 둘러앉았다. 한 계집애가 흑인 병사의 옆에 놓인 만화책을 집어갔고, 또다른 애가 만화책들을 들춰보았다. 병사가 고개를 들더니, 그들에게서 만화를 빼앗아 닥치는 대로 아이들의 머리를 둘둘만 책으로 후려갈기며 욕지거리를 했다. 애들은 호들갑을 떨면서 밖으로 몰려나갔다가 다시 돌아와 기둥에 매달리거나 우리의 면전을 오락가락하며 놀려댔다. 그들은 서투른 영어로 지껄이면서 우리를 손가락질했다. "네 파파 같다. 네 파파 같다." 한 계집애가 자기 팔을 꼬집어다 입에 넣는 시늉을 했다. "먹는다. 맛좋다. 먹는다." 흑인 병사는 팔짱을 끼고 그들을 묵묵히 노려보았다. 애들은 모두들 입을 우물거리며 씹는 시늉을 했다. "몇이나 먹나, 투 파이브 텐?" 하면서 열 손가락을 쫙 펴보였다. 계집애들이 나를 똑바로 가리켰다. "두 사람 파파 같다. 먹는다. 짭짭, 짭짭." "설탕 없다. 나는 준다 설탕." 그애들이 떡을 설탕 접시에 찍어 먹는 시늉을 해 보이며 자기네 팔이나 코나 귀를 떼어내는 듯한 동작을 하고 나서 일제히 내게 내밀었다. 순간적으로 놀란 나는 뒤로 물러나 앉았으며, 그애들의 눈과 손가락 끝과 지껄임이 머리통을 꽉 채워 터져버릴 것만 같았다. 나는 그 무렵, 이미 환자였었다. "베비 짭짭, 베비 짭짭." 흑인 병사가 내게 말했다. "여기서 십 킬로만 나가도 저런 것들을 내버려두진 않을 거요, 중위." 그는 벌떡 일어나 그들을 잡으려고 달려나갔다. 계집애들이 뿔뿔이 흩어졌다. 병사는 가장 지독하게 놀려대던 아이 하나만을 노리고 맹렬히 쫓아갔다. 그가 얼마 못 가서 계집애의 목덜미를 잡아 따귀를 철썩철썩 쳤다. 그애가 내동댕이친 장사 목판에서 물건들이 쏟아져 한길 위에 너저분하게 깔렸다. 잠깐 사이에 행인들이 모여들었고, 그들은 뭔가 분개한 듯한 억양으로 떠들었다. 경찰관이 달려왔다. 그는 M2 카빈총을 옆구리에 거꾸로 늘어뜨리고 우리에게로 왔다. 경찰은 흑인보다는 내가 더욱 만만해 보였는지 말을 붙였다. "무슨 일인가?" "아이들이 저 병사에게 농담했다." "그래서 때렸나?" 흑인이 숨을 거칠게 내쉬며 계집애의 뒷덜미를 잡아 경찰에게로 끌어왔다. 모여든 사람들이 흑인 병사를 가리키며 뭐라고 한마디씩 떠들었고, 경찰은 울고 있는 계집애에게 물었다. 그애가 대꾸했으며, 그애 친구들이 모두들 입을 모아 재빠르게 지껄였다. 흑인이 말했다. "내 책을 훔쳐갔다. 우리를 조롱했다." 경찰이 말했다. "농담 그랬다고 아이가 말한다. 그 손 놓아라." 흑인 병사가 계집애의 뒷덜미를 풀어주었다. 경찰이 "어린애 때리는 거 나쁘다. 당신 돈 십 불 줘야만 한다"라고 못박으면서 손을 내밀었다. 흑인이 펄쩍 뛰며 흰 눈자위를 크게 드러내 보였다. "돈, 무슨 돈?" "저 소녀 물건 모두 부서졌다. 돈 십 불 내라." "필요 없다. 저애가 길에 떨어뜨렸다." "돈 안 주면 당신 아이디카드 내놔라." "네가 뭔데?" "나 국립경찰." "우리는 연합군인데." "연합군 관계 없다. 돈 내라. 안 주면 당신네 큰사람에게 보고한다." 보다못한 내가 주머니에서 군표 십 불짜리를 꺼내어 그에게 내밀었다. 경찰은 낯이 벌겋게 달아올라 화를 발칵 냈다. "당신 뭐야. 미국 사람 저 물건 깨뜨렸다. 따이한 돈 필요 없다." 흑인 병사도 격노해서 고함쳤다. "이 냄새나는 동양 놈아. 너희는 거지 같은 구욱이다. 구욱! 이 더러운 데서 우리는 너희 때문에 싸운다. 다친다. 죽는다." 모여들었던 군중 틈에서 핼쑥한 청년 하나가 나서더니 정면으로 우리를 쏘아보며 소리쳤다. "우리 때문이 아니다. 너는 네 형제들이 미워하는 정부의 체면을 지키러 여기 온 것이고, 또 너는 그 나라의 체면을 몸값으로 치러주려고 왔다. 둘 다 가엾은 자들이다. 우리는 원하지 않으니 모두 네 형편없는 고장으로 돌아가라. 우리는 바나나와 망고만 먹고도 산다. 굶어죽지도 않고, 폭탄에 맞아 죽지도 않는다. 꺼져라. 내 나라에서." 흑인 병사는 청년의 세찬 기세에 놀라 입을 굳게 다물어버렸고, 군중들이 제각기 뭐라고 떠들면서 다가섰다. 바로 그때에, 버스가 도착했다. 우리는 그들에게 등을 보이지 않은 채로 뒷걸음질로 버스에 황급히 올라탔다. 버스가 비어 있었지만, 우리는 서로 피하듯이 멀찍이 떨어져 앉아 눈길이 마주치지 않도록 노력했다. 그쪽 가로가 아주 멀어질 때까지 모여든 사람들이 흩어지지 않는 게 보였다. 나는 그날 하룻밤을 휴양소에서 보냈는데, 거의 뜬눈으로 새웠다. 내 귀에는 입맛을 다시는 아이들의 침 고인 혓바닥이 철썩대는 소리가 규칙적으로 차츰차츰 커다랗게 들려오는 것 같았다.

병장이 자리를 비운 지 꽤나 오랜 것 같았는데, 그는 돌아오지 않았다. 술집 입구로 사람들이 밀려나가고 모여들고 하는 소동이 일어났으므로, 나는 뭔가 짚이는 게 있어서 밖으로 나가보았다. 아니나 다를까, 녀석은 벌써 한탕 벌여놓고 있는 참이었다. 병장이 술집 앞길을 가로막고 서서 드나드는 사람들에게 무조건 싸움을 걸고 있었다. 행인들 틈에서 누군가가 야유를 던졌다.

"왕년에 군대 안 가본 놈 있나. 왜 지랄야."

"설맞았군. 요새 군바리 기합이 느슨히 빠졌어."

"장소를 잘못 택했다. 높은 데루 가보시지."

병장이 비틀대면서 천천히 웃통을 벗어 땅 위에 내팽개쳤다.

"이 새끼들 유감 있나? 나한테 무슨 감정 있나 말야. 정신 빠진 민간인 새끼들아. 닥치는 대루 쑤실 테니깐."

그는 한 손에 소주병을 집어들고 술집 문설주에 부딪쳐 깨고는 휘두르기 시작했다. 사람들이 이리저리로 흩어져 달아났다.

"야, 너 술 취했나? 그거 이리 내놔. 내놓으라니까."

나는 그가 휘두르는 유리병 조각의 날카로운 이빨을 피하면서 틈을 엿보았다. 병장이 내게까지 적의를 보이면서 말했다.

"싫어요, 가까이 오지 마쇼. 누구든지 푹푹 쑤셔버릴 거야.

씨팔, 제아무리 높은 놈들두 나타났단 봐라."

"민간인들 앞에서 무슨 추태냐. 영창에 가고 싶나?"

"칫, 깡통 한 상자 얻어온 죄뿐야."

병장의 주정 섞인 고함은 점점 높아졌고, 사람들이 모여들고 있었다. 그가 다른 곳으로 한눈을 파는 사이에 나는 뒤로부터 달려들어 두 팔을 잡고 깍지를 꼈다. 이곳을 향해 달려오는 듯한 사이렌 소리가 골목을 가득 채워오고 있었다. 나는 병장의 발을 걸어 쓰러뜨렸고, 흙탕 위에 넘어져서도 고래고래 악을 쓰며 버둥대는 녀석을 몸으로 덮쳐누르고 기다렸다.

"둘 다 일으켜세워."

긴급 신호등이 붉게 번쩍이는 백차 위에서 순찰 하사관인 헌병 조장이 명령하고 있었다. 파이버를 깊숙이 눌러쓴 헌병 둘이 투덜대며 우리의 상의 뒷덜미를 잡아 끌어올렸다. 내 계급장을 보자 그들은 마지못해 경례를 붙였다. 그들이 버둥대는 병장을 발길로 몇 번 내질렀다.

"장교님이 직속상관입니까?"

"같은 귀국대 소속인데."

"이 새끼 고주망태가 다 됐구만. 배때기에 기름이 껴서 그렇다구. 군의 위신 문제입니다. 장교가 사병과 어울려 술을 마시구 난동까지 조장했다니……"

"야, 이해해주라. 일 년 만이다."

그들은 병장을 가볍게 들어다 백차 위에 싣고 나서 내게 신분증 제시를 요구했다. 나는 영문과 한글로 타이핑된 사령부의 연합군 증명서를 내보였다. 순찰 조장이 차 위에 버티고 앉은 채 말했다.

"귀관은 무단이탈을 했다는 걸 아시오? 장교 신분을 보아 연행은 않겠지만, 자인서에 사인은 해줘야겠소. 나중에 소속대로 통보할 테니까."

"좋아. 병장은 내가 책임질 테니 인계해주게."

조장 대신 헌병 하나가 대답했다.

"보호 유치 시켰다가 내일 새벽에 열차로 보내드리죠. 빨리 귀대하쇼. 귀국 장병이라 해서 특권이 있는 것두 아니니까……"

모여서 구경하고 섰던 청년들이 제각기 떠들었다.

"그런 놈은 반쯤 죽여놔야 해."

"풀을 빳빳이 먹여서 내보내라구."

백차가 다시 경적을 울리며 호기 있게 달려갔다. 헌병들의 사이에 끼여앉혀진 병장의 악다구니 쓰는 소리가 들려왔다.

"정말 그럴 줄은 몰랐다, 몰랐어. 사람을 뭘루 본 거냐?"

혼잡했던 주점 앞길이 다시 한산해지고, 구경꾼들과 주점에서 뛰어나왔던 사람들이 모두 흩어져 주위가 조용해지자, 나는 그제야 길에 혼자 서 있음을 알았다. 시간은 이제 겨우 열시도 못 되었고, 부두로 돌아가면 불 꺼진 썰렁한 객차만이 나를 기다리고 있을 터였다. 나는 지프가 달려내려가던 큰길을 방향 잡아 터벅터벅 걸어갔다. 외항 쪽에서 무적霧笛 소리가 연거푸 길게 들려왔다. 카바이드 불빛이 늘어선 번잡한 야시장 길에 들어섰는데도, 나는 온 거리가 나를 거부하고 있기나 한 듯이 고적하게 느꼈다. 사실은 내가 이런 꼬락서니의 자기 자신을 맹렬히 거부하고 있다고나 해야 정확할 것이었다. 내가 간부후보생을 지원했던 동기는 장차 장군에까지 입신해보겠노라는 대망 때문이 아니라 가난으로 진학을 포기해야 되었던 탓이었다. 지난 시대에는 식민지의 군인으로라도 출세하려는 썩어빠진 젊은이들도 있었지만 말이다. 나는 처음에 명예로서 군무에 매달렸으며, 다음엔 오랫동안 복무할 직업군인으로서의 발판을 닦아가는 요령을 배우다가, 완전히 군이 나의 적성이 아니었음을 깨달을 즈음 전장으로 나간 거였다. 나는 후보생 훈련 때 잠시나마 간직했던 명예심과 영웅적인 정의감을 크게는 국가의 그것과 곧잘 비유하곤 했었다. 이제 나는 군의관의 말대로 한낱 제대 대상에 오른 전투 기능 상실자일 뿐이었다. 신경이 쇠약해진 건 전투 탓만이 아니라, 나의 인생이 뒤범벅이 되어버린 데서 오는 타격 때문이었으리라. 배에서 모국어의 방송을 듣고 깨어 일어나 갑판에 뛰어나갔을 때, 밝아오는 바다 저편에서 다가오던 거뭇한 육지를 바라보며 품었던 적의는 사실은 내 스스로에게 향했던 게 명백하다.

나는 양장점이며 전파사가 늘어선 중심가의 네온 불빛 아래서 택시를 기다리며 잠깐 서 있었다. 등뒤에서 붉은 진열등이 똑같은 간격을 두고 한없이 깜박거렸다. 기다랗게 늘어나 괴물 거인이 된 내 몸집이 불이 꺼질 때마다 캄캄한 유리창 속에 떠올랐다. 붉은 불빛이 터지듯이 확 밝아지며 무수한 넓적다리가 내 몸 위로 솟아올랐다. 팔 없는 몸뚱이들, 빨강 노랑 은빛의 뱀 같은 머리를 단 그물 모양의 모가지들, 허공으로 치켜진 손목들, 팬티 바람에 상반신이 잘려나간 하체들. 불이 탄다. 타오른다. 썩어 집채만큼 부어오른 물소의 시체. 햇볕을 가리는 야자수 같은 거대한 파리떼의 그늘. 무전기가 말한다. '모조리 요리해라, 요리해.' 밀림 가운데 솟은 불기둥은 초원을 지나 사나흘 동안 흰 연기를 낸다. 자나깨나 흰 연기가 하늘가를 흐늘거리며 기어올라간다. 나는 본능적으로 불빛에서 멀어지기 위해 뒷걸음질로 물러났다. 무대장치 같은 불이 꺼졌다. 여자들의 스타킹과 속옷을 파는 상점이었다. 차도에까지 내려선 나를 비켜 가던 택시가 얼마 못 가서 멈추며 창문에서 머리가 나오더니 소리쳤다.

"중위님, 어디 가쇼?"

차가 뒤로 천천히 굴러왔다.

"나 김상사요. 좋은 데 가면 동행합시다."

밤인데도 쓰고 있던 금테의 라이방을 벗어 들고 상사가 말했다. 그는 택시의 문을 연 채 살집이 좋은 볼을 흔들며 껄껄 웃고 있었다.

"부두로 돌아가는 길인데⋯⋯"

"염려 놓으쇼. 귀국대 지휘관 이하 몽땅 나왔어요. 개선 기념으루다 최고급 자리에 가서 한잔들 빠는 모양이오. 부두엔 당직사관밖엔 없다구, 사병 아이들까지 몰래 빠져나온 판인데, 우리 재미 좀 봅시다. 혼자선 어디 기분이 나야지."

"술이라면 벌써 한잔했소."

"이런 딱한 양반, 아 몸을 풀어야 귀국한 살풀이가 되잖소."

그는 택시에서 내려 나를 안으로 떼밀어넣고 나서 문을 힘차게 닫았다. 상사는 다시 라이방을 눈 위에 얹고 호탕하게 웃었다.

"어이 운전사, 최고로 멋있는 년들이 있는 데루 갑시다."

운전사가 피식 웃으며 대답했다.

"그야 텍사스 애들이 젤 늘씬허죠."

"텍사스?"

"네, 거긴 한국 같지가 않다굽쇼. 미국을 떠다가 옮겨논 거 그대루라구요. 걔들은 엽전 남자는 쳐다보지두 않지요."

"쌍년들, 뭐 별거 있나. 딸라 벌겠다는 소리 아냐. 나두 시퍼런 본토불을 왕창 갖구 있으니까…… 그쪽으루 갑시다."

나는 다시 열이 오르고 등이 오싹대는 기분이었으므로 아무래도 돌아가 쉬어야겠다고 말했으나, 김상사는 자기 호주머니를 툭툭 두드려 보였다.

"꽉 있으니까 돈 걱정은 하지 마쇼. 김상사께서 십팔 개월 동안 팔아 조졌는데 그쯤 없을라구. 나두 의리가 있다 그겁니다."

"몸만 불편하지 않다면야……"

"골샌님처럼 수줍어할 거 없시다. 자, 술이나 한잔 들구 기운 내슈."

그가 뒷주머니에서 손바닥만한 드라이진 술병을 꺼내어 내밀었다. 막무가내로 권하는 바람에 나는 몇 모금 들이켤 수밖에 없었다. 원래는 물에 타 마시는 독주인데다 탁 쏘는 박하 냄새가, 오히려 메슥거리던 입안을 한결 개운하게 해주는 거나 같았다. 상을 찡그리고 조금씩 마셨다. 취기가 차츰 올라왔고, 목덜미부터 아랫배까지 뜨끈뜨끈하는 게 과히 불쾌하지는 않았다. 김상사가 손가락을 맞춰 딱 하는 소리를 내며 탄식했다.

"그것 참, 이럴 때 누깔이나 몇 개 갖구 왔으면 요긴하게 써 먹잖나 말야."

나는 반나마 들이켠 술병을 그에게 넘겨주었고, 상사는 병을 눈높이까지 들어 어림해보며 놀라는 척했다.

"어럽쇼, 비싼 술이 바닥이 났는걸. 보기보단 술꾼이시구랴."

"이걸 찾았어요?"

나는 병장에게 두 개를 빼주고도 아직 세 개나 남아 있는 비닐봉지를 꺼내어 손끝에 달랑 들고 상사의 코앞에다 흔들었다. 상사는 휘파람소리를 내며 봉지를 낚아챘다. 그는 믿기지 않는다는 듯이 라이방을 벗고 자세히 살핀 다음, 손가락에 끼워 운전사의 귓전에다 비벼주었다. 운전사도 킬킬댔다.

"참, 그애들 머리 쓰는 덴 못 당하죠."

"이젠 완전무장이다."

차창 밖의 가로등이 젖은 막대기 사탕처럼 흐느적이며 지나치는 게 보였다. 나는 의자 속에 온몸을 내던지듯이 푹 파묻었다. 방파제 너머 캄캄한 바다에 고깃배의 불빛들이 별같이 드문드문 빛나고 있었다. 어물 상자 사이에서 가스등을 켜놓고 그물을 깁는 어부들이 보였다. 내게는 모든 것이 비현실적으로 보였고, 온 세상 위에 후덥지근한 열기와 먼지가 휩싸여 사람들의 고약한 땀내와 살냄새가 가득찬 것으로 여겨졌다. 차가 부둣가를 거슬러올라가고 있었는데 헤드라이트 불빛에 세 사람의 남녀가 비쳐왔다. 여자가 두 손으로 얼굴을 가리고 쭈그려앉아 있었고, 남자 하나는 여자의 뒤에 허리를 굽혀 바짝 붙어 서서 가슴께를 한창 주무르는 판이었다. 다른 하나는 불빛을 피해 등을 돌려 대고 있었다. 여자가 완강하게 남자의 손길을 뿌리치고 있는 모습이 보였다. 김상사가 말했다.

"차 좀 세워. 잘 걸렸다."

택시가 세 사람 옆에 가까이 대어졌고, 상사는 재빠르게 뛰어내렸다.

"무슨 짓들이냐?"

그들은 방어 태세로 이쪽을 향해 우뚝 섰고, 여자가 상사의 등뒤에 뛰어들며 숨가쁘게 떠들었다.

"도와줘요. 깡패 같은 자식들예요. 길 가는 사람을 붙들구 희롱해요."

"차에 타구 있으시오."

부랑배들이 한결 풀이 꺾인 채 상사의 우람한 몸집을 올려다보며 이죽대기만 했다.

"기분인데 좀 봐주쇼."

"무슨 권리루 이러시지?"

"꺼져, 빨리. 지금이 어떤 세상이라구 날치나?"

늠름하게 으름장을 놓고 김상사는 택시로 돌아왔다. 나는 여자가 바로 곁에 앉아서 헝클어진 머리를 손으로 빗어넘기는 걸 보고 있었다. 그 여자는 의심이 가득찬 눈으로 취한 나를 힐끗 돌아보곤 했다. 상사가 여자 옆으로 바싹 붙어앉았다.

"어디까지 가시는지 바래다드리지."

"저기 큰길까지만 나가면 돼요. 그 녀석들만 없다면 걸어가두 되지만요."

"어, 위험하다구."

하면서 김상사가 여자의 어깨에 손을 얹고 슬그머니 껴안았다. 여자가 겁에 질려 몸을 움츠렸다.

"왜 이러세요?"

"아가씨, 우리 기분 좀 내자구. 똑같은 삼천만 동포 아냐."

"정말 뭣 땜에 이러죠?"

"이거 새삼스럽게 이럴 거 없잖아. 가만히 있으라구."

상사가 여자의 스커트 안으로 손을 집어넣었다. 여자가 요동을 치며 울먹였다. 상사는 아예 여자를 옆구리에 껴안고 두 다리를 잡았다.

"이거 놔요, 놓으라구요. 운전사 스톱, 세워주세요."

차 안에서 벌어지는 광경을 발견한 부둣가의 노무자들이 일을 멈추고 바라보았다. 운전사가 뒷일을 생각해서인지 차를 세웠고, 여자는 허겁지겁 기다시피 상사의 무릎을 타넘고 길 위로 빠져나갔다. 그 틈에도 상사는 여자의 펑퍼짐한 궁둥이를 철썩철썩 두들겼다.

"좋구나, 좋아."

"에이, 이 개만도 못한 놈아, 깡패보다두 훨씬 더럽구 치사한 놈아."

"친절을 몰라주는 년이군."

김상사도 지지 않고 욕을 뱉었다. 뭐라고 뭐라고 욕설을 퍼붓는 여자에게서 택시가 재빨리 떠났다. 나는 주정을 섞어 농담 반 진담 반으로 상사에게 주절거렸다.

"여자 말이 맞군그래. 아까 그놈들보다 당신이 더 나쁘구만."

"내가 뭣 땜에 차를 세우구 애녀석들을 쫓았겠어. 그런 년은 당해 싸다구. 자길 지킬 능력도 없는 게 왜 으슥한 델 싸다녀? 도와줬으면 고마운 기색이라도 있어얄 거 아냐."

상사가 끄응 하는 신음소리를 냈다. 잠잠해진 택시 운전사를 빼놓고 우리 두 사람은 오랫동안 웃어댔다. 택시가 찬란한 불빛 가운데로 빠져들어갔다. 골목마다 원색의 옷을 걸친 여자들이 희희닥거렸고, 선원 차림의 외국인과 미군 수병들이 여자를 끼고 비틀걸음으로 걸어가는 게 보였다. 우리는 차에서 내려 밴드가 한창 높은 곡조로 치닫고 있는 나이트클럽으로 들어갔다. 기도 보는 씨름꾼 같은 녀석이 앞을 가로막고 정중하게 물었다.

"무슨 볼일이신가요."

"놀러왔지, 보면 모르오?"

"한국인은 출입금지로 되어 있습니다. 당국의 지시 사항을 보세요."

"나는 딸라를 가진 사람이야. 보여드릴까? 미국 본토불이오."

"어쨌든 안 됩니다."

기도가 고개를 젓고서 반대편 길 건너쪽을 가리켰다.

"저쪽 흑인 클럽으로 가보시죠. 혹시 그쪽에선 어떨까 모르겠습니다."

"뭐야, 우리가 깜둥이 취급도 못 받는단 말야?"

상사가 발끈 화를 냈다. 기도는 침착하게 이해를 시키려 들었다.

"이런 항구 술집엔 외국인 단골들이 많습니다. 그치들 인종적인 점엔 신경이 날카로워요. 동양인을 아주 싫어하거든요. 한국인이 들어가면 모두 자리를 딴 데루 옮겨버릴 겁니다. 우린 장사 다 하는 거죠. 여기 사람들은 실정을 아니까, 아예 시내의 한국인 전용 홀로 갑니다."

김상사가 두툼한 가죽 지갑에서 새파란 달러 두 장을 꺼내어 그 작자의 셔츠 주머니에 꽂아넣었다.

"좋아, 정 그렇다면 애들만이라두 불러달라구. 오붓하게 놀도록 말야."

그가 머리를 긁적였다.

"중뿔나게 콧대들이 세어서 말입니다. 잘 꼬셔내면 올 겁니다."

기도가 아이놈을 불러 우리를 클럽 뒷문으로 해서 별실로 모셔가도록 했다. 우리는 좁다랗고 허약해 뵈는 나무 층계를 삐걱이며 기어올라갔다. 시트가 엉망으로 뭉쳐진 낡은 철침대와 탁자, 의자가 있었고, 벽마다 잡지에서 오려낸 말 같은 여자들의 사진이 붙어 있었다. 상사가 어리둥절해진 표정으로 어수선한 이층 방을 둘러보며 중얼거렸다.

"니기미…… 엽전끼리 괄세가 심하군."

여기서도 전쟁터의 살냄새가 역하게 풍겨오는 걸 느꼈고, 내가 동양의 어두운 골목 어디에서나 쉽게 찾을 수 있을 외인 매춘가에 찾아온 나그네 같다고 생각했다. 나는 침대 아래 나둥그러진 트렁크를 발길로 툭툭 건드리며 걸터앉아 있었다. 나는 참으로 고향에 돌아온 실감이 나질 않았다.

나무 층계가 삐걱이는 소리가 들리더니 여자의 "아 아"하고 길게 내뿜는 한숨 소리가 들려왔다. 방문이 거침없이 열리고 옆구리에 두 팔을 착 올려붙인 굉장한 미인이 입구에 버티고 섰다. 우리는 다소간 위축되는 기분이었는데, 그 여자는 머리를 짙은 금발로 물들였으며 긴 속눈썹을 달고 있었다. 뒤에 역시 빨강머리를 틀어올리고 넓적다리를 거의 밑끝까지 아슬아슬하게 드러낸 여자가 따라왔다. 노랑머리가 말했다.

"풋, 내 그럴 줄 알았다구, 군바리 아냐?"

"야야, 웃기지 말구 돈이나 받아두라. 이건 팁이라구."

상사가 조급하게 서둘며 여자들의 가슴 속으로 달러를 미끄러뜨려주었다. 그는 여자들이 되돌아갈까봐 신경을 쓰고 있는 듯했다. 여자들이 말했다.

"돈이면 최곤가?"

"우리끼린 여엉 까뗌이야. 서루 간에 자존심을 지켜야지."

나는 노랑머리의 손을 잡아 이끌어 침대에 쓰러뜨리며 지껄였다.

"무슨 자존심 말이냐?"

"도둑놈끼리는 도둑질을 금한다, 그런 말이 있잖아."

옆에서 상사가 가로챘다.

"그래 너희는 갈보구, 우리는 오입쟁이다. 됐지?"

"아냐, 끼리끼리야, 끼리끼리."

여자들은 계속해서 피워댄 마리화나 때문에 눈까풀이 가물가물했고 사지가 흐늘거렸다. 노랑머리가 침대에 쓰러져 흥얼대고 있었다.

"아메리카 타국 땅에 차이나 거리⋯⋯"

아메리카, 메리카, 메리카⋯⋯ 여자가 노래했을 때, 내게는 그 외국어의 음절이 꼭 빳빳한 포장지에 싸여진 찹쌀 과자 같은 억양이라고 생각했다. 거대한 모래의 단애斷崖가 우뚝우뚝 나타나면서 일시에 그것들이 눈앞에서 부서져내렸다. 건조한 먼지만이 떠도는 황량한 빈 도시들이 떠올랐다. 갈증에 시달린 자의 갈라진 입술과 같은 땅들이 끝 간 데 없이 펼쳐졌다. 상사가 빨강머리를 이끌고 옆방으로 나가면서 내게 눈을 껌벅였다. 그가 손짓으로 나를 문가에 불러냈다.

"앙, 입을 벌리쇼."

나는 입을 벌렸다. 그가 손가락을 내 입속에 쑥 집어넣었고, 혀끝에 꺼끌꺼끌한 감촉이 느껴졌다. 내가 눈살을 찌푸리고 입을 우물거리자 상사가 자기 입속에도 그것이 있다면서 만류했다.

"푹 적셔놔야 부드러워서 써먹기 좋잖소? 용법은 내가 더 잘 알지. 그럼 몸 푸시라구."

그가 내 어깨를 치며 크게 웃었다. 나는 입속에 들어와 있는 게 뭔지 잘 알고 있었다. 그것은 왼쪽 볼따구니 속살과 이빨 사이에 찰싹 달라붙어 있었다. 술기운이 깨인 탓인지 명치끝이 쓰려오며 토악질이 솟아올랐다. 우욱, 하면서 토사물로 가득찬 입을 막고 층계를 내려갔다. 화장실로 들어서자마자 소변기 위에다 대고 약간의 물기를 뱉어냈다.

　연거푸 헛구역질을 하는 나를 향하여 누군가 빤히 올려다보고 있었다. 그것은 깊숙하게 뚫린 변기 구멍 위에 얹힌 낙타누깔이었다. 퀭하니 홉뜬 사자死者의 썩어 문드러진 눈이 되어 그 바닥없는 어둠은 나를 조용히 응시하고 있는 듯했다.

(1972)

밀살密殺

"산으로 가더라고. 달이 뜨면 눈에 띌 테니께."

칼잡이 사내가 앞장서서 옥수수밭 고랑 사이로 헤치고 들어
갔다. 도랑을 흐르는 물소리와 개구리 울음 때문에 주위가 더
욱 고요한 느낌이었다. 어깨가 딱 바라지고 탄탄한 몸집을 한
칼잡이와 날씬한 체구에 동작이 잽싼 조수가 도구 배낭을 들고
따랐고, 좀 모자라긴 해도 힘깨나 쓸 듯싶은 신마이도 그들 뒤
를 따르고 있었다. 옥수수밭을 나서서 그들은 능선을 타고 마
을의 불빛을 향해 걸어나갔다. 개천가에 널따란 빈터가 내려다
보이는 데서 칼잡이가 아래로 뛰어내려가며 말했다.

"낮에 봐둔 장소구먼. 예서는 마땅한 곳이 읎단 말여."

"너무 가깝구먼요."

조수는 개천 건너편 길가에 보이는 초가의 불빛들을 가리켰다. 그러나 칼잡이가 고개를 흔든다.

"물이 있응께 안 좋은감? 싸게 해치우더라고."

빈터 앞을 세 개의 커다란 바위가 막아서 있고 잔디가 자라고 있어서 칼잡이가 고를 만한 장소였다.

그들은 능선 위로 올라가 마을을 바로 밑에 내려다볼 수 있는 곳까지 다가갔다. 마을은 그들이 섰는 언덕 맞은편의 산 가운데 아늑하게 자리잡고 있었다. 세 사람은 비탈 위에 자리잡은 묘지에 엎드려 마을을 내려다보았다. 불빛들이 훨씬 줄었고 여기저기에서 연달아 개 짖는 소리가 들려왔다. 산머리로부터 만월이 떠올라왔다. 달이 구름에 가려질 때마다 마을을 더욱 멀리 끌어갔다가는, 다시 환히 앞으로 끌어당겨오는 듯했다. 칼잡이가 속삭였다.

"찾았네, 저 집여. 보이는가?"

그는 돌담 사이로 뚫린 골목에서부터 지붕들을 헤아려나갔다.

"길 똑바로 다섯째 집, 마당이 젤루 넓은 집이랑게."

기역자집이었는데 외양인 듯한 헛간이 집을 마주해서 마당의 왼편에 보였다.

"아주 실허게 살찐 암소여."

칼잡이의 말에 신마이가 묘지의 분봉에서 상반신을 벌떡 일으켰다.

"머시여? 암소라?"

"그려, 암소는 안 된다 말어?"

조수가 신마이의 건방진 반발이 아니꼬워서 코웃음을 쳤다. 신마이가 말했다.

"농우는 농갓집 기둥뿌리나 매한가지여. 아무리 굶어죽게 됐지만서도, 농우 쌔비는 일은 사람 못헐 노릇여."

"아따, 그럼 왜 왔는가."

"밤일이라고 혀서…… 고작해야 닭서리려니 했구먼."

"닭서리나 소서리나 매일반인디, 좌우간 앗씨가 때려잡을 텡게, 자넬랑 망만 보더라고."

"소 한 마릴 우리가 다 워떻기 먹는단 말여?"

조수는 신마이의 우둔함이 답답하다는 듯이 혀를 차면서 말했다.

"아이구, 이런 등신 좀 보소. 얀마, 읍내선 고기가 필요하다 니께, 고기가."

칼잡이도 신마이를 달랬다.

"이 사람아, 워쩔 거여? 대처루 나갈 터인즉슨 쬐가 있겄어, 양식이 있는가. 이삭이나 영글면 행편 필래나 했더니만…… 요 짓으로 이력이 났지만, 자넨 딱 한 번뿐여, 알겠나?"

"여편네 배때지를 봐서라두…… 허긴 그럴 도리밖에 없구만이라우."

조수가 일어났다.

"소 몰러 갈랑만요."

"기다려어. 노인네들은 잠귀가 밝으니께. 그란해도 소는 자네가 맡아야 혀."

칼잡이가 조수에게 다짐했다. 조수가 자신만만해서 대답했다.

"걱정할 거 쥐뿔두 읎당게요. 나는 소랑 이약을 통할 정도란 말여요."

"됐네, 그럼 신마이하고 나는 뚜룩 치러 가더라고. 기둥 쓸 거 두 개랑 지게 세 짝이 필요하당게. 우린 먼저 가서 기두를 텡께, 감쪽같이 해뻔지라고."

"그럽시다."

조수는 보통 때 했던 솜씨대로, 우선 개를 달래놓고 나서 소의 목에 걸린 놋쇠 방울을 떼어낸 다음 점잖게 헛기침까지 하면서 소를 끌고 나왔다. 모두들 농번기여서 깊은 잠에 곯아떨어진 모양이다. 시냇물 앞에 이르자 소가 물을 건너지 않고 물가를 따라 올라가다가 멈춰 섰다. 소는 요지부동인 채로 당겨진 고삐에서 놓여나려는 듯 마주 힘을 써오는 거였다. 먼저 도착해서 기다리던 칼잡이가 바위 뒤에서 뛰어나오며 외쳤다.

"잡아끌어. 인저 고놈은 꿈쩍 안 할 겨."

칼잡이도 텀벙대며 개천을 건너 소의 고삐를 움켜잡았다. 소
가 뒷걸음질쳤다. 조수가 뒤에서 소를 밀고 칼잡이는 두 손으
로 움켜진 고삐를 죽어라 하고 잡아당겼다. 소는 입을 벌리고
타액을 줄줄 흘리면서 버티었다. 벌려진 입속에서는 부글부글
끓는 듯한 신음과 숨소리가 새어나왔다. 소가 서너 걸음 끌려
오다가 고개를 거세게 흔들며 다시 버티곤 했다. 칼잡이가 이
를 갈았다.

"어 쌍놈의 소. 두구 보자."

칼잡이는 자기의 어깨에다 얼굴을 비비면서 땀을 닦았다. 힘
을 주어 버티던 소가 마지못해서 끌려갔다. 두 발이 물에 잠기
자 소는 버티던 힘을 갑자기 빼고 성큼성큼 시내를 건넜다. 소
는 어느 정도 수그러지긴 했지만 배를 벌떡이며 흥분하고 있었
다. 신마이가 굵은 기둥 두 개를 평행봉처럼 세우려고 호미로
땅을 깊숙이 파헤치고 있었다. 칼잡이는 신마이와 조수가 기둥
을 세울 동안 시합에 출전할 선수를 준비운동 시키는 감독처럼
소를 끌고 빈터의 주위를 빙글빙글 뛰어다녔다. 소가 어느 결
에 들떠서 고삐를 쥔 사람보다 앞질러 뛰었다. 빈터의 일정한
궤도에서 소가 조금이라도 빗나갈 듯 보일 때마다 칼잡이는 줄
을 재빨리 낚아챘다. 소가 최면된 것처럼 자꾸만 돌았다. 칼잡

이가 헐떡이면서 말했다.

"뭣 땜시 꾸물대는 거여, 아 빨리 기둥을 세워얄 거 아녀?"

두 기둥이 구멍에 박히고, 흙을 다져 똑바로 세웠다. 조수가
호미를 내던지고 말했다.

"자, 일루 몰아오슈."

칼잡이는 기둥 곁을 지나 또 한 바퀴를 돌아갔다. 공지의 주
변을 돌아오면서 그대로 기둥 사이를 통과해서 고삐를 당기자
소는 망설임 없이 기둥 사이로 머리를 들이밀었다.

"됐어. 내 당길 동안 묶어버리라고."

칼잡이가 온 힘을 다해 고삐를 당기는 동안에 조수는 튼튼한
밧줄로 소의 목을 두 기둥 사이에 단단히 붙들어맸다. 소가 함
정에 빠졌다는 걸 그제야 깨닫고 머리를 빼내려고 헐떡이며 버
둥거렸다. 기둥이 흔들렸으나 간격은 더이상 넓어지지 않았다.
칼잡이는 바위에 걸터앉아 담배를 붙여 물고 숨을 돌렸다. 신마
이는 길 쪽에 나가 앉아 망을 보고 있었고, 조수는 대견하다는
듯 소 곁에서 토닥토닥 두드려주고 있었다. 칼잡이가 말했다.

"끝장이 났는디 실컷 지랄하게 내뻗져두어. 절루 지쳐빠질
거여."

조수가 준비된 물건들을 두 개의 하배낭에서 모조리 꺼내놓
았다. 석 장의 군용 우비, 플래시, 돌 쪼는 뾰족한 쇠정을 붙들

어맨 몽둥이, 날카로운 쇠꼬치, 양재기, 식칼, 밧줄 한 뭉치 등속이었다. 조수가 쇠정을 칼잡이의 발 앞으로 던져주었다. 칼잡이는 상의를 벗어던지고 러닝셔츠까지 벗어서는 손바닥의 땀을 말끔히 닦아냈다.

"일을 하자면 모두들 웃통을 벗어야 거여. 피가 튀니께로."

그는 정을 붙들어맨 망치를 바람소리가 나도록 허공에 휘둘러보았다.

"슬슬 시작해보까?"

칼잡이가 소의 정면에 서서 망치를 천천히 치켜들었다. 소가 두 발로 땅을 파헤치면서 굵은 음성으로 부르짖었다. 캄캄하고 깊숙한 구멍 속에서 마주쳐 울려나오는 듯한 소리가 숲에 가득 차서 떠돌다가 사라졌다. 소는 본능으로 위험을 느낀 모양이었다. 칼잡이가 높이 쳐들었던 망치를 떨구었다.

"들리지 않았으까? 젠장. 나팔소리 같았다고."

"싸게 싸게 때려잡으슈."

조수가 말했다. 칼잡이는 그 피할 수 없는 먹이를 노리면서 망치를 쳐들고 호흡을 쟀다. 소가 울음을 울고서는 입을 벌린 채 고개를 늘어뜨리고 방심한 듯이 도살자를 바라보았다. 칼잡이는 단숨에 손끝에 온 힘을 모아 내리쩍었다. 소가 머리를 빼내려고 사지를 버둥거렸다.

"씨팔, 빗맞았는감만."

　망치의 끝이 소의 정수리를 벗어난 귀 옆에 틀어박혀 있었다. 칼잡이는 이런 실수가 께름칙해졌지만, 다시 뒤로 한 걸음 물러나 겨냥을 했다. 어둠 속에 묻혀 있던 소의 커다란 눈은 핏발이 곤두서서 푸른 광채를 내며 번쩍거렸다. 두 눈이 내쏘는 빛을 발하면서 소는 짐승의 탈을 벗어났다. 내리찍자 딱, 하는 소리와 함께 소가 기둥에 머리를 매달린 채 무릎을 꿇었다.

　"후딱 줄을 풀란 말여."

　조수와 신마이가 달려들어 기둥에 붙들어맸던 줄을 풀었다. 피가 일직선으로 공중에 뻗쳐올라갔다. 소는 여전히 최후의 힘을 내어 땅바닥에서 허우적거렸다. 그들의 상반신은 소나기를 맞은 것처럼 온통 피에 젖어버렸다. 조수가 양손으로 기둥을 붙잡고 힘이 빠져가는 소의 목을 두 발로 타 눌렀다. 칼잡이가 꼬챙이를 소의 정수리에 뚫어진 구멍 속으로 깊숙하게 찔러넣었다. 그리고 소의 두개골 속을 사방으로 쑤셔댔다. 소의 뇌조직은 지리멸렬되고, 들락날락하는 꼬질대의 율동과 똑같이 소의 팔다리가 끈 아래서 움직이는 인형같이 춤추었다. 차츰 소의 춤이 마비되어갔고 마지막 경련이 찾아왔다. 서투르고 투박한 동작을 되풀이했던 다리들이 곧게 펴지고, 아주 섬세하게 떨면서 작은 파동에서 점점 격렬한 움직임으로 옮겼다가, 다시 처음의 미약한 떨림으로 돌아가 한순간에 모든 동작이 멎어버렸다. 칼잡이가 꼬챙이를 정수리에서 뽑아들고 흘러나온 뇌수를 손가락으로 찍어 맛보았다.

"어 고소하다. 목을 따야 할 텐디."

"불 비춰야 되겠구먼."

신마이가 구경만 하기는 미안한지 플래시를 비춰 들었다. 진홍의 선명한 피가 희게 까뒤집힌 눈 가녘으로 해서 황갈색 털을 적시고 흘러내리고 있었다. 피가 아직 살아 있는 것처럼 뭉클뭉클 솟았다. 사람의 살갗 위에도 그것은 여러 모양으로 물들었다. 불빛에 번들거리는 땀과 피가 그들의 가슴과 배 위에 번져갔다. 칼잡이는 식칼의 날을 손가락 끝에 벼려보고 나서 소의 멱을 따냈다. 몰렸던 선지피가 솟았다. 목뼈 부분을 여러 차례 내리찍어 머리를 도려냈다. 덜렁대던 머리가 떨어져나가자 짐승은 비로소 생시의 형상을 잃었다. 죽은 짐승은 피비린내와 더불어 발정기의 냄새 같은 연한 노린내를 풍기기 시작했다. 칼잡이가 목 밑동의 동맥에서 솟아나오는 핏줄기 아래에 양재기를 갖다댔다. 솟아오르는 선지 덩어리가 그의 벗은 팔뚝 위에 엉겨붙었다. 잠깐 동안에 그릇이 하나 가득 채워졌고, 그는 턱 아래로 두 줄기의 피를 흘리면서 천천히 마셨다.

"아직두 따땃하구만. 마셔봐, 몸에 좋다니께."

조수가 그릇을 넘겨받고 몇 모금 마시다가 쏟아버렸다. 칼
잡이는 목이 떨어져나간 소를 네 발굽이 위로 가도록 뉘어놓
고 사지 관절 부분을 잘라냈다. 가죽을 벗겨내자 털 아래 회백
색 지방질이 드러났다. 그는 일하다가 꼬질대를 소 대가리 속
에 후리어 뇌수를 꺼내 손에 한줌씩 쥐고 먹었다. 소의 가죽이
모조리 벗겨지고 초라한 육괴肉塊로 변했다. 해체되자마자 소
는 단번에 짐승의 늠름함을 상실해서, 생생한 색깔과 냄새 외
의 것들은 주위의 사물들 사이에 흡수되어버렸다. 구경하고 섰
던 신마이가 자기 등뒤로 팔을 올려 찰싹 때렸다. 윙윙거리는
나래깃 소리가 희미하게 들리다가 그것에 주의를 돌리자, 소리
가 갑자기 정적 속에서 요란하게 들끓고 있는 걸 알았다. 신마
이가 큰 발견이나 한 듯이 외쳤다.

"이게 뭐여, 쉬파리 아녀?"

"파리떼가 모였네. 피 냄샐 맡은개벼."

조수도 말했다. 끈적한 피 냄새는 벌써부터 숲 안에 널리 퍼
졌고 잠자는 벌레들까지 깨워놓은 것이다. 부패하여 사멸한 모
든 사물에 맨 처음 달려드는 것들이다. 파리가 주위를 날아다
니는 소리가 점점 커졌다. 파리가 자꾸만 모여들고 있었다.

"하여간에 목숨이 모질다. 먹어야 살지 않는가. 산 것은 전
부 요 모양이라니께."

342

칼잡이는 칼을 내던지고 웃저고리를 집어들어 휘돌리면서 날아드는 파리를 쫓았다. 조수가 자기 얼굴을 때리면서 중얼거렸다.

"아따, 참말로 파리 목숨이라더니 죽어지면 먹도 못혀."

칼잡이가 파리 쫓기에 지치자 그 짓을 포기하고 저고리를 던져버렸다. 그는 바위에다 칼을 갈았다. 고기의 내장을 감싸고 있는 휘장 같은 막이 위로 부풀어올라와 있었다. 칼이 내장 속으로 그어내려가자 그것은 갈가리 헤쳐졌다. 헤쳐진 막 뒤에서 붉고 푸른 기묘한 모습의 기관들이 드러났다. 아직 팔딱이며 살아 뛰고 있는 부분들이 있었지만, 내장들은 모조품처럼 보였다. 조수가 부르짖었다.

"왜 그려, 뭐시여?"

칼잡이가 칼을 내동댕이치고 벌떡 일어섰기 때문이다. 칼잡이는 얼굴을 옆으로 돌리고 연신 가래침을 돋우어 뱉어냈다.

"부정 탔다. 니미랄 거."

"참 내 잊구…… 말해준다 하면서두……"

"좋아, 구데기 무서서 장 못 담글랑가."

칼잡이는 다시 달려들어 핏속에 두 팔뚝을 담그고 더듬었다. 그가 소의 하경부 근처에서 끄집어올린 것은 연분홍색의 살덩어리였다.

"불을 켜, 씨팔, 내야 온전한 백정 놈두 못 되니께. 잡아버리야지."

불빛에 드러난 것은 얇은 꺼풀 덮인, 눈이 툭 불거지고 드문드문 희고 자디잔 털이 돋은 탯송아지였다. 내장에서 딸려올라온 창잣줄 같은 게 아래로 흐느적 떨어졌다. 조수가 말했다.

"오매, 다 커부렀네."

"새꺄, 입 닥치더라고. 사람 먼첨 먹구 봐얄 거 아녀."

"고연이 심사여, 심사가, 넨장."

칼잡이가 그것을 땅 위에 내던졌다. 조수가 우물거렸다.

"소가 원체 운이 나빴구만그려."

칼잡이가 말했다.

"힘이 쭉 빠지네그랴."

잠과 배고픔이 그들을 덮쳤다. 신마이가 게트림을 하더니 비위가 상했는지 자꾸 군침을 삼켰다.

"우리 안사람 해산 철인디, 이게 뭔 노릇여. 죄받을라고 뭔 짓이냐 말여."

"아 싸게 각을 뜹시다요, 잉. 벌써 새벽이랑게."

칼잡이가 삼각부와 방덩이에서 퇴에까지 길쭉하게 살을 벗겨나갔다. 조수와 신마이는 떼어낸 살들을 냇물에 씻어 군용 판초에 담았다. 살이 모두 발라지자 드디어 남은 건 골격뿐, 갈

비뼈가 동굴의 입구처럼 입을 벌렸다. 그것은 파괴된 기계나 건물의 잔해 같다. 어둠 속에 희게 반사된 뼈가 이뤄놓은 선이 둥글고 부드럽게 공간에 떠 있었다. 조수가 돌을 집어 나무 위로 연달아 팔매질했다. 날아오른 새들이 나뭇잎과 가지를 스치는 소리가 어지럽게 들려왔다.

"남은 건 전부 매장시켜."

칼잡이가 호미를 신마이에게 집어주며 말했다. 신마이는 땅을 팠고, 두 사람은 기둥을 뽑아 풀숲으로 던져버렸다. 신마이는 그의 땀 번진 얼굴 위로 모여드는 파리떼를 연신 날리면서 구덩이를 팠다.

"이것두 묻을 건가?"

그는 네 발굽을 모으고 넘어진 탯송아지를 턱짓했다. 조수가 되물었다.

"워띠여, 약에 쓰면 좋은디."

"왜 제사라두 지내줄 참여?"

칼잡이가 귀찮은 듯이 외면하고서 말했다.

"읍내 나가면 살 사람덜이 쌔구 쌨응께. 그나저나 인제 한철 느긋이 나졌는지 원."

조수도 맞장구쳤다.

"있는 집야, 소란 또 사면 되는 것이겠고 새끼도 다시 밸 거 아닌가베."

신마이는 가죽이며 뼈를 구덩이에 처넣었다. 매장을 끝내고 바위에 올라앉은 신마이는 오한이 났고, 관자놀이가 벌떡이며 뛰는 소리를 들었다. 그는 오늘밤 내내 몸이 좋지 않다고 느꼈다. 덜 묻힌 소 대가리의 뿔이 위로 뾰족이 솟아오른 게 보였다. 흙을 끼얹었으나, 뿔 위에 쏟아져 흘러내려 좀처럼 가려지지 않았다.

"자네두 얼릉 내려와 씻그라고."

조수가 개천에서 피를 씻다 말고 신마이를 불렀다.

"힘이 부쳐 그라누먼. 좀 쉬어야 쓰겄네."

그들은 전신에 뒤집어썼던 피를 말끔히 씻어냈다. 주위가 어둠침침하게 밝아오고 있었다. 안개가 들 위로 끌어내려져 차츰 엷게 퍼져갔다.

"빨리 찌그러집시다요."

조수가 흩어진 도구들을 챙기면서 서둘렀다. 신마이는 두 무릎 사이에 고개를 처박고 앉아 있었는데 조수가 흔들자 얼굴을 쳐들었다.

"뭣 혀. 자는가?"

"아녀. 골치가 쑤셔서 그랴."

"처분해서 돈 받아갖고 집에 가면 다 나슬 골치라고."

그들은 고기를 판초에 싸서 줄로 묶어서는 세 짝의 지게 위에 높다랗게 얹었다. 세 사람은 몇 번이나 쉬어가면서 산등성이를 올라갔다. 잠 깬 참새들이 아직은 어두운 숲속에서 떠들어대고 있었다. 하늘에 새벽빛이 가득했다. 묵묵히 걷기만 하던 칼잡이가 불쑥 말했다.

"자네 대처엘 가서 살아보면 안다니께."

칼잡이는 지게 멜빵을 치켜올리고서 신마이 쪽을 바라보았다.

"예서야 사는 게 그저 해 뜨고, 해 지면 하루지마는…… 게서는 하루에 억만 겁을 사는 셈인디."

조수가 끼어들었다.

"살 방도가 많다는 얘기라우, 아니면 당최 없응께 질다는 말이오?"

"못헐 짓 허자니 목숨이 질다는 이약이랑게."

그들은 산등성이를 내려와 작은 소나무들의 야산에 이르렀다. 야산 아래로 옥수수밭과 높이 솟은 황토 언덕이 마주보였고 들판이 내려다보였다. 칼잡이가 짐을 내려놓고 이마의 땀을 씻으며 말했다.

"거 꼴사나운 놈, 버리고 가더라고."

"송아지 말여요? 냅두슈. 사삭스럽게 왜 그런다요?"

조수의 말에 칼잡이는 잠깐 생각하고 나서 말했다.

"아무래두 재수가 없을 거 같어."

"재수가 이 판국에 워딨대여, 염라대왕도 먹어야 대왕인디."

"갑시다 얼릉. 워쩐지 상스런 생각이 드누먼그려. 마누라가
몸을 풀었는지두 모르겠네."

신마이의 말에 조수가 발끈했다.

"이런 지미 붙을…… 어떤 놈, 새끼 없는 중 아냐. 줄줄이
딸린 게 새끼여. 낳고 먹고 죽고 하는 것이 자그마치 일곱이다
말여."

칼잡이는 상을 찡그리고 자꾸 침을 뱉었다. 그들은 어느 결
엔가 맥이 빠져 있었다. 세 사람은 한마디씩 중얼댔다.

"엄청 늦었당게. 해 뜨기 전까지 꺼졌어야 하는 건데 말여."

"지금쯤은 저기 철둑을 훨씬 넘었어야 혀."

"동네 놈덜이 지키구 있을지두 모르겠고만이라우."

들판 멀리 마을의 지붕들 위로 연기가 오르고 있었다. 여러
줄기의 연기는 바람 없는 하늘 위에 곧게 올라가 흩어졌다. 새
한 마리가 놀 속에 높이 떠서 지저귀고 있었다. 새 울음소리가
아득했다.

새뿐만 아니라 들판의 이곳저곳에서 산 것들이 깨어나고 있
을 것이다.

(1972)

전집을 낸다고 해서 원고를 살피다보니 마음에 걸리는 것이 한두 가지가 아니었다. 여기 수록되는 작품 대부분이 기세차고 열정에 넘치던 내 젊은 날의 작품들이며, 그동안 『장길산』이며 『무기의 그늘』 등 장편소설을 쓰느라고 사실은 정작 한 해에 몇 편씩 쓸 수도 있었던 중·단편을 거의 쓰지 못했다.

지금 생각하면 문예창작에 기울일 힘을 다소 엉뚱한 곳에 쏟았다. 스스로 위로 삼아 하는 말이지만 '사회봉사'에 바쳤다고 생각하고 있다. 그렇지만 또 어쩌랴, 글쓰는 자는 자신의 문학을 살아내야 된다고들 하니까.

십여 년 만에 세상으로 돌아와 어느 창고에 맡겨두었던 살림살이를 찾아내고 먼지를 쓰고 쌓였던 서재의 책들을 골라내던 재작년 일이 생각난다. 옷들이 좀먹고 다 졸아들고 걸레처럼 되어버렸듯이 내 책들은 초라했다. 그리고 그것은 욕망의 찌꺼기들처럼 보였다. 나는 과감하게 손수레에 실어다 고물상에 버렸다.

여기에 희곡집을 보탠다. 기왕에 예전에 나왔던 희곡집『장산곶매』에다 이리저리 흩어져 있던 내 젊은 날 현장문화운동의 흔적들인 '현장대본'들을 그러모아보았지만 누락되어 사라져버린 것이 더욱 많다. 지하방송의 노래극 대본 중에서 「님을 위한 행진곡」의 원래 악보를 찾아낸 것도 한 수확이었다.

르포나 기행문 등은 잡문인 것처럼 생각되어 함께 엮지 않았다. 그러나 그것 또한 내가 동시대에 바치는 사랑의 말들이었다고 생각한다. 이담에 더 늙어서 회고록과 함께 다시 엮어내게 될지도 모른다.

나는 내 소유물이었던 책을 버리듯이 과거의 나를 간추려서 세상에 흘려보낸다.

잘 가거라, 반생이여. 그리고 당시의 너처럼 숨가쁘게 세상을 돌아칠 모든 젊은것들의 짝이 되어라.

오늘은 어제 죽은 자들의 내일이려니.

나는 다시 출발한다.

2000년 9월 德山에서

황석영

1943년 만주 장춘長春에서 출생.

1945년 해방과 함께 모친의 고향인 평양 외가로 나옴.

1947년 월남하여 영등포에 정착.

1950년 영등포국민학교에 입학했으나 한국전쟁 발발로 피란지
를 전전함.

1956년 경복중학교 입학.

1959년 경복고등학교 입학. 경복중고교 교지『학원學苑』에 수필
「나의 하루」, 시「구름」, 단편「의식」「부활 이전」등을 발
표함. 청소년 잡지『학원學園』의 학원문학상에 단편소설
「팔자령八字嶺」이 당선.

1960년 당시 국회의사당이던 부민관 앞과 시청 앞에서 4·19를
맞음. 함께 있던 안종길 군이 경찰의 총탄에 희생됨. 그의
유고시집『봄·밤·별』을 친구들과 함께 편집 발간.

1961년 전국고교문예 현상공모에「출옥하는 날」당선. 봄에 경복
고를 휴학하고 가출하여 남도 지방을 방랑하다 그해 가을
에 돌아옴.

1962년 11월 단편「입석 부근」으로 『사상계思想界』 신인문학상 수상.

1964년 한일회담 반대시위에 참가. 노량진경찰서 유치장에서 만난 제2한강교 건설노동자와 남도로 내려감. 신탄진 연초 공장 공사장에서 일용노동. 그후 청주 마산 진주 등지를 떠돌며 여러 가지 일을 하다가 칠북의 장춘사長春寺에서 입산. 동래 범어사를 거쳐 금강원에서 행자 노릇을 하다가 모친과 상봉하여 상경함.

1966년 8월 해병대에 입대하여 이듬해 청룡부대 제2진으로 베트남전 참전.

1969년 5월 군에서 제대함.

1970년 조선일보 신춘문예에 단편「탑」이 당선.「돌아온 사람」 발표. 동국대학교 철학과 중퇴.

1971년 단편「가화假花」「줄자」, 중편「객지客地」 발표.

1972년 단편「아우를 위하여」「낙타누깔」「밀살」「기념사진」「이웃 사람」, 중편「한씨연대기」 발표.

1973년 구로공단 연합노조 준비위를 구성하여 공장 취업. 단편「잡초」「삼포 가는 길」「야근」「북망, 멀고도 고적한 곳」「섬섬옥수」, 중편「돼지꿈」, 르포「구로공단의 노동실태」를 발표함.

1974년 단편「장사의 꿈」, 사북탄광에 대한 르포「벽지의 하늘」, 공단 여성 노동자의 삶을 취재한「잃어버린 순이」 발표.

4월 첫 창작집 『객지』(창작과비평사) 발간. 7월부터 이후 1984년 7월까지 10년 동안 한국일보에 대하소설 『장길산』 연재. 군사정권의 유신체제에 대한 저항운동 치열해짐. '자유실천문인협의회' 창설과 현장 문화운동 조직위에 참여.

1975년　단편 「가객」, 희곡 「산국山菊」 발표. 소설집 『북망, 멀고도 고적한 곳』(동서문화원), 소설선 『삼포 가는 길』(삼중당) 발간. 「심판의 집」 서울신문에 연재.

1976년　단편 「몰개월의 새」 「한둥」 「철길」, 르포 「장돌림」 발표. 가을에 전남 해남으로 이주.

1977년　단편 「종노種奴」 발표. 『무기의 그늘』의 기초가 된 「난장亂場」을 11월부터 다음해 7월까지 『한국문학』에 연재. 『심판의 집』(열화당) 발간. 해남에서 '사랑방 농민학교' 시작. 호남을 중심으로 한 현장 문화운동 시작.

1978년　소설집 『가객歌客』(백제) 발간. 문화패 '광대' 창설. '민중문화연구소' 설립. 광주로 이주.

1979년　위 연구소를 확대 개편한 '현대문화연구소'의 선전·야학·양서조합 등의 문화운동 부문에 참여. 계엄법 위반으로 검거되었으나 기소유예 처분됨.

1980년　광주항쟁 일어남. 조직에 함께 참여했던 젊은 동료들 수십여 명 사상.

1981년　그동안 현장에서 썼던 희곡들을 정리하여 희곡집 『장산곶

매』(심설당) 발간. 소설선 『돼지꿈』(민음사) 발간. 시나리오 「날랑 죽겅 펄에나 묻엉」 발표. '광주사태 수사당국'의 권유로 제주도로 이주. 제주에서 문화패 '수눌음'과 소극장 창립. 4·3항쟁 연구모임인 '제주문제연구소'에 참여.

1982년   광주로 돌아와 '자유 광주의 소리' 시작. 〈임을 위한 행진곡〉이 담긴 첫번째 지하 녹음테이프 '넋풀이' 제작 배포.

1983년   광주항쟁의 진상을 알리기 위한 문화기획팀 '일과 놀이'에 참가. 산문 「일과 삶의 조건 — 문학에 뜻을 둔 아우에게」 발표. 1월부터 이듬해 3월까지 『월간조선』에 「무기의 그늘」 1부 연재.

1984년   대하소설 『장길산』(현암사) 전10권으로 완간. '민중문화운동협의회' 창설. 공동대표 역임.

1985년   광주항쟁 기록 『죽음을 넘어 시대의 어둠을 넘어』(풀빛) 지하출판됨. 산문집 『객지에서 고향으로』(형성사) 발간. 서독 베를린에서 열린 '제3세계 문화제'에 아시아 대표로 참가함. 유럽, 미국, 일본에서 '통일굿' 공연. 미국에서 문화패 '비나리' 창립. 일본에서 문화패 '한우리'와 '우리문화연구소' 창립.

1986년   10월부터 이듬해 8월까지 중앙일보에 「백두산」 연재. 6월 항쟁의 시국 변화로 중단.

1987년   단편 「골짜기」 발표. 소설선 『골짜기』(인동) 『아우를 위하여』(심지) 발간. 9월부터 이듬해 3월까지 『월간조선』에

「무기의 그늘」 2부 연재.

1988년   단편 「열애」, 산문 「항쟁 이후의 문학」(『창작과비평』) 발
         표. 장편소설 『무기의 그늘』(형성사) 발간. 9월부터 이듬
         해 2월까지 『신동아』에 「평야平野」 연재. '한국민족예술인
         총연합' 창립.

1989년   소설선 『열애』(나남) 발간. 3월 북한의 '조선문학예술총
         동맹' 초청으로 방북. 이후 귀국하지 못하고 독일예술원
         초청 작가로 1991년 11월까지 베를린 체류. 북한 방문기
         「사람이 살고 있었네」를 『신동아』와 『창작과비평』에 분재.
         『무기의 그늘』로 만해문학상 수상. 베를린 장벽 무너짐.

1990년   2월부터 7월까지 한겨레신문에 「흐르지 않는 강」 연재.
         8월에 평양에서 열린 제1차 범민족대회에 참가하면서 연
         재 중단. 남·북·해외동포가 망라된 '조국통일범민족연
         합' 창립에 주도적으로 참여, 대변인 역임. 소련과 동구
         사회주의권의 붕괴를 목격함.

1991년   베를린 '남·북·해외 3자 회담'에 참가. 회의에 의해 '공
         동사무국' 창설을 위하여 뉴욕으로 이주할 것이 결정됨.
         11월 미국 롱아일랜드 대학 문화예술 프로그램에 초청받
         아 미국 체류. 이후 귀국할 때까지 뉴욕 체류.

1992년   뉴욕에서 아시아인 1.5세, 2세들과 함께 '동아시아문
         화연구소' 창립. 부정기간행물 『어머니 대나무Mother
         Bamboo』 발간.

1993년 4월 귀국하여 방북 사건으로 징역 7년 형을 선고받음.
　　　　『사람이 살고 있었네』(황석영석방공동대책위) 발간.

1998년 3월 석방.

1999년 1월부터 이듬해 2월까지 동아일보에 장편소설 『오래된
　　　　정원』 연재.

2000년 5월 『오래된 정원』(창작과비평사) 출간. 『오래된 정원』으
　　　　로 단재상, 이산문학상 수상.

2001년 6월 장편소설 『손님』(창작과비평사) 출간. 『손님』으로 대
　　　　산문학상 수상.

2002년 10월부터 이듬해 10월까지 한국일보에 『심청, 연꽃의
　　　　길』 연재.

2003년 6월 『삼국지』(창비) 전10권 번역 출간. 12월 장편소설
　　　　『심청』(문학동네) 출간.

2004년 2월부터 2006년 2월까지 '한국민족예술인총연합' 이사
　　　　장 역임. 4월부터 2007년 11월까지 런던 대학과 파리7대
　　　　학 초청으로 런던과 파리 거주. 『심청』으로 올해의예술상
　　　　수상. 만해대상 수상.

2007년 1월부터 6월까지 한겨레신문에 『바리데기』 연재. 7월 장
　　　　편소설 『바리데기』(창비) 출간.

2008년 2월부터 7월까지 인터넷 포털사이트 네이버에 『개밥바라
　　　　기별』 연재. 8월 장편소설 『개밥바라기별』(문학동네) 출간.

2009년 9월부터 이듬해 4월까지 인터넷서점 인터파크에 『강남

『몽』연재.

2010년 6월 장편소설 『강남몽』(창비) 출간.

2011년 5월 장편소설 『낯익은 세상』(문학동네) 출간. 11월부터 2014년 11월까지 문학동네 네이버 카페에 '황석영의 한국 명단편 101' 연재.

2012년 4월부터 10월까지 한국일보에 『여울물 소리』 연재, 11월 장편소설 『여울물 소리』(자음과모음) 출간.

2015년 1월 『황석영의 한국 명단편 101』(문학동네) 전10권 출간. 11월 장편소설 『해질 무렵』(문학동네) 출간.

2016년 단편 「만각 스님」 발표.

2017년 6월 자전 『수인』(문학동네) 전2권 출간.

2019년 4월부터 2020년 3월까지 인터넷서점 예스24에 「마터 2-10」 연재. 현재까지 아시아, 유럽, 미주, 남미 등 세계 28개국에서 87종의 저서가 번역 출판됨.

황석영

1943년 만주 장춘에서 태어났다. 고교 재학중 단편소설 「입석 부근」으로 『사상계』 신인문학상을 수상했고, 1970년 조선일보 신춘문예에 단편소설 「탑」이 당선되면서 본격적인 작품활동을 시작했다. 『무기의 그늘』로 만해문학상을, 『오래된 정원』으로 단재상과 이산문학상을, 『손님』으로 대산문학상을 수상했다.

주요 작품으로 『객지』 『가객』 『삼포 가는 길』 『한씨연대기』 『무기의 그늘』 『장길산』 『오래된 정원』 『손님』 『모랫말 아이들』 『심청, 연꽃의 길』 『바리데기』 『개밥바라기별』 『강남몽』 『낯익은 세상』 『여울물 소리』 『해질 무렵』 등이 있다. 또한 지난 100년간 발표된 한국 소설문학 작품들 가운데 빼어난 단편 101편을 직접 가려 뽑고 해설을 붙인 『황석영의 한국 명단편 101』(전10권)과 자신의 파란만장한 삶의 행로를 되돌아본 자전 『수인』(전2권)을 펴냈다.

프랑스, 미국, 독일, 이탈리아, 스페인, 일본, 스웨덴 등 세계 각지에서 『오래된 정원』 『객지』 『손님』 『무기의 그늘』 『한씨연대기』 『심청, 연꽃의 길』 『바리데기』 『낯익은 세상』 『해질 무렵』 등이 번역 출간되었다. 『손님』 『심청, 연꽃의 길』 『오래된 정원』이 프랑스 페미나상 후보에 올랐으며, 『오래된 정원』이 프랑스와 스웨덴에서 '올해의 책'에 선정되었다.

황석영 중단편전집 1

탑

ⓒ황석영 2020

초판 인쇄 2020년 4월 29일
초판 발행 2020년 5월 15일

지은이 황석영
펴낸이 염현숙
책임편집 이상술 | 편집 김봉곤 정은진 김내리
디자인 윤종윤 유현아 | 마케팅 정민호 박보람 우상욱 안남영
홍보 김희숙 김상만 지문희 우상희 김현지
제작 강신은 김동욱 임현식 | 제작처 상지사

펴낸곳 (주)문학동네
출판등록 1993년 10월 22일 제406-2003-000045호
주소 10881 경기도 파주시 회동길 210
전자우편 editor@munhak.com | 대표전화 031) 955-8888 | 팩스 031) 955-8855
문의전화 031) 955-3576(마케팅) 031) 955-8864(편집)
문학동네카페 http://cafe.naver.com/mhdn | 트위터 @munhakdongne
북클럽문학동네 http://bookclubmunhak.com

ISBN 978-89-546-7154-5 04810
      978-89-546-7153-8(세트)

www.munhak.com